山の文芸誌「アルプ」と串田孫一

中村 誠
Nakamura Makoto

青弓社

山の文芸誌「アルプ」と串田孫一　目次

第2部　登山と文学

第3部　「アルプ」の詩人たち

装丁――斉藤よしのぶ

はじめに

奥秩父の山と渓谷の美を紹介した「静観派」の岳人田部重治は、『山と渓谷』（第一書房、一九二九年）のなかで「山に登るということは、絶対に山に寝ることでなければならない」と書いた。『風雪のビバーク』（朋文堂、一九六〇年）で有名な松濤明は、昭和二十年代初頭、隆盛を極めるスポーツ登山が頂上に固執しないことを嘆き、「昔ながらのピークハンティングの中に健全なスポーツ的感興を求めていこう」と説いた。若き日の植村直己は、自身の単独登山を「人間の可能性への挑戦」だとして、五大陸最高峰踏破の最後の山となるマッキンリーに挑んだ。今日、八千メートル峰十四座登頂の竹内洋岳は「プロ登山家」として、ルール・決まりを明確にしたスポーツとしての登山を模索する。

まさに登山観は千差万別だが、登山に対して意識的な人々は、常に自分はどのような登山をおこなうべきなのかという自問を抱きながら山に向き合い、登山するということだろう。そして、そういう登山者のうちの何人かは、単に山に登るだけでは満足せず、自分はどのようにして登山したのか、何を思いながら登ったのか、何のためになぜ登ったのか、そういうことを書き記し、他人に伝えようとする。あるいは、山行中の自身の行動と思いをたどり直し、自らを確認するかのように書き残そうとする。こうして登山者のなかには、書くことで山や自己を探求し、自己表現しようとする人たちが出てくる。

書籍の世界では、「山岳書」は一つのジャンルとして確立しているといってもいいほどだが、いままで、これほどまで書くことの対象となってきたスポーツがあるだろうか。他のスポーツならば、関連する書籍は技術書が中心で、たまに一流選手からの聞き書きや回想録といったものが出版されるくらいだろう。野球だけは、団塊の世代までの作家たちによってそれに関する小説がいくつか書かれている。しかし、そういったもののほとんどは、既にその競技の現役を離れた人や競技の外部にいる職業としての書き手たちの作品であり、当の競技者その人が書いたものではない。選手・競技者はスポーツすることに忙しく、それに専念する。

これに対して、山岳関連の書籍は、山に登る行為者自身が同時に書き手でもあるという点で、明確な特徴を持っている。無論、それは遠征などの資金を捻出するために、出版社と事後の書籍出版を契約していたからかもしれないし、依頼されてしぶしぶ書いたものだったのかもしれない。しかし、たとえそういう形で書いたものであれ、そこにはおのずと各人の登山に対する強固な信念が現れており、それは紛れもなく一つの意志的な表現行為となっている。登山者は書く人でもあったのである。

『日本風景論』(政教社、一八九四年)で志賀重昂が「登山の気風を興作すべし」と煽動してから百二十年、今日では近代的アルピニズムは既に果てまで到達した。交通の発達は山を身近にし、装備の充実は登山を日常に近いものへと変えた。今日、山に登ることは極めて大衆的なレジャーの一つになったと言えるだろう。「山ガール」現象が起きるような昨今では、なぜ山に登るのか、どのような山登りをすべきかなど、誰も問おうとはしない。

かつてのように、山と厳しく向き合った際の記録や、内省的な登山紀行が書かれる余地はほとんど失われてしまった。紀行文を主体にした登山雑誌はあるものの、いまではインターネットのウェブ上で、自身がたどったコースの概要を写真とともに発信するケースが多くなった。しかし、それはビジュアルが主体で、そこには一過性の表面的な記録と表層的な感想しか書かれていない。つまり、ときに便利な情報を提供することはあっても、山と自己について考察するようなものではなく、心に深く残るものではない。

本書で論じるのは、山に登ることと山を書くこととがまだ親和的な関係を保ちえた頃の、ある一群の人たちの行動と表現についてである。全体の構成は三部とした。

第1部「串田孫一の諸相」には串田孫一個人の業績に関わる論考を置き、登山行為とそれを書く行為との相関や、詩人としての串田孫一、「博物誌」などについて論じた。

第2部「登山と文学」では、「アルプ」（創文社）創刊に至る前史としての「まいんべるく」（まいんべるく会）と昭和三十年代の「アルプ」が果たした役割について考察した。第5章は本書の「山の文芸誌「アルプ」と串田孫一」というテーマと直接には関わらないが、「アルプ」で展開された山岳文学が一九三〇年代に起こった「山岳文学論争」の一つの帰結でもあったと考えるならば、当時の山岳文学をめぐる状況と論争とは昭和三十年代の「アルプ」へとつながる回路を有していたことになり、決して無縁な内容とは言えないはずである。

第3部「「アルプ」の詩人たち」は、山と登山をテーマとする作品を多く残した三人の詩人、尾崎喜八・鳥見迅彦・辻まことの仕事について、ことに「アルプ」を鍵にして振り返った。

そして、終章では、「アルプ」終刊以降の山岳雑誌と今後の〈山を書く〉という行為についての感想を述べた。各章で論じた内容はそれぞれ個別なものだが、あちらこちらで響き合う内容を持っていて、ジグソーパズルのようにそれぞれの断片はつながっていくはずである。

さて今日、串田孫一とか「アルプ」と言っても、あまりピンとこない人が増えてきているのも事実である。ことに若い世代では、初めて耳にするという人もいるだろう。しかし、串田の著作はいまだ古書業界では根強い人気を維持しており、串田やその周辺に興味をいだく読者も少なくない。知床の入り口にあたる斜里町には「北のアルプ美術館」という瀟洒な美術館があるし、八ヶ岳南麓には「日野春アルプ美術館」もある。つまり、北海道の斜里の地まで足を運ぶ「アルプ」ファンがいるわけだ。

二〇一二年(平成二十四年)六月、その「北のアルプ美術館」に新たな施設が加わった。開館二十周年を迎え、小金井にあった串田孫一の仕事部屋・居間・書斎が復元されたのである。この串田の書斎はまさに「串田孫一の小宇宙」(書斎復元にあたって作られた「図録」のタイトル)というべきもので、串田の人生が雑然たる秩序のなかに詰まっている。これを目当てに、また北海道の美術館を訪れる人たちが出てくるにちがいない。このように串田や「アルプ」はいまも多くのファンを持っているし、その登山への姿勢や文章表現などからさまざまな感化を受けた人々は多数存在する。

しかしそうは言っても、串田の著作や「アルプ」の執筆陣によって残された作品群は、仮に串田派とかアルプ派とでも呼びうるような、コアな人たちによってだけ読み続けられているというのが現状である。一部の熱心な読者が存在するにもかかわらず、一方で、串田や「アルプ」に拠った人々の作品は読者層を広げることができず、それを受容する層は固定化し、高齢化の一途をたどっている。はたしてこれらの作品や「アルプ」の登山スタイルは、旧派のそれとして衰退を余儀なくされるものなのだろうか。

本書は、いままで串田や「アルプ」に親しんでこなかった方々や、山登りを始めたものの山の書物にまでは関心を持っていないという方々――そういった（どちらかいうと若い）人たちに読んでいただきたい。登山を取り巻く諸条件が格段によくなり、時代を追うごとに登山の困難さは低下していき、登山が精神に及ぼす作用も薄れていく。そうしたなかで、かつて登山行為と親密な関係を有していた〈山を書く〉という行為は減り、必然的に〈山を読む〉という習慣も薄れつつある。

世界文化遺産登録による一過性の富士山ブームは別にしても、中高年登山の流行や「山ガール」のブームは、ともあれ人々を山へ向かわせる一助となった。せっかく山が振り返られ、登山に対する機運が高まっているいま、ただ山に登るということだけに終わらせず、それを山の著作を読むという行為へとつなげることはできないだろうか。

山と山に登る人間について省察する山岳文学の世界に触れることは、レジャーとしての登山や肉体的な行為としての登山に厚みができ、より深く山と接することにつながっていくはずである。

本書は、串田孫一と「アルプ」の世界についての拙い道しるべにすぎないが、少しでも多くの人に関心を持っていただき、〈山を読む〉行為へとつなげていただきたいものである。

本書はまた、「山」と同時に「詩」について論じたものでもある。従来、詩人としての串田孫一はあまり振り返られてこなかったし、その詩や詩史的な位置について論じられることもなかった。本書では、串田孫一・尾崎喜八・鳥見迅彦・辻まことという、主に「アルプ」を舞台に活躍した詩人たちとその詩作品について分析し、それらの詩史的な位置付けについても考察した。さらに、これまでほとんど考察の対象となっていなかった詩誌「アルビレオ」(アルビレオ会)、同人誌「まいんべるく」についても概観した。戦後詩史は『荒地詩集』(早川書房・荒地出版社)、「列島」(知加書房)を中心に語られがちだが、「アルビレオ」などの詩系列もいま一つの戦後詩をなすものであり、決して看過すべきものではないだろう。いまや忘れ去られた詩人となった鳥見迅彦、埋もれた雑誌となった「アルビレオ」や「まいんべるく」——これらに関する論考は戦後詩史の空隙を少しは埋めるものになったかもしれない。

いままで登山に親しんできた人は多いし、文学に親しんできた人も多い。本書は、その登山と文学が重なり合い、相互に影響し合ったところに成立する世界を扱った。本書が登山愛好者・文学愛好者の双方に読まれ、それぞれが周縁の領域へ関心を持っていただく契機となれば、うれしいかぎりである。

第1部　串田孫一の諸相

第1章　山に登る串田孫一／山を書く串田孫一

はじめに

　串田孫一の登山について考えるとき、登るという行為と書くという行為とが常につながっていたことをまず指摘しなければならない。山や登山に関する書籍が一つのジャンルとして存在することからもわかるように、山や登山は「書く」ことの対象として一定の位置を占めている。登攀についての記録的要素の濃いものや、文芸的な登山紀行、遭難者の遺稿集や追悼文集に載る文など、これまで膨大な量の〈山を書く〉という行為がなされてきた。したがって〈山を書く〉という行為は、何も串田に限ってのことではない。しかし、串田のそれは山に関して書かれた従来の書物とは趣を異にするもので、一般的な登山紀行や登攀記といったジャンルに収まるものではなく、思索的な内容へと昇華された独自な性質を持っている。

　そういう串田の山に関しての思索と著作を考える際、特記すべきことは、それが決して書斎の産物ではなく、あくまで山に登り山と接するという実地での体験を経て成り立ったものだということである。これは当然のことのように思われるかもしれないが、登山者が登山の記録や風光の美を叙述したり、あるいは外部から登山を観念的に考察したりすることはあるにせよ、登山する者自身がその体験を通して登山行為の意味について思索をめぐらすことは稀であり、さほど簡単なことでもない。

なぜ串田は単に山に登るだけに終わらず、常に山と登山とを問い続け、〈山を書く〉ことに執着したのだろうか。本章は、串田の〈山に登る〉という行為と〈山を書く〉という行為とについて考察していく。

1　登山の始まり

自身の編になる年譜によれば、串田が山と接し、登山を始めるようになるのは十三、四歳の頃である。山との関わりはまずスキーにあり、そこから登山へと発展していったようである。年譜の一九二八年（昭和三年）、十三歳の項には「一二月には吾妻山五色へ行き、槇有恒氏と吹雪の中を歩く」(1)とある。このときの体験は、後年の述懐に「私にとってこの新五色行は、後から考えてみると大きな意味を持つことになった。特に先頭に立たされたことだの、厳しい自然の中にいる時に感じられる大きな悦びの発見は、まことに貴いものだった」(2)とあるように、まさに串田の登山の原点となったと言っていいものだった。

続いて、十四歳の項には「休日には河田楨《みき》氏の『一日二日山の旅』によって中央線沿線のさまざまの山、秩父の山などを歩き、夏の休暇には、槍、穂高、立山、剣など主として北アルプスの山々を歩く」とあり、多感な中学時代には既に登山に熱中し始めていたことがわかる。

また、初めての北アルプス登山は、中学三年の夏に行った烏帽子岳から三俣蓮華・槍・穂高への縦走である。校内誌「暁星」に、頂上に立ったときの高揚感と満足感を次のように記している。

この荘厳この神秘は山でなければ求め得られないと思うと、胸のすいた笑いが自然とうかぶのを禁じ得なかった。(3)

興奮が伝わるこの記述からは、この登山が少年串田に山岳に対する畏敬と登山への興味を植え付けたであろうことがわかる。

以上のような、吹雪のなかでの体験、近郊の山歩き、槍・穂高岳の登頂を経て、串田の登山への関心は深まっていった。ここで確認しておきたいのは、登山への傾倒には槇有恆・河田楨という、二人の岳人の存在が大きく関わっていたことである。

日本の山岳界の重鎮槇有恆との偶然の出会いという僥倖がもたらされたのは、先に見たように一九二八年(昭和三年)、十三歳のときに、五色温泉の六華倶楽部を拠点としてスキーの練習に励んだときのことである。ここで、十三歳の少年は、槇有恆から雪山での基本を教わっただけでなく、その後の交流につながるきっかけを得た。

六華倶楽部は、一八八〇年（明治十三年）に日本最初のスキーロッジとして皇族のために建てられたものだが、そういう施設を使ってスキーに興じるという待遇はなかなか得られるものではない。そもそも昭和初期には、スキーというスポーツは大学の山岳部やスキー部、あるいは上流階層の子弟などはおこなうものの、一般には流布していなかった。

串田が五色温泉でスキーをした一九二八年（昭和三年）は、ニセコで秩父宮がスキーをし、ようやくニセコのスキー場が全国に知られるようになっていった年だが、串田はスキーという行為が一般化する以前に、それをおこなう機会を持つことができたのである。年譜には「槇有恒氏には多く手紙を書き、必ずそれについての丁寧な山についての返事を戴き、亡くなるまで親しく交わる」とあるが、一少年と高名な登山家との交流は、三菱銀行初代会長の串田萬蔵を父に持つ、出自に由来する階層的な人間関係があってはじめて成立したものだろう。いずれにせよ、槇有恒を師として雪山での基本を教わり、その後の交流が始まるという僥倖は、十三歳の少年が山へとのめり込む契機として十分すぎる体験だったと言うべきだろう。

そしてまた、河田楨の著作を導きとして登山体験を深めていったという事実も、その後の串田の山登りや登山観の形成を考えるうえで看過できない。多くの案内書があふれていたわけではないこの当時、河田の『一日二日山の旅』（自彊館書店、一九二三年）、『静かなる山の旅』（自彊館書店、一九二七年）などは貴重な案内書として広く読まれていた。河田の著作を手がかりとして登山に親しむようになった者は多く、それは串田に限ったことではなかったが、長じて串田は河田とともに山登りをおこなうようになったり、河田の最晩年にはその著作づくりに尽力したりするほどに河田との交流を深め[4]

た。串田は河田に対して大きな共感を抱いており、その影響を見ないわけにはいかない。

槇有恒・河田楨という二人の登山家に導かれながら、山登りの経験を積み始めた串田は、その後、自らの山登りをどのように発展させ、どのような山の世界を築いていったのだろうか。次節では青春期の情熱的な登山と、戦後になって登山を再開して以降のそれについて見てみたい。

2　谷川岳カタズミ岩登攀と鳥甲山登山

串田が本格的に山にのめりこんだのは、一九三二年（昭和七年）に東京高等学校に入学し、山岳部員として活動するようになってからである。この頃のことについて、青柳健は「岩登りや、積雪期も含めた勢力的な登攀の方は、むしろ成蹊高校の渡辺兵力、高木正孝氏らと共にされたものが多かったようだ。その頃は一年の内約三分の一は山にはいっていたとのことである。谷川の成蹊の小屋に泊って、マチガ沢、一の倉や、幽の沢に、かなり危険な岩登りをして居られたようだ(5)」と記している。後年、串田自身が高校時代の登山を振り返り、「慎重さを欠いていたとは思わないが、時々は自分の力量を越えたこともしているに違いない(6)」と述べたように、当時は若さからくるヒロイズムも手伝い、相当岩登りに熱を上げていたようである。

そういう青春期の登山での実績としてまず挙げられるのが、渡辺兵力・三枝安雄・長島辰郎・立見辰雄・橋本鉄郎とともになした(7)、一九三二年（昭和七年）十二月二十四日の谷川岳カタズミ岩冬季初登攀の記録である。このときの具体的な行動は記録されていないが、後年この登攀について、「カタズミ沢の双俣から右俣を登り、左俣との間の尾根に出てかなり上部までスキーをはいていた。深い雪の急斜面を、帰りの滑降を少しでも多くしようとして、岩峰の近くまでスキーをぬがなかった。KⅢ中央のリンネを下から登ろうとしたが、シュルントのために登られなかったことも、側稜を苦労して途中まで登ってから中央のリンネに出たことも、私はよく覚えている」(8)と述べている。父親となった串田が「この岩へ登りたがっている子供」とザイルを結び、カタズミ岩登攀を試みた際に、若き日の登攀を回想した一節である。年齢を重ねた自身と成長した息子が親子でザイルを結び、かつて自分たちが記録を打ち立てた岩峰に挑むというのは、なかなかうらやましい筋書きだが、串田にとってカタズミ岩は、まさにそういうドラマティックな行動をなすにふさわしい場だったのである。カタズミ岩冬季初登攀は、若き日の登山の一つのエポックだったと言えるだろう。

谷川岳関係以外でのめぼしい登山としては、小黒部谷を遡行しての劔岳登山や北鎌尾根からの槍ヶ岳登山などが挙げられるが、年譜では高水三山・陣馬山・三峠山などの登山も確認でき、「勢力的な登攀」の一方で、中学時代に河田楨の書物の導きで始めた近郊の山歩きも継続されていたことがわかる。(9)成蹊高校の仲間たちとともに挑むいわば急進的な登攀と、穏健な山歩きとを並行しておこなっていたと言えるが、奇しくも、これは山へのきっかけをもたらした槇有恒・河田楨という、二人の登山スタイルのそれぞれの実践だったことになる。串田の青春期の山に対する姿勢には、槇有恒的な岩登りへの志向と河田楨的な低山徘徊の志向があったということだが、そのいずれかに偏るわけではなく、対極の登山スタイルをともに実践したというところにその特色がある。田中清光が「串田さんは山麓や高原を歩くことにも興味をもっているが、若い日からクライマーとして岩や雪に挑み、さまざまな危険をくぐりぬけ、鋭角的な登攀もしてきた[10]」と指摘するような多様な登山体験は、山と登山を広く把握する眼を養い、山岳観・登山観を柔軟なものにしていったことだろう。

さて、高校時代に熱中した登山だったが、そうした登山熱が大学入学以降もそのまま続いたわけではない。高校卒業以降、戦争を挟んだ十数年間、いったん山との別れがあり、登山が再開されるのは三十七歳のとき、東京外国語大学の山岳部の部長を引き受けてからである。偶然のきっかけからふたたび山と向き合うことになったのだが、この登山再開後の活動で特記すべきは、鳥甲山に対する情熱である。一九五七年（昭和三十二年）から翌年にかけて、都合四回もこの山域に出かけているのである。「鳥甲山を中心にしたこの四回の山旅は、それぞれに収穫があった[11]」と自身で述べたこの山行は、登山史的に見ても価値あるものだった。なぜなら、当時の鳥甲山は秋山郷の奥深くに埋もれた存在で、登山の対象としていまだ知られざる山だったからである。串田がこの山域に興味を持ったいきさつは以下のようである。

地図を手当り次第にひろげて見ていると、五万分の一の「岩菅山」の北部に著しく目立つ露岩記号があった。その上へ続く「苗場山」をひろげて接ぎ合わせてみると、鳥甲山があった。岩の記号を見ていると谷川岳に似ているし、標高はそれよりも高く二〇三七・六メートル。小径の点線も全くない。山麓を流れる中津川に面して和山という温泉があり、そこを根拠地にすることが出来れば、その鳥甲山へ登るのには好都合のように思えた。

そこで文献を調べ出したが、鳥甲山へ登った記録はなかなか見当らず、山の仲間にそれとなく尋ねても、その山名を知っているものもいなかった。それだけで私には行ってみる値打ちは充分にあった[12]。

串田孫一画 “Terra Incognita” 1988年

未知なる山ゆえの興味と探究心から、この登山を思いついたわけである。その最初は、三宅修・黒沼俊子とともにした一九五七年（昭和三十二年）九月の山行で、その頃の鳥甲山は、「七年間ぐらい人が入ってないときいて、うれしかった。ワクワクしてしまって寝られなかった[13]」というほど、人跡薄い山域だった。そして、その翌年には積雪期の登山にも挑み、二月末から三月にかけての失敗を経て、三月末から四月の登山で登頂に成功する。

鳥甲山の積雪期登頂は、少なくとも一九四〇年（昭和十五年）四月の川崎精雄・原全教の登山記録があり[14]、串田たちが積雪期初登頂というわけではない。しかし、昭和三十年代初めにおける貴重な登山記録であることは確かで、登山史の一ページに刻むべき事項である。この一連の鳥甲山への登山は、戦前の谷川岳カタズミ岩の記録とともに、串田の登山実績として記憶すべき事柄である。

また、鳥甲山登山は串田の登山観を考えるうえでも重要なヒントを与えてくれる。なぜなら、この登山には、串田が登山に求める根源的な要素がいくつか現れているからである。とくに、鳥甲山に関心を抱いたきっかけが、鈴木牧之の『秋山記行』を読んでこの山の存在を知ったからではなく、地図を眺めていて「著しく目立つ露岩記号」を発見したことからだったという点に着目しなければならない。これは串田が文化史的な観点から山を捉えたのではなく、「岩の記号を見ていると谷川岳に似ている」という、冒険的な要素を重んじて登山対象の山を選択したことを意味する。また、「人が入ってない」山域であるという点に喜びを見いだし意欲を示す様子からは、テラインコグニタに挑む探検的要素を登山に求めていることがわかる。[15]

山をめぐる内省的な著作のイメージから、とかく串田の登山は文人的な肌合いを持つものとして捉えられがちである。しかし、断想の一節にも「山に危険が全くなかったら、人はこんなに山に登りたがりはしなかったろう」[16]とあるように、串田の登山の根源には、危険や未知に向かおうとする冒険的・探検的な要素が存在していたのである。

3　山を書くこと

さて、見てきたように、串田は高校時代には谷川岳をベースにした岩登りに熱中し、カタズミ岩冬季初登攀の記録を残したし、昭和三十年代初めには、当時まだ未知の領域だった鳥甲山で積雪期の登頂を果たした。このように、串田は一般に思い描かれているイメージよりも急進的な登山活動をおこなっていたわけだが、一方で、単に山に登るという行為だけに終わらず、それが常に書くという行為へとつながっているのが、その登山の極めて大きな特色である。本節では、そういう串田の〈山を書く〉という行為について考えてみたい。

後年、串田が山に関する随想や人生論で多くの著作をなしたのは周知のことだが、この〈山を書く〉という行為は既に登山を始めた中学時代に始まっていた。残っている最も古い記録は、先に一部引用した校誌「暁星」に書いた「北穂高岳」だが、こういう〈山を書く〉という行為は登山のたびに忠実におこなわれていたようである。そして、学生時代の串田はなんと一人で山の紀行文集を編み、「山岳」と名付けて製本までしていたという。(17) 串田にとって登山とは、登るという行為を反芻し内省し書き記すことではじめて完結することになるのだろう。少年時代に早くもこうした〈山を書く〉という習慣を得た串田だが、それを生涯にわたって継続させたところに、その希有な特色が存在する。

少年時代のそれは、まだ備忘としての記録的な書き物だったと考えていいが、やがて山の著述家として名をなしていくにつれ、山を書く方法は多様に変幻し、〈山を書く〉ことに関して独自の流儀を確立していった。

さて、山や登山を対象に書くと言っても、登山家による登攀記から山岳紀行文や山にまつわる随想まで形態はさまざまだし、登山の内容よりも文芸性に比重を移したものも存在する。まさに山に関する書き物には種々のジャンルがあるわけだが、串田が書くのはそういった従来の個別のジャンルに収まるものではない。例えば、山に関する初めての単行書となった『若き日の山』（〔河出新書〕、河出書房、一九五五年）を見てみても、各篇の内容は随想や登攀記・山岳紀行など多岐にわたり、多彩である。また、それがたとえ岩壁登攀や紀行的なものだったとしても、具体的な記録としての性質は乏しく、一般的な登攀記や山岳紀行文とは異なる性格を有している。

　串田の山登りに影響を与えた、河田楨の『一日二日山の旅』や『静かなる山の旅』はガイド的内容と記録的要素の強い紀行文で編まれているし、串田とほぼ同世代で「アルプ」にも多く寄稿した川崎精雄の著作は、時系列を追いながら逐一行動を記すものになっている。それらに比し、串田のものはそういう具体的内容に乏しく、それぞれの山の個別性が消されて山一般へと普遍化され、山と向き合う自分自身を内省するものが多い。このような、具体的な位置関係を明示しないという記述方法は自覚的なものであり、串田の山の著述での一つの特色となっている。ここで重要なのは、具体的地名や日時が記されないといった現象面ではなく、なぜこのような方法が採用されるのかということである。はたして、こういう記述の方法が採られるのは何を意味しているのだろうか。

　地名をはっきり入れてないものが多い理由について、串田自身は「私の記憶の中で変貌してゐるに違ひないと思ふので、記録風のものにはしなかつた」[18]と述べたり、記録や紀行文に対しては「何か知らずに偽り事を書いてしまったようで、大層後口の悪い想いをする」[19]といった感想を吐露したりしている。ここで注意したいのは、自身がその秘密を明かしたように、串田の山の書き物は〈記憶の変貌〉とでも呼びうる一連の過程を経て成立したものであるという点である。

　串田はここで、〈記憶の変貌〉が読者に誤った情報を伝えてしまってはいけないといった論理を持ち出しているが、〈記憶の変貌〉を危惧しながらも、実は確信犯的にあえて記憶を変貌させていると考えた方がいいだろう。串田は単に山で起きた事実、体験した出来事を書こうとしたわけではない。具体的な行為に触発されて書かれたものだったとしても、それは自身のなかで反芻され思惟され、串田のフィルターを通過した体験として書かれたものだろう。いわばデフォルメされた体験を書いたと捉えるべきで、串田の山の書き物はこうした意識的変形を経て成立しているのである。このことは重要である。串田の山をめぐる文章を読むことは、山での逐次的な行動や出来事を知るためではなく、山での体験の記憶がどのように変容されたのか、そこにどのような登山観が反映されているのかを読むことであり、また、その思索の過程を読むことなのである。

さて、ここで串田の〈記憶の変貌〉の手法について検討してみよう。その最も典型的な手法は、記憶の内容を変えてしまうというのではなく、記憶の削ぎ落とし・消去とでも言える方法ではないだろうか。一つの登山における体験を網羅的に描こうとはせず、多くの部分を捨て去り、ある一部の体験・記憶だけを抽出して描こうとする特色があるように思われる。多くの記憶を消し去ることによって、結果的に残された体験・記憶は意味が増幅され、実際の体験以上の深い意味を担わされるのである。串田の描く絵は余白を十分に生かしたシンプルな線描によるものが多いが、山の文章もまさにこれに似ている。

一例として『若き日の山』のなかの一篇「別れの曲」を見てみよう。ここでは、五人の仲間と四日間の山旅を過ごした後、自分だけが山にとどまり、たった一人で過ごす山小屋での一夕が描かれる。普通ならば、この山行の主要な部分である仲間たちとの行動部分が描かれるだろう。しかし、串田は

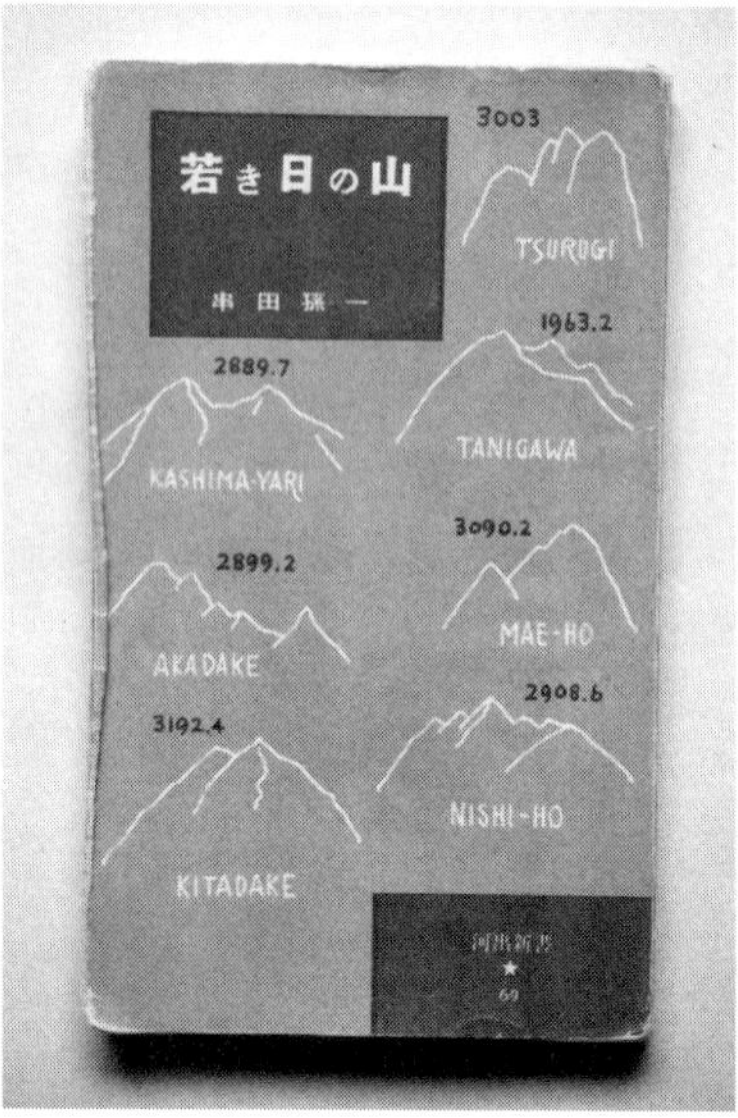

串田孫一『若き日の山』河出書房、1955年

その部分を容赦なく捨て去る。山での行為の軌跡や体験した事柄を書き残そうとはせず、「孤独」を求める自らの精神のありようの不思議を書き記すのである。

串田は〈記憶の変貌〉に関連して、別の個所で「山での経験は極力語らない方がいい。その経験は歪《ゆが》めて語られる傾向が強いからである」「紀行文は、机に向って綴られる。紀行文も他の文章同様に合成される[20]」とも書いている。確かに人は自らの行動を過大に評価しがちだし、美化して伝えようとすることも多い。あるいは逆に、自身を卑下して捉えたり、過剰に謙遜して描いて見せたりもする。そういうありようを想定するとき、串田が山での体験を記録として書き残そうとしない理由は理解できないものではない。

山での体験に替わって串田が書こうとしたのは、自身の精神のありようとその探求の経過だった。すなわち、誤解を恐れずに極論すれば、山について書こうとしたのではなく、自己自身を書こうとしたのである。なぜ友と別れ、わざわざ孤独な一夜を過ごそうするのか、「山を歩くのには、それ程の理由も目的もない[21]」にもかかわらずなぜ山に登るのか、串田が書く山の文章には、常にそういう自身の精神の不思議さに対する問いかけが秘められている。

しかし、それらの問いに対する答えが書かれているわけではないし、記されたものは結論や断定からはほど遠い。串田は山に関する著作で「断想」という形式を好んで採用したが、そこにあるのは思索の断片であり、思索の経過である。そこには行きつ戻りつする思考のゆらぎが垣間見えるが、串田はそういう思考過程や揺れをそのまま書き残している。「断想からは、私の山に対する気持ちが幾らかは汲み取れるかも知れないが、恐らく矛盾は多く見当るだろう(22)」と本人が認めるように、その思考にその時々の思いが反映されていて、原理的な思想と言えるものにはなっていない。串田文学の一つのジャンルとして「日記」を挙げることもできるだろうが、串田にとって日記とは、書くなかで思考し日々自問するための道具だったと思われる。串田の山をめぐる思索的な著作の手続きも、この日記における作業と同じで、書きながら思考し、逡巡の筆致のなかで考えが深められていったのである。答えには到達できない、徒労で終わってしまう問答であることを自覚しながらも、なお問うことをやめなかったのである。

串田はそういう自身のアンビバレントな心情を素直に認めている。「何故山に登るのかというのは明らかに愚問」だと認識しながら、「私達もこれに似た愚問を自分に向って発している。私もそうであった(23)」と告白しているのである。串田の書く山の文章とは、畢竟、山登りという不思議な行為に現《うつつ》を抜かす自身の不思議さを問い続けるものであった。登山とは何かではなく、登山する自分自身の精神の軌跡を知ろうとするものとして、それらは書かれ続けたのである。

4 「山登りの恥かしさ」

登山行為が常に文章表現と結び付き、書くという行為を通して登山する自身の精神のありかを分析し続けたところに、串田の登山をめぐる一つの特色があった。そして、串田の登山におけるいま一つの希有なありようとして、登山に対する懐疑を常に感じ続けていたということを指摘しなければならない。

串田の人生では登山が大きな位置を占めていたにもかかわらず、串田は山から離れるという選択肢を抱きながら登山していたと言えるし、実際、山から離れていた時期もある。山から離れたことについては、田中清光が「戦争の黒い影が重くのしかかりつつあった時代の影響を窺うことができる」[24]と述べたように、戦争という時代状況が関わっていると考えることができる。しかし、そのことが一つの契機になったとしても、他にももっと要因があったと思われる。串田が山から遠ざかったことの説明として、田中は串田の以下の文章を引用した。

私がどうして一度山登りから遠ざかり、また始めたかについて、具体的説明を求める人が多いが、それほど大袈裟な事柄ではない。私はひとりで山を歩くことも、かなり早くから覚えていたが、それでも一緒に歩いていた仲間が、仕事の関係で遠くへ行ったり、軍隊生活に入って、戦場へ赴くようになると、それを続けていられなくなる。文学と山登りという行為との矛盾もあったが、実際には続けていられない情勢になって来たのである。そして、山へ対して燃えさかる気持が一応過ぎ、ある落ちつきを得られていたために、口実をつくってまで出掛ける気持にはならなかったと説明するより仕方がない。(25)

この述懐を虚心に読めば、山から離れた要因として、「戦争の黒い影」以外にも、「文学と山登りという行為との矛盾」を抱えていたこと、山に対する情熱が落ち着いたこと――この二点を挙げることができる。このことは、情熱的に山登りを欲した高校時代とは異なり、その頃の串田にとって登山は意思によって抑制できるものとなっており、登る必然性を感じなくなっていたことを示している。また、「山での行為と思考」では、人間を「静的な叡智人ホモ・サピエンスと、動的な工作人ホモ・ファベル」とに区別する発想に触れ、山から離れたときの経緯を次のように説明している。

重たい荷物を背負って山を歩き廻っていては、いよいよ単純になり、いよいよ愚かになるばかりのように思われ、それよりも、部屋に閉じこもっていても考える人になりたいという願いを強く持ちつつ、それが既に賢明な決意だったように山から離れました。(26)

登山行為に現を抜かす「動的な工作人」に愚かさを感じ、「静的な叡智人」に憧れて山から離れたというのは、先に引いた「文学と山登りという行為との矛盾」ゆえに山から離れたという説明と同様のことを言っているのだろう。大学入学以降の串田は語学の学習や詩・散文の執筆に励み、入学の翌年には初の著書となる『乖離――或は名宛のない手紙』（泰文堂、一九三七年、筆名・初見靖一）を出すなどしており、学問や「文学」への傾注を際立たせている。一般的に考えれば、「文学」と「山登りという行為」が矛盾するとは思えず、一個人のなかに工作人としての一面と叡智人としての一面が同時に存在する方が普通だろう。しかし、串田はそれを二者択一と優劣の問題として捉え、頑なに工作人から叡智人への転身を図ろうとする想いに駆られたのである。ここには哲学という学問を志向する人間特有の、思惟すること自体に対する価値観が反映しているにちがいない。哲学を専攻するという選択は同時に、登山から足を遠のかせていくことにつながったと考えることができるだろう。串田が登山から離れた原因は、そのような自身の内的事情から発し、それがやがて「戦争の黒い影」と重なり合っていったところにあったのだろう。

結局は先に見たように、勤務先の大学で山岳部部長に駆り出されたことを契機に登山は復活し、その後は終生登山し続け、登山から抜け出せなかった。しかし、登山再開ののちにも「山へ登るというその行為自体に恥かしさを感じている」「山へ登らなくともすんでいる人間がいるのに、山へ出かけずにいられない自分が恥かしくなる」[27]などと述べ、登山すること自体に対する違和を随所で述べ続けていたことは看過できない。串田は山登りを愛好しながらも、一方では山登りなしで生きていくことができる存在の仕方を求め、常に〈山登りという行為〉への疑いと問いを持ちながら登山していたのである。一体、山登りの何が恥ずかしいのかと問い返したくもなるが、「山登りの恥かしさ」の末尾は、その理由を考えるヒントを示しているように思われる。

しかし、山登りの恥かしさはやっぱり残るだろう。私が都会に棲み、そこから山へ登りに出かけて行く限りは。(28)

第11章で述べるが、串田の仲間でもある辻まことにとっての山とは、都市や文明や甘やかされた人間社会からあえて自らを遮断し、自身の自然性を回復させる場であった。それと同じように、串田も山という場を都会の対極として位置付けるが、辻が都市や文明の側に位置する自分を甘えた存在として捉えたのとは異なり、串田は山の自然に触れようとする心性にこそ甘えを感じ取っている。都会を離れ山に行こうとする行為に逃げの意識・罪悪感のようなものを感じている節があり、都会に踏みとどまる強さを自身に求めようとしている部分がある。辻には自然人たる「山の男」への憧憬があり、辻にとっての登山は自らをそちらの側に近づけようとする能動的な行為だった。だが、串田は、そういう、山に行かなければ解決できないといった心的状態をこそ忌避しようとしたのではないだろうか。都会と山との往還にさもしさを感じながらの山行だったと推察される。

このように登山すること自体に恥ずかしさを感じ、思惟する人になりたいと願望した串田だったが、それにもかかわらず、やはり登山から抜け出せなかったのは、一体なぜなのだろうか。それは端的に言えば、「行為と思考とが合致する究極的で理想的な状況、串田自身が「行為と思考とが一緒になったところに、自から生れるその緊張(29)」と呼ぶ現場を渇望していたからにほかならない。

山での行為と思考とが一つになる場合があります。私は、密かにそういう機会に巡りあうことを願って山へ出かけているような気さえして来ました。つまりそれは、さまざまな困難にぶつかった時です。そしてあっさりと引きさがらずに、その困難を乗り切ろうとする時です。[30]

我々が生きる日常や社会的な状況下にあっては、思考と実践は必ずしも一致せず、乖離することが多い。理想と現実は別なものとして存在し、せっかくの思索・思考が置き去りにされてしまうことがある。そうなると思考は空虚なお飾りに堕し、現実的な行為の前に意味を持たなくなる。串田が理想とした状況は、思考が行為の前に敗北するのでも、思考のための思考でもなく、思考が即行為へとつながる境地であった。「どちらかを選ばずには一歩も進めないようなところへ自分を立ち向かわせる必要を感じ、それで山へ出かけているというわけなのです[31]」という説明は、なぜ山に登るのかという「愚問」に、若き日の串田がやっと見つけた返答だった。登山を再開したのも、日常のなかにこのスリリングな緊張を取り戻そうとしたからにほかならない。串田にとって登山とは、漫然とした日常を活性化し、生に緊張感をもたらすための行為だったということだろう。

おわりに

串田の登山を大局的に見ると、まず過激な登攀行為に惹かれた高校生の頃の登山があり、次に行為と思索が合致する状況を求めて登山した時代へと移ったと言えるだろう。そして、思考そのものに惹かれて山から離れた空白期を経て、その後の登山は、やがてはフィジカルな実践的側面よりも、山という自然のなかで歩行しながら種々な対象に思いをめぐらすものへと変わっていったとみていいだろう。晩年の串田は、虹芝寮をホームグラウンドとして谷川岳カタズミ岩などへの登攀に熱中した時代とその頃の仲間たちとを回想し、次のように述懐している。

虹芝寮からは海外の多くの山への道があった。そしてその道を熱意と明るさで進んで行った人達を私は羨んだ。だが私が選んだ道はチョモランマには通じていなかった。私の道はいつも深い霧がかかり、道は消え、この彷徨の草原が時々哲学の匂いがしたり文学の風が吹いたりして、溜息の時は今も尚続いている。[32]

今日、串田孫一という存在を「登山家」と呼ぶ機会はあまりないだろう。自身がそう記したように、究極的には串田は哲学・文学の人であり、その領域で大きな実績を上げてきた人物である。しかし、そうでありながらも、やはりなおかつ、生涯を終えるまで霧深い山の道をさまよい続けたところに、その独自の個性がある。

注

（1）串田孫一『雲・山・太陽——串田孫一随想集』（〔講談社文芸文庫〕、講談社、二〇〇〇年）所載の

著者編の年譜による。以降の年譜引用もこれによる。また、登山関係の事項については、杉本賢治作成の年譜（山口耀久／三宅修／大谷一良編『アルプ――特集串田孫一』所収、山と渓谷社、二〇〇七年）も参照した。

（2）串田孫一「先蹤者の道――槇有恒氏のこと」『花嫁の越えた峠』朋文堂、一九六五年。引用は串田孫一『岩の沈黙――山行』（『串田孫一集』第三巻）、筑摩書房、一九九八年、三〇五ページ。

（3）串田孫一「北穂高岳」『若き日の山』実業之日本社、一九七二年。引用は前掲『岩の沈黙』六ページ。

（4）小野洸は、河田の著作『緑の斜面』（青娥書房、一九七一年）について、「この最後となった本は、河田氏が亡くなるひと月半ほど前に出来上がった。はじめ青娥書房にすすめたのは筆者（小野）であったが、その後串田孫一氏や岩満重孝氏の尽力により、（略）第四回「アルプ展」に間に合わせるため、急拠《（ママ）》作られたのである」（小野洸「河田楨氏の著書解題」『一日二日山の旅』『静かなる山の旅』復刻版、木耳社、一九七八年、附録）と記している。串田は原稿を選び装丁まで担当し、六葉の挿絵を加えたということである。

（5）青柳健「串田さんのこと」「山と高原」第三百三十七号、朋文堂、一九六五年、五九ページ。「山と高原」のこの号は、「人物特集　串田孫一のすべて」と題する特集が組まれている。

（6）「先蹤者の道――槇有恒氏のこと」。引用は前掲『岩の沈黙』三〇七ページ。

（7）前掲「串田さんのこと」五九ページ。また、長越茂雄『谷川岳研究』（朋文堂、一九五四年、八二ページ）には、「一九三二年一二月一九日から翌年一月五日まで。成蹊高校旅行部の虹芝寮が落成し、冬季合宿を行い、この堅炭岩附近の多くの積雪期ルートを開拓した」と記録されている。

（8）串田孫一「カタズミ岩KⅢ」『霧と星の歌』朋文堂、一九五八年。引用は前掲『岩の沈黙』一三〇ページ。

(9) 串田は成蹊高校の岳友たちから多くを学んだことを謙虚に感謝していて、後年、「渡辺兵力さんと、南の海で消えてしまった高木正孝さんは、私の山登りの直接の教師です。山登りの教師というものは、そこでのテクニックや生活の仕方ばかりでなく、心への影響が大きいものであることを、私は最近になっていよいよ強く感じます」(渡辺兵力『山・スキー・みち』泰文館、一九六五年、カバー「すすめのことば」)と記している。

(10) 田中清光「解説」、前掲『岩の沈黙』五〇七ページ

(11) 串田孫一「鳥甲山」『菫色の時間』(アルプ選書)、創文社、一九六〇年。引用は前掲『岩の沈黙』一三五ページ。

(12) 串田孫一「鈴木牧之『秋山記行』」『山と別れる峠』実業之日本社、一九八四年。引用は前掲『岩の沈黙』三九六ページ。

(13) 串田孫一／鳥見迅彦／黒沼俊子／青柳健「座談会　串田孫一氏を囲んで」、前掲「山と高原」第三百三十七号、六九ページ

(14) 川崎精雄「鳥甲山と佐武流山」(『雪山・藪山』〔中公文庫〕、中央公論社、一九八〇年、二二八―二四七ページ)にその記録が載る。そこでは登山したのが「私たち」と複数形で記されているが、「邂逅」(同書六三―七〇ページ)によって、原全教とともに両山に登ったことがわかる。また、「春の鳥甲山」(「アルプ」第十四号、一九五九年、四八―四九ページ)には、「この山の登られた数は極めて少い。昭和十五年四月に私と原全教さんと二人で登ったが、これが積雪期としての初記録らしく」云々とある。そして、串田がこの山の虜になったことに関して「我が意を得たり」とも述べている。

(15) 前掲「鈴木牧之『秋山記行』」には、「この古典と私との関係は昭和三十二年以前にはさかのぼるこ

とが出来ない」『秋山記行』については知らなかった」とあり、この記述から鳥甲山登山が先で、それを契機にこの古典と出会ったことがわかる。
(16) 串田孫一「断想」『雲・岩・太陽――山の絵本』講談社、一九八四年。引用は前掲『岩の沈黙』四六七ページ。
(17) 年譜には、一九三一年(昭和六年)十六歳の項に、「山登りに使う日数は更に多くなり、小黒部谷のような可なり特殊な地域に入る。そして山の紀行文集を一人で書き『山岳』と名付けて製本した」とある。
(18) 串田孫一「あとがき」、前掲『若き日の山』(河出新書)、河出書房、一七四ページ
(19) 串田孫一「この本についての四通の手紙」、前掲『雲・岩・太陽』巻末
(20) 同書五二、六一ページ
(21) 同書七六ページ
(22) 同書六ページ
(23) 同書八五ページ
(24) 田中清光「解説」、前掲『岩の沈黙』五〇一ページ
(25) 串田孫一「甦える記憶――記録に再会して」、前掲『若き日の山』実業之日本社、四〇六ページ
(26) 串田孫一「山での行為と思考」『山のパンセ』実業之日本社、一九五七年。引用は前掲『岩の沈黙』六一ページ。
(27) 串田孫一「山登りの恥かしさ」『こころの山』筑摩書房、一九六一年。引用は前掲『岩の沈黙』二四七―二四八ページ。
(28) 同論文。引用は同書二五〇ページ。

（29）前掲「山での行為と思考」。引用は同書六三ページ。
（30）同論文。引用は同書六二ページ。
（31）同論文。引用は同書六三ページ。
（32）串田孫一「虹芝寮からの私の道」『もう登らない山』恒文社、一九九〇年。引用は前掲『岩の沈黙』四九三ページ。

＊初版単行本では表記が旧字旧仮名のものなどもあり、串田孫一の引用は、多くを表記がわかりやすく整っている前掲『岩の沈黙』によった。『岩の沈黙』に載らない個所などは、一部単行本から直接引用した。同じ著書でありながらも、新旧の仮名遣いが交じっているところがあるのはそういう事情からである。

第2章　串田孫一の初期詩業と詩誌「歴程」

はじめに

　串田孫一の業績は、哲学研究や詩・小説・随想などの文筆に関わるものだけでなく、篆刻・装丁・絵画における個性豊かな仕事や登山に関わることなど、極めて広範にわたる。そういういくつかのジャンルにわたる諸活動や味わい深い生活スタイルは、独自の世界を形成し、多くの読者やファンを獲得した。しかし、串田はディレッタントと見なされてきたのか、生前、その詩や随想などが文学研究の対象として分析検討されることはほとんどなかった。そして、串田の死から十年近く経た今日にあっても、その状況は変わってはいない。

　しかし、串田がなした仕事は、昭和三十年代以降の文化状況のいくつかの局面で、静かではあるが確かな影響を与えている。その仕事を振り返ることは、多彩な活動ゆえにぼやけがちな串田の業績の輪郭を確かにし、一つの時代を検証し捉え直す契機となる。本章ではその試みの初めとして、昭和二十年代後半から三十年代初めの詩業について検討する。串田の多岐にわたる仕事の初めにあったのが詩であり、その後の幅広い仕事にも、その原点として根底には「詩」が存在していると思われるからである。

1　青春期における詩の創作

串田の文筆の範囲は極めて多方面にわたり、そのなかにあって詩が特別に重い意味を持つと見なされているわけではない。したがって、清水哲男が「串田は著名な詩人ではあったのだけれど、まともに論じられることのない不思議な存在であった(1)」と述べたように、串田の詩が考察の対象となることはこれまでほとんどなかった。しかし、串田の詩への関心は既に高校生の頃に芽生えていて、のちの文筆活動へとつながっていく端緒がここにあり、その文学活動が〈詩からの出発〉だったことを考えるならば、その詩業についてはもっと関心が持たれてもいいはずである。

自筆年譜では、一九三五年（昭和十年）、二十歳の頃に「詩集『如意論』をまとめる(2)」とあり、既に東京高等学校在学時から詩の創作がなされていたことを示している。青春期に詩を書くのはよくあることだが、自ら編集し個人詩集としてまとめるという執念はなかなか持てないものである。また、この頃には尾崎喜八を訪ねることもあったようで(3)、これは詩の制作方法などを模索しようとする姿勢があったことを証する。こうした詩への強い関心のなかで、三七年に詩と散文集『薄雪草』が作られた。『如意論』『薄雪草』はともに手書きの手作り詩集だが、本格的な文筆活動の前に既にこのようなことがなされていたという事実は、その文筆の根源的な部分に詩が位置することを証するもので、記憶しておいていいだろう。

一方、串田の青春には前章で見たように、もう一つの中心として「登山」があったが、登山の記録として紀行文集を書き残しているという事実も看過できない。このことは、串田にとって「登山」は、山に登るという行為だけで完結するものではなく、その総括としての思索・創作へとつながる一連の流れ全体を意味するものだったということを示しているだろう。串田の若き日の二つの詩集は戦災で焼かれ、今日その内容を見ることはできないが、青春の日々の二つの中心である詩と登山が分断されたものであるとは思えず、登山と紀行文とがつながっているように、登山と詩も接続したものだったのではないかと推測される。

詩の創作と登山は串田にとって青春の大きな部分を占めるものだったが、『薄雪草』をまとめた一九三七年（昭和十二年）以降、詩への関心は薄れ、小説の創作へと比重が移っていったようだ。同年、初見靖一の筆名で『乖離』を出版した後は、小説や短篇集の発表が相次いだ。

ふたたび詩の創作がなされるようになるのは、「将来の見通しのない夏のあいだ、森や川べりをうろつく」という、戦争による失意の時期を経た後のことで、一九四八年（昭和二十三年）、草野心平に「神田で偶然会い、『歴程』の同人とな」ってからのことである。(4) 学生時代の二つの詩集は残されていないので、その質を評価することはできないが、いわばそれらは習作段階のものと推測されるので、本格的な詩業は戦後のこの時期から始まると捉えていいだろう。草野および「歴程」（歴程社）との出会いは学生時代にあった詩への関心を復活させ、ふたたび詩の創作へと向かわせる契機となったのである。

その頃の串田は、大学などでの講義に加え、随想の執筆や講演などで多忙であり、詩との再会がなければ、哲学への学究と人生論的随想作家としてだけ存在し続けたかもしれない。戦後の詩心の復活がその後の串田の活動に広がりを持たせることになったのであり、草野との偶然の出会いが果たした役割は小さくない。

2　「歴程」の時代

草野の誘いを受けて串田が「歴程」と関わるようになるのは、まず復刊第四号（一九四八年）のカットでの登場である。続いて第六号（一九四八年）では散文「治てん草について」を寄せている。これらは詩の作品ではなかったが、同人になった証しとしてひとまず参加したといったところだろうか。その後「歴程」は二年ほど間が空き、次の発行となるのは一九五〇年（昭和二十五年）十一月の第七号だが、串田はこのあたりから本格的な詩の創作に入り、継続的に「歴程」に作品を発表していくようになる。「歴程」はその次の号から、戦前に刊行した二十六冊を加えた通巻としての号数表示へと変わるが、串田は第三十四号（一九五一年）から第四十一号（一九五二年）まで毎号、詩を掲載している。その後、「歴程」はおよそ二年半休刊するが、串田は昭和三十年代に入っても精力的に「歴程」

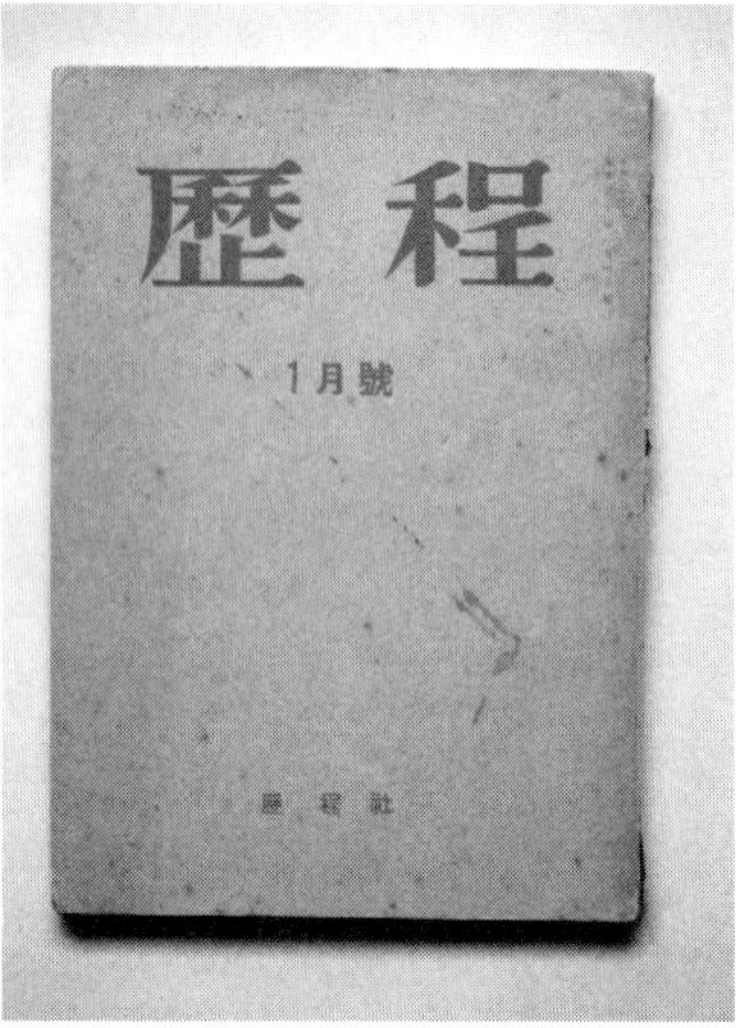

「歴程」第43号、歴程社、1955年

への寄稿を続け、戦後の「歴程」同人のなかにあって、鳥見迅彦・山本太郎・辻まことなどとともに、中核的な位置を占めていく。第四十四号（一九五五年）の「詩のできるまで」と題した座談会にも草野らとともに参加しているが、こうした扱いは串田が詩人としてしっかりと認知されていることを示すものである。九十年近い人生を生き、極めて多方面に活躍した串田を念頭に置くと、その詩業は余技のように見なされ、傍らに置き去られがちだが、これら「歴程」での活動を見れば、串田と詩との関わりがいかに強いかがわかる。この時期の串田は詩の創作活動が極めて旺盛で、専門の「詩人」として位置付けられていたことが確認できる。

　また、昭和二十年代後半の串田がいかに詩と強く関わっていたかは、串田が中心となって同人誌「アルビレオ」を発行していた事実からもわかる。「アルビレオ」とは一九五一年（昭和二十六年）四月に創刊され、六五年三月の第四十二号まで発行された詩誌である。「アルビレオ」に関しては次章で扱うので、ここでは概略だけ確認しておく。創刊号は、A5半裁でアンカット、十六ページ、十字屋書店発行、編集兼発行名義人は印南水造[5]。編集発行人の名義は、勝又茂幸・串田孫一・伊藤海彦・小海永二などと順次変更されていくが、実質的には串田がその中心に位置していた。同好会的体質とでも言えそうな、仲間意識からなる部分が大きい同人誌で、そのために時の流行や種々のしがらみから自由で、詩壇とは無縁の位置に立つという性質を持つ。そこに集まる詩人の詩作品の内容やシンプルで瀟洒な手作り感あふれる体裁など、随所に串田のリーダーシップを見ることができる。創刊から七年後の第三十号（一九五八年）の特集号から発行所は小海永二方に変わり、編集も伊藤海彦・小海永二・北原節子の共同へと変わっていき、雑誌の中心は若い世代へ移行するが、串田はそれまでの号を精力的に牽引し、第四十一号（一九六五年）を除くすべての号に自らも詩を寄せ続けた。(6)

「歴程」「アルビレオ」の二誌を振り返ると、昭和二十年代後半から三十年代初めに、串田は極めて旺盛に詩人として活動していたことがわかる。そして、その頃の串田の詩の創作活動の集大成となったのが、第一詩集『羊飼の時計』（創元社、一九五三年）と第二詩集『旅人の悦び』（〔アルビレオ叢書〕、書肆ユリイカ、一九五五年）である。

前節で見たように、学生時代の詩の創作期を第一期の習作時代とすると、この「歴程」「アルビレオ」の時代は第二期と位置付けることができ、この時期こそが串田が最も詩へと接近した時代であった。

3　串田孫一の詩の特色

さて、はたして串田の詩とはどのようなものであり、その評価はどのようになされるべきだろうか。

先に記したように、清水哲男は串田の詩について「まともに論じられることのない不思議な存在」と述べたが、その清水が「本邦初のまともな串田論」と評したのが高橋英夫の評論である。高橋は串田の詩について「朗読するものとしての詩を実践しつづけた。それはそのまま、詩を音楽に近づけることであり、音楽としての詩を実現することを意味していた(7)」と論じ、串田の詩を音楽との親和性の面から高く評価した。しかし、ここで高橋が批評の対象としたのは、一九六五年(昭和四十年)以降の詩についてである。

串田は、一九六五年(昭和四十年)から九四年まで、FM東海、FM東京の音楽番組に出演し、番組のなかで自作の詩を朗読して、それらを『夜の扉』(創文社、一九六六年)、『いろいろの天使』(弥生書房、一九六八年)などの詩集として刊行したが、この時期は、学生時代を第一期、「歴程」「アルビレオ」の時期を第二期とすれば、いわば第三期の創作期と位置付けられる。

このように創作時期を仮に三つに区分して考えると、高橋が例を出して評したのは第三期の詩篇であって、串田の詩業の中心たる第二期についてのものではない。串田の詩業を集成した田中清光編・解説『串田孫一詩集』(「日本現代詩文庫」第一巻)、土曜美術社、一九八二年)には、高橋が評価した第三期の詩は収録されていないが、田中清光はその理由を「耳からだけで伝えるという条件で書かれたものであり、作者の意向もあって本巻には収めなかった(8)」と記している。このことは、串田本人にとって第三期の詩は、自らの詩のなかで傍流として位置付けられていたことを示すものであり、これらの詩を串田を評する際のサンプルとして提示するのは不適切であることを意味する。これらの詩にはそれとしての意味があり、決して貶めるわけではないが、ある種のエンターテインメント的な場から発せられたものとして捉えるべきであり、そこに串田の詩の本質を見いだすのは適切ではないだろう。やはり、串田の詩の本質は「歴程」へ参加し「アルビレオ」を発行し続けた、昭和二十年代後半から三十年代初めの詩作のなかにこそ存在するとみるべきだろう。先に引用した清水哲男の印象のように、串田の詩について論じられる機会は少なかったが、田中清光だけは多くの解説・論考を書いている。以下ではそれに沿いながら、昭和二十年代後半から三十年代初めの串田の詩について検証してみたい。

田中清光は「語りかけの口調で書かれる詩は、この詩人の特徴の一つを示すものである」[9]と述べ、串田の詩の特徴の一つとして「語りかけの口調」に着目した。そして、そのような種類の詩として「夜の草原」（『羊飼の時計』所収）や「山頂」（『旅人の悦び』所収）を取り上げている。[10]このような「語りかけの口調」を使用して書かれた詩は、他にも「たまあじさい」（『羊飼いの時計』所収）、「蟹」（『旅人の悦び』所収）などいくつか挙げられるが、ここでは田中が例示して解説した「夜の草原」を見てみたい。「夜の草原」は「歴程」第四十一号（一九五二年）が初出で、その際の題は「夜の原」だった。のちに第一詩集『羊飼の時計』の冒頭に置かれたことからもわかるように、詩人の出発を飾るべき詩であり、詩人串田の詩的方法や詩のエッセンスがおのずと表れたものになっているはずである。

おとうさん
こんなところに坐っています
ぼくが見えますか
つめたい晩ですね

明るい晩ですね
霜が真白ですね
おとうさん
ぼくがほんとうに分りますか
（略）
おとうさん
遠い昔になりますね
ぼく本をよんであげましたね
だんだん声を小さくすると
淋しいうす目をあけましたね
ねむれない溜息をつきましたね
電灯に黒いきれをかけましたね
おとうさん
ぼくが見えますか
こんなによごれました
こんなに皺ができました
こんなに痩せてしまいました
それでも　おとうさん

ぼくのわがまま
みんな知っていますか
もう黙りますね
あれは犬が吠えているのです
ぼく　この原を
真直ぐ歩いて行きます
おとうさん
見ていてくれますか
大きな月の暈ですね

はたして、串田はなぜ「語りかけの口調」を多用するのだろうか。その「語りかけの口調」を分析すると、そこから二つの姿勢を読み取ることができるように思われる。まず一つは、この詩のように他者への「語りかけ」を通して自己への省察を深め、自身のあるべき姿・生きる道筋を再確認しようとする姿勢である。そして、いま一つは、独りよがりな独断を避け、他者との共感を通して自身の判断をおこなおうとする姿勢である。そうした姿勢は、多くの詩の文末表現で「〜だろう」「〜でしょう」という推量が多用される点にも表れている。(11)

プラトン以降、哲学的対話は哲学的真理探究の重要な手段だったが、「語りかけ」の様態は、哲学者でもある串田がそういった真理探究の手段を詩の世界にも援用したとみることができる。他者へ

串田孫一『羊飼の時計』創文社、1953年

「語りかけ」た後にその他者からの返答を想定し、そしてまた他者へと問い返す——そうした繰り返しのなかで思考が深められていくのである。これは串田にとって、詩の創作が哲学的思索と同類の行為だったことを示している。そして、そういう作業を詩の創作という作業のなかでおこなう場合、「他者」はいま一人の自身が演じなくてはならず、そのために自身の思いは絶え間ない修正を経て深められていき、独りよがりな判断に陥ることから逃れられる。そういうプロセスのなかで詩が成立するがゆえに、串田の詩の言葉は常に控えめで、疑問形や推量形で叙述されることが多く、断定を避けた保留の口調になりやすいのである。

　言葉・表現の領域ではこうした特徴を見ることができるが、詩的モチーフ・テーマに即して考えると、どのような読みが可能であろうか。田中清光は「夜の草原」のなかに「文脈の底にしずむ、詩人の歩んできた戦中から戦後にかけての重たい歳月の投影」[12]を読み取り、串田の詩を戦後詩の脈絡のなかで捉えた。一般的には、串田の詩は戦後詩とは無縁の場で創作がなされ、時代状況にとらわれない抒情を描いたものとして読まれがちだが、田中は具体的なグループ名などを挙げて比較してはいないが、串田の詩が「荒地」や「列島」が牽引した戦後詩とは異なるアプローチでありながらも、実は強く戦中・戦後の時代状況とつながっていると見たのだろう。

そして、田中はこの詩の最終部分の詩句を、「きっぱりと未来に向って目を上げた、言表」[13]と捉え、敗戦後の社会状況から未来に向かって「真直ぐ歩いて行」くという、筆者の宣言と理解したのである。戦後の虚無的状況のなかで生に対して前向きに向き合う姿勢を示したものとして、串田の詩を受容する、田中の読みは重要な示唆に富む。

鮎川信夫の「橋上の人」（文学51の会編「文学51」第二号、日本社、一九五一年）にも、同じように「父」に対する呼びかけを基調とした一節がある。

父よ、
大いなる父よ、
十一月の寒空に、わたしはオーバーもなく、
橋の上に佇みながら、
暗くなってゆく運河を見つめています。
教えてください、
父よ、大いなる父よ、
わたしにはまだ罪が足りないのですか、
わたしの悲惨は貴方の栄光なのですか。

鮎川の「橋上の人」は雑誌発表が三度（戦中のものと戦後の二作）あり、宮崎真素美は『鮎川信夫研究――精神の架橋』（日本図書センター、二〇〇二年）で、三作の変化をたどりながら綿密な考察をおこなった。[14]そして、この第三作については、従来提示されていた戦後状況での「新しい出発の決意」という読解[15]を否定し、「生を受容することの苦痛は、自身を操作する絶対者としての〈父〉を想定し、恨み言を述べなければならないほど深く、自らの意志で生を受け入れてゆくのには、この苦痛のあまりにも大きすぎることを物語っている」[16]と述べ、いまだ「新しい出発の決意」には至っていない「自らの身に戦後を引き受けてゆこうとする苦渋の内実」[17]が示された詩だと論じた。宮崎がそのように捉えた「橋上の人」第三作に先の串田の詩を対置すると、戦後状況のなかで串田が志向するものがより明確になる。

串田の詩は「電灯に黒いきれをかけましたね」からわかるように、そこで回想されているのは、戦時下の家庭内でのある日の一齣である。そして、そういう過去のある日を歳を重ねた息子が思い起こし、亡くなった父親に語りかける形で、ある種の決意を自らに言い聞かせている。「よごれ」「皺ができ」「痩せてしま」ったとは、生家を焼かれ、研究者の命とも言うべき蔵書を消失し、山形県新庄への疎開生活を余儀なくされた自身の戦時体験や、敗戦後のままならぬ生活をも含んでいるだろう。そういう戦時体験の記憶から逃れられないさまは、友人らを戦争で失った痛苦や自らの戦争体験をどのように止揚するかという課題から戦後を生き始めなければならなかった鮎川と何ら変わるものではない。

しかし、昭和二十年代半ばという時代状況のなか、鮎川が見つめていたものは「暗くなってゆく運河」であり、串田の視線の先にあったものは「大きな月の暈」だったということが、戦後の両者の意識の差異を浮き立たせている。「太陽も海も信ずるに足りない」（「死んだ男」）という思いを戦後も引きずっていただろう鮎川の悲痛と、「月の暈」に希望を見ようとした串田との差異は大きい。それは、戦争の現場での体験を強く刻印され、そこでの体験とその傷跡からいまだに抜け出せずにいる鮎川と、戦争体験を切断し、未来への道を歩み行こうと決意する串田との差異である。そしてまた、「即日帰郷」となり、戦地での悲痛な戦闘を体験することなく、いわば「銃後」での戦争体験しかなかった串田と、[18]「兵士を、じぶんを葬るように引きずって穴に埋めたことのあるもの[19]」との戦中体験の深度の差異でもあるだろう。

それにしても、「月の暈」を通して父とのつながりを意識し、未来に向かっての前向きな歩みを父に誓うという言表は、極めて強い意識の表れであり、田中の言うとおり、本当に「きっぱりと」している。戦後状況のなか、このようにのちの人生を有意義なものとなそうと前向きに志向する、串田の人生に対する積極的な姿勢は特記しておいていいだろう。「現代は荒地である」（「Xへの献辞」『荒地詩集1951』所収）と認識した鮎川らとは異なり、串田にとって現代は既に荒地ではなかったのである。

山小屋の隅の板壁に
顔を寄せて眠ろうとしていると
私の三十七年が

その板の木目に並んで
私の方を見ている
責任をどうのというわけではないが
私は首を振って
何んにも知らないと言いたくなる
（「山小屋の夜」『羊飼の時計』所収）

この詩での「私」は、戦時を含む前半生を振り返って何らかの「責任」を感じているが、その責めを正面から受けようとはせず、過去をうっちゃるようにして、来るべき時間へと意識をはせているようである。これは、「わたしにはまだ罪が足りないのですか」という「自罪意識[20]」から常に離れえなかった鮎川と極めて対照的である。

辻まことが「多くの人には理解できないことかも知れないが、串田さんの文学は、戦争の文学であって、戦場の荒廃した焼跡の死から新しい生を証明した一輪の花なのだ[21]」と述べたのも、串田の詩や文学は戦争や戦後状況から無縁であるどころか、むしろ、それらと深く関わっていたことを指摘したものである。そして辻も田中と同様に、敗戦後の日本社会からの新生を企図するものとして串田の詩を捉えていたということは重要である。この時期の串田の詩のいくつかには、戦後社会の再生と自らの新生とを期す、〈戦後からの出発〉を企む未来志向の姿勢が見られるのである。

次に、「アルビレオ」第三号（一九五一年）に載り、やはり『羊飼の時計』に収録された「沼への径」を取り上げる。ここにもまた、別なる串田的特性が表れている。

私はここから引きかえします
この先はどっちの径を下っても同じです
右を行けば銀蘭の花
左の径には金蘭の蕾
滑るから気をつけていらっしゃい
沼の水はゆうべ星空をうつして
すっかり澄み切っています
ひょっとすると朝霧が
杉の梢にからまっているかも知れません
私がいつも休むのは
さいかちの根もとの白い岩です
ええ　水ぎわにあるのです
今ごろ沼の上に浮かんでいるのは
もうすっかり夏羽にかえたかいつぶり
水の中で小えびが腰をのばすと
椎の実のようになってもぐります

そこから円い波がふるえながら広がるでしょう
昨日生れたかわとんぼが
初めての夜明けをねむがっているでしょう
それでは森と沼とで一つの朝を迎えるため
私はここから帰ります

この詩では、描かれた場所、詩に表れた語彙、緻密な自然描写などにその特色を見ることができる。登山家でもある串田だが、その詩の対象となるのは高峰や急峻な岩場よりも、「山からゆったりした裾野に及ぶ対象[22]」であることが多い。のちに山岳雑誌「アルプ」(「アルプ」とは高山山腹の放牧場を意味する)を創り出すことになる串田のスタンスが、こういうところにもよく表れている。串田にとって、急峻な岩稜だけが山を意味するものではないし、登頂だけが登山行為を意味するものでもない。山岳はより広い自然領域の一部をなすものであり、登山行為とは、登頂から下山に至る過程の全体を指すものであるはずである。したがって串田は、中心にある山そのものだけを対象とするのではなく、山岳を取り巻く周囲全体の自然をその詩の対象として選び、そのなかで思惟し作品化するのである。この詩では、山岳の周囲の自然を対象とし、なおかつ、「沼」という中心ではなく、そこへ至る「径」が想像的に描かれている。森から沼へと移行しながら、その途中の自然の一つひとつに関心が注がれ、それが順を追って記されていく。「朝霧」も「かいつぶり」も「かわとんぼ」もみな平等に記され、忘れ去られることはない。自然現象は的確な自然科学的認識として捉えられ、動植物は名もなき虫や草としてではなく、極力はっきりした固有名で示される。この詩を書くには、緻密な自然観察と動植物の知識が必要であり、抒情は具体的な自然を通過することによって成立する。自然観察と詩の創作が同時進行的になされていくというのも、串田の詩の一つの特色として指摘できるだろう。

また、使用される詩語が極めて特徴的であることも、その詩の特質として挙げることができる。「沼への径」も、〈串田語彙〉とでも命名できそうな独特な語彙によって成り立っている。銀蘭・金蘭・沼の水・星空・朝霧・杉の梢・かいつぶり・小えび・椎の実・かわとんぼなどがそれで、動植物の名や自然にまつわる語彙が多用されるところにその特色がある。これはある面で化学・地学などの自然科学用語を多用する〈宮沢賢治語彙〉に似ているが、串田のそれは賢治とは違って、一般人に馴染みがない専門用語を使用することはない。串田の場合は、一般的に使われる自然科学的な言葉が使用されるにすぎないのだが、自然に向き合うことが少ない今日それを読むと、そういう語彙であっても、自然を的確に捉えたものとして読者に響く。そこにあるのは深い自然観照を通過したうえでの描写であって、一つひとつの事物が明瞭に立ち現れるからだろう。

串田が描く自然は決して大自然が対象ではなく、平生、自然を細部まで念入りに観察する習慣がなければ見過ごされてしまうような小さな自然であることが多く、詩ではそういう自然が緻密に描写されていく（「沼への径」の詩では想起される）のである。したがって、串田の詩は自然観照の延長としてあるとも言えるだろう。こういったところに串田の詩が「博物誌」へとつながっていく経路があるのだろうが、「博物誌」に関しては第４章で取り上げる。

読者は串田の詩に接することで、自らの自然に対する関わりの薄さに気づき、その詩を媒介にして自然との関わりの欠如を補おうとするのである。

4　串田孫一の「一くせ」

串田の詩業を三区分し、第二期にその個性が最も表れているとして、その詩の特徴について見てきたが、金子光晴はその頃の串田について、「最近目にふれた感銘のある詩をひろえば、『歴程』の串田君の詩は、あれで一くせあるように思う[23]」と評価した。同時代の評者が、金子がその慧眼で看破した串田の「一くせ」に気づかず、詩人としての串田を見落としてしまったきらいがあるなかで、金子のこの指摘は貴重である。金子が「あれで」と言ったのには、おそらく二つの意味がある。一つは、串田が正統的な詩人と見なされず、文筆家あるいは哲学（研究）者の余技としてその詩が捉えられていただろうという状況に対してであり、もう一つは、「露骨さのない、人によっては穏かすぎると感じ、また星菫派と誤解されることもあった詩の外見[24]」や詩的技巧から離れた素朴な表現方法などに対してである。

しかし、そういう先入観をほどき坦懐にその詩を読むと、金子が指摘したように「一くせ」ある詩人としての串田が浮かび上がるはずである。金子は手短に評しただけで、その「一くせ」の内実を説明していないが、串田の詩が素人《しろうと》の手すさびとして看過されがちな風潮に待ったをかけ、「戦後詩」の一つとして捉えうるような、強靭な批評性・思索性を潜在させていることを評価しようとしたのではないか。加えて、金子が串田を持ち上げる理由として、戦後の詩壇および「歴程」に対して、「若くて溌らつとした未来をもった人たち」[25]の登場を促したかったためとも考えられる。金子と「歴程」との関わりは既に第二号（一九三六年）から始まり、戦後の復刊以降も断続的に寄稿が続き、その縁は浅からぬものがあるが、その「歴程」の後輩詩人に向けた期待もあったのではないだろうか。

次の詩は「歴程」第三十六号（一九五一年）に載り、『羊飼の時計』に収められた「モディリアニが通る」である。

串田孫一が表紙になった「歴程」第65号
（歴程社、1988年）

少女が冬の三角の日だまりで暖まって
　いる
ほこり臭いひなたの匂いが沁み込んで
　いる
雀ものぞいたことのないこの裏街の
二階の窓辺でカナリヤがときどき水を
　浴る
少女は笑わない
笑うことをまだよく知らない
よごれた指先で輪をつくって遊んでい

る
人が通ると
行きすぎた頃に上目づかいで見送る
彼女の鴇色の上衣に人の影がとまる
多分アメデオ・モディリアニという人らしい
——そこどいてくれないかな

その影は首を振って立ち去る
すると
カナリヤがはねかした水玉が降って来る
少女はそれを待っていた
雫でぬれる敷石の桝目で
運をためそうと思って

金子が先のような感想を持ったのは、おそらくこのような、奇をてらうことのない真っ当な詩に対してではなかっただろうか。先の「夜の草原」に対し、田中は「多くの戦後詩人のようにそれを尖鋭な方法やどぎつさをもって表わすことをせず、亡き父に向けてのモノロオグの形の語り口に、しぜんに溶けこませて静かに示し」[26]たと批評したが、この詩にも同時代の現代詩が持つ内容の難解さと先鋭性はなく、詩語も平易でトーンも穏やかである。しかしそれでいて、饒舌な口調で平板な抒情を垂れ流したというものではない。選び抜かれ凝縮された言葉が作り出す情景は、落ち着きと洗練された気品を漂わせていて、密度の濃い詩情を醸し出していると言えるだろう。前掲の詩では、その後に来る人生がどのようなものかも知らず、無邪気に人生を生き始めた少女が描かれたが、「雫でぬれる敷石の桝目」での運試しとはなかなかしゃれているし、その雫が「カナリヤがはねかした水玉」だとすると、それはなおさら豊かな詩情を形成することになる。しかし、そうした無邪気さや詩的な雰囲気の背後に、一人の少女がこれから経験するだろう様々な人生の様態を読者は思い起こし、人が生きるということへの省察をたくましくするのである。

総じて、この時期の串田の詩篇には人生を真摯に見つめようとする静謐な思索的態度が秘められており、この「モディリアニが通る」や「私と私」(「歴程」第三十七号、一九五一年、『羊飼の時計』所収)などの詩篇には、人生や自分自身を問うような深い思索性が潜んでいる。また、先に見た「夜の草原」や乳児の頬を描く「この頬」(「歴程」第三十八号、一九五一年、『羊飼の時計』所収)などには、未来に対する肯定的な眼差しと生に対する前向きさがあるように思われる。そして、その思索は明確な論理に依拠して深められたわけではないので、そこにある種の漠然さと詩情とが発生する。このような抒情性と思索性の狭間に発生する独特の詩情こそが、串田の詩の魅力であった。

おわりに

従来、あまり考察の対象になることがなかった串田の詩に対し、昭和二十年代後半から三十年代初めの「歴程」での詩篇を中心に、いくつかの側面から検討してみた。串田の詩については今後もっと考察され、その詩的特色と詩史のなかでの位置付けが検討されてもいいと思うが、それにはまず、詩人としての串田の存在を認めなければならない。本章で見たように、昭和のある時期、串田は紛れもなく「詩人」だったのであり、多様な諸活動のなかでも詩業はその中心にあった。串田の広範な文筆活動の根底には常に詩が潜在していたとすべきで、今後、その多様な業績を「詩人」串田孫一という視点を通して考察すれば、より深い串田受容へとつながっていくはずである。

注

（1）清水哲男「白眉の串田孫一論」「ちくま」二〇〇七年十二月号、筑摩書房、一四ページ

（2）串田孫一「年譜」（『自選串田孫一詩集』彌生書房、一九九七年、三五九ページ）に拠る。以後の年譜からの引用もこれに拠る。

（3）串田孫一「解説」、串田孫一編『尾崎喜八詩集』（「世界の詩」54）、彌生書房、一九六八年、一五二ページ

（４）前掲「年譜」三六一ページ
（５）「アルビレオ」創刊号（一九五一年）は未見なので、この書誌事項は小川和佑『リトル・マガジン発掘――文学史の水平線』（〔笠間選書〕、笠間書院、一九七六年、四二―四九ページ）によった。
（６）「アルビレオ」については未見の号もいくつかあるので、その記載内容については和田博文／杉浦静編『戦後詩誌総覧５　感受性のコスモロジー』（日外アソシエーツ、二〇〇九年、九―三二ページ）を適宜参考にした。
（７）高橋英夫『音楽が聞える――詩人たちの楽興のとき』筑摩書房、二〇〇七年、一六〇ページ
（８）田中清光「串田さんの詩をめぐって」、前掲『串田孫一詩集』所収、一三八ページ
（９）田中清光「山への思索」『詩人の山――わたしの詞華集』恒文社、一九九四年、八一ページ。ここでは「山頂」の詩についての言及。
（10）「夜の草原」については、前掲「串田さんの詩をめぐって」で言及（一四一ページ）。
（11）例えば、『羊飼の時計』では「葦の根」「丘」「低気圧が去る」「杖が倒れる」「河原のつむじ風」「三十年」など多数、そういう事例が見られる。
（12）前掲「串田さんの詩をめぐって」一四一ページ
（13）同論文一四一ページ
（14）三作の異同、書誌的事項、創作のいきさつなどについては、前掲『鮎川信夫研究』、牟礼慶子『鮎川信夫――路上のたましい』（思潮社、一九九二年）、『鮎川信夫からの贈りもの』（思潮社、二〇〇三年）の検証・研究があり、本章執筆にあたっても参考とした。それらをもとに整理すると、第一作は「故園」第二号（故園刊行所、一九四三年）、第二作は「ルネサンス」第九号（暁書房、一九四八年）、第三作は前掲「文学51」第二号に載り、第三作は『荒地詩集１９５１』（早川書房、一九五一年）、

『鮎川信夫詩集――1945―1955』（荒地出版社、一九五五年）に再録の際、加筆・修正などが繰り返されているということである。なお、本章でのこの詩の引用は『鮎川信夫著作集』第一巻（思潮社、一九七三年）に拠った。

（15）宮崎が自説との対比として主に引いたのは、上田正行「鮎川信夫――「橋上の人」の位置」（「国文学――解釈と鑑賞」一九八四年四月号、至文堂、一〇三―一〇五ページ）である。この論文で上田は、第三作になって追加された「星のきまっている者はふりむこうとしない」という一行に着目し、「この一行には詩人の戦後における新しい出発の決意が込められている」と論じた。上田はその一行に鮎川自身の意志を見て取ったのだが、宮崎はテクストの緻密な読みによって「〈星のきまっている者〉と詩人とは、むしろ乖離している」と捉えた。

（16）前掲『鮎川信夫研究』二〇八ページ

（17）同書二〇〇ページ

（18）年譜には、一九四〇年（昭和十五年）二月の項に「千葉県柏の高射砲聯隊に入営したが、即日帰郷」、一九四二年（昭和十七年）五月の項に、「世田谷野砲聯隊に応召、即日帰郷」とある。

（19）吉本隆明「鮎川信夫の根拠」『鮎川信夫著作集』第二巻所収、思潮社、一九七三年。引用は吉本隆明『鮎川信夫論』思潮社、一九八二年、四五ページ。

（20）村川逸司「鮎川信夫の詩的行程――自罪意識の行方」（千葉大学教育学部編「千葉大学教育学部研究紀要　第一部」第三十七号、千葉大学教育学部、一九八九年、三三九―三九〇ページ）は、鮎川の詩に多用される「罪」という語彙に着目し、その「自罪意識」について考察している。

（21）辻まこと「串田さんのこと」、前掲「山と高原」第三百三十七号。引用は『辻まこと全集』第一巻（みすず書房、一九九九年）、三六七ページ。

(22) 前掲「串田さんの詩をめぐって」一四五ページ
(23) 金子光晴「感想」「歴程」第四十号、一九五二年。引用は『金子光晴全集』第十三巻（中央公論社、一九七六年）、一四八ページ。「復讐の時代」と改題。
(24) 前掲「串田さんの詩をめぐって」一四四ページ
(25) 金子光晴「『歴程』について」「歴程」復刊第七号、一九五〇年。引用は前掲『金子光晴全集』第十三巻、一三九ページ。また、金子はここで、戦後復活した「歴程」への展望を、「今度の『歴程』は、若い人が中心になってやるということだ」と述べ、過去から脱し、新しく出発すべきという見解を示した。
(26) 前掲「串田さんの詩をめぐって」一四一ページ
＊本章での串田孫一の詩の引用については、前掲『自選串田孫一詩集』により、旧漢字は新字に改めた。

第3章　串田孫一と同人誌「アルビレオ」

はじめに

前章で述べたとおり、「歴程」は詩人串田孫一を作り出すにあたって重要な意味を持つものだったが、この時期に関わった詩誌でいま一つ忘れてならないものに、串田自身が中心となって発行した同人誌「アルビレオ」がある。「アルビレオ」での活動はその後の詩業だけでなく、人気を博した一連の『博物誌』の著作や山岳雑誌「アルプ」の編集にもつながっていくもので、「歴程」とともにもう一つの原点となるものである。また、「アルビレオ」は戦後詩のなかで独特な位置を示しえた雑誌として、戦後詩史のなかに定置すべきものであると考える。

しかし、「アルビレオ」は今日忘れ去られてしまったかのような感があり、これまでそれに対する研究は、小川和佑の「戦後時代思潮と「アルビレオ」」（前掲『リトル・マガジン発掘』）があるだけと言ってもいいような状況だった。近年、前掲『戦後詩誌総覧5』に「アルビレオ」の項目が立てられ、書誌的事項の充実が図られたとはいうものの、それらを活用して研究が進展したとは言いがたい。

本章では、それらの貴重な先行研究に沿いながら、「アルビレオ」の誌面と作品とに具体的に触れ、この詩誌が持つ特徴と戦後詩史のなかで果たした役割について検討してみたい。また、「アルビレオ」の活動とその詩作品を通して串田の詩精神についても考えてみたい。

1　「アルビレオ」の概略とその自然志向

「アルビレオ」は一九五一年（昭和二十六年）四月に創刊され、六五年三月、第四十二号で終刊となった詩誌である。創刊号の体裁はA5半裁判、アンカット、十六ページ、十字屋書店発行、編集兼発行名義人は印南水造。(1) ページ数はのちに二十四ページ、三十二ページなどと増えていった（最大は第四十号の六十四ページ）が、いずれにせよ、冊子はA5半裁判で薄い作りのものである。編集発行の名義人は勝又茂幸・串田孫一・伊藤海彦・小海永二などと変更されていったが、常に中心には串田の存在があり、その吸引力と人脈のなかで成立した詩誌だったと言っても過言ではない。

そもそも創刊の経緯が、当時刊行されていた婦人雑誌「新女苑」（実業之日本社）の編集者である勝又茂幸や粕谷正雄・北原節子が、同誌の主要執筆者だった串田を中心とする詩誌の刊行を推進し、串田がそれに応じたというものだった(2)ので、串田の個人誌と言ってもいいような性質を有するのは当然である。串田は自身が創作する詩の発表の場を確保する意味もあり、その要請を受けて同人誌創刊に踏み切ったのだろう。また、先の三人がその後「アルビレオ」の編集実務に当たるなどその活動の中心を担った人物であることを考えると、彼らが詩人として認知され始めた串田を詩誌の顔として引っ張り出してきたという側面もあるようだ。いずれにせよ、「歴程」に詩を発表し始めたのとほぼ時を同じくしての創刊は、その頃の串田にとって詩の比重がいかに高かったかを示すものである。[3]

この詩誌は創刊に至る経緯から見て、串田に近い人物たちの交遊的な側面が大きいことは否めず、同人たちに共通する詩論や詩観があって始まったものではない。前掲の『戦後詩誌総覧5』に収録された「アルビレオ」の項の解題には、「主義主張を同じくし、一定の価値基準に則って制作した作品を発表するのではなく、自由に制作して寄稿する方針がとられていることが伺える。詩論がほとんど掲載されておらず、翻訳も含めた詩作品が紙面のほとんどを占めている」[4]と、極めて明瞭にその性質が説明してある。

また、小川和佑は「荒地」と「アルビレオ」を対置することによって、「アルビレオ」という詩誌の性質を浮き上がらせようとする視点を提示している。[5]いまその視点にならって、「アルビレオ」創刊の年に出た『荒地詩集1951』を脇に置き、「荒地」と「アルビレオ」の差異について再確認してみる。「荒地」グループには、『荒地詩集1951』冒頭の「Xへの献辞」の強烈なマニフェストにあるとおり、詩誌名に端的に示されたような「共通に抱いてゐる荒地の観念」という共通認識があったし、「僕達は詩についてどこまでも語り得る」という、徹頭徹尾詩について考えようとする姿勢があった。そして「詩について考えることは、とりも直さず僕達の精神と君の精神とを結びつける架橋工作である」として、詩について考えることを出発の拠点として、戦後の精神風土のなかに「一條の

光線を摘みと」ろうという態度を示した。(6)

そうした課題を共有し、「言葉を高い倫理の世界へおしすすめ」ようとした「荒地」とは異なり、「アルビレオ」は確かに主義主張とは縁遠く、マニフェストを持たないところから出発しているように見える。一体「アルビレオ」は何を集団としての根拠とし、どのような詩を求めようとしたのだろうか。創刊号（一九五一年）の冒頭に載る尾崎喜八の次の詩が、ある程度その問いに答えてくれているように思われる。

「アルビレオって何ですの」と昔お前が私にきいた。
「星の名だ。天の銀河を南へ飛んでる
白鳥のくちばしにつけた名さ。
きれいな星だよ、苔を溶かして凍らせたような」

むかし武蔵野に遠く孤独な小屋があり、
ランプのひかり青葉隠れの窓を洩れ、
年若い妻に私は夏の夜ごとの星を教えた。

いま雪の上に雪の降りつむ富士見野を、
信州の冬の夜ふかく、白樺は煖炉に爆《は》ぜ、

老いた私達にあかあかと燃える余生がある。
（「地衣と星」部分）[7]

詩誌名「アルビレオ」にちなむ内容を持ち、詩誌の命名にも関係する詩である。特段新しい詩法や特徴的な技巧が使用されているわけではないが、この詩誌が持つ傾向・雰囲気をよく示すものになっている。星を眺め合った若き日々を回想しながら、初老を迎えた自分たち夫婦の余生に思いを寄せ、自然のなかで生活していこうとする意思を示したものと言っていい。「アルビレオ」の諸作品を概観すると、その同人たちにとって、どのような詩を書くべきかといった詩観や詩論が重要だったのではなく、尾崎同様に、どう生きるかという人生観やどのような生活を志向するかという生活観の方が重要だったということが見えてくる。

小川和祐が「アルビレオ」の指標として「自然への回帰志向」を指摘したとおり[8]、同人たちに共有されたものは詩観ではなく、自然を観察したり、自然の風物に親しみながら穏やかな生活を志向するところにあったのである。尾崎が富士見村から寄せたこの冒頭の詩は、そういう「アルビレオ」に集う仲間たちの傾向を代表して示すもので、この詩のなかに詩誌のマニフェストに当たるものが潜んでいると考えることもできる。戦後の詩誌にあって動植物をはじめとする博物の名が付けられたものは多いが、「アルビレオ」のようにその詩誌名と詩誌の性質とが直接つながるようなものではない。「アルビレオ」の場合は、その誌名が積極的に詩誌の動向を規定するものとなり、文芸的な雑誌でありながらも、自然科学への関心と生活における自然志向を共通認識として持つ詩集団であることを宣言しているのである。

こういう自然志向は、詩誌の中心にいる串田もはっきりと宣言している。

私たちはいろいろのことをしてゐます。詩を作り、散文を綴り、絵を描き、今年はみんなで焼きものをやらうと思ひます。草や虫や小鳥の事も、もつと知りたいと思ひます。雲の記録も、もつと詳しく作るでせう。（略）ただ美しいものを愛する気持、その気持がお互ひにひびき合ふとき、私たちはうれしいのです。だからそれぞれの専門家が嘲つても平気です。感心する人がゐても別に得意になりません。

第七号（一九五二年）の編集後記にあたる個所で串田がこう記したように、気の合う仲間たちとともに、自然への志向と文学・芸術への親しみを接点にして雑誌作りをしていこうというところに、「アルビレオ」の基本的な精神がある。その際、対象とする自然は動植物から天文まであらゆるジャンルにまたがり、芸術への関心も文芸から美術・音楽まで幅広いというのが、このグループの特色である。こういう自然と芸術に対する総合的な関心は、のちの「博物誌」へとつながっていく経路だった。

さて、「アルビレオ」という誌名に関して一考しておく。アルビレオとは白鳥座のβ星である。串田は書名や誌名の選択に独特の嗅覚を有しているが、彼の選ぶタイトルにはこれといった必然性はなく、偶然から任意の事物名を転用する場合が多い。例えば、第一詩集の名である「羊飼の時計」は、

「アルビレオ」第7号—第10号、アルビレオ会

日本では「きばなむぎなでしこ」などと呼ばれる植物の名に由来しており、イギリスの野草の本を見ていて見つけたという。(9) この花は朝開いて昼過ぎになると閉じてしまう。そこで、羊飼いもこの花の午睡を見て、自分たちも午睡の時間とするのだろうと、串田は推測した。串田自身が「この「羊飼の時計」という名前をつけたのはそれほど深い意味などありません」と言っているように、特にこの名称と詩集の内容とが直接合致するというわけではなく、そこに深い比喩が込められているわけでもない。それは他の動植物名でもよかったし、動植物以外の事物名でもよかった。いわば任意の事物の名が詩集名に転用されたにすぎないのだが、だからといって、どんな動植物名、事物名でもいいというわけではない。詩集の内容と詩集名とはつながらないが、「羊飼の時計」という呼称には意味があり、串田はその植物名の由来にまつわる詩情豊かなエピソードと語感などを楽しむのである。第二詩集の名である「旅人の悦び」もクレマチスの花言葉に由来する。

植物とは直接関係しない詩集の題名に植物の名称を付けるくらいだから、自然志向を持つ詩誌に星の名「アルビレオ」が選択されるのも、何ら奇妙なことではない。それは動植物名であってもよかったが、ここでは単に天文に関わる事物名が選択されたというにすぎない。星の名が付けられたのは、串田が言うとおり、特段深いわけがあってのことではないだろうが、以下に私なりの解釈を述べる。天上の星から地上の花に至るまで、あらゆる自然物とその現象を詩の創作のモチーフにするのがこの詩誌での詩の方法であり、その詩誌名にことさら星の名が付けられたのは、星が天空の中心に位置し、自然物を統べるべき存在としてイメージされたからではないだろうか。また、天空の星々のありようは世界観のアナロジーとしても捉えやすく、人生や世界について静謐に思索をめぐらそうとするこの詩誌の姿勢によく合致したからとも考えられる。そして、星のなかでもことさら「アルビレオ」という名の星が選択されたのは、「アイウエオの母音を連ねた上に、lとrの子音を含むので、甘く舌に媚びてどこまでも転がつて行く[10]」と野尻抱影が分析したとおり、美しい響きを持つアルビレオという音が優先されたからではなかっただろうか。

詩誌名に星の名を冠したことは、やはり作品にも反映される。創刊号の冒頭にアルビレオを歌った詩があるだけでなく、第九号（一九五二年）には先に引用した野尻抱影の「アルビレオ」と題した随筆が載り、その他にも星に関する多くの詩・随筆が寄稿されている。野尻抱影の参加は第三号（一九五一年）からで、その参加の経緯は不明だが、詩誌名とその志向するもの、同人メンバーへの共感からの参加だっただろうことは推察できる。また科学評論家草下英明も何度か随想や詩を寄稿しているが、文芸とは畑違いの草下の参加は、当然のことながら星を介在した縁があったからだろう。

2　「アルビレオ」が持つ素人性《アマチュアリズム》

自然のあらゆるものに広く関心を示すということは、逆に言えば、個々のジャンルについての深い専門性を欠くということでもある。換言すれば、「アルビレオ」の仲間たちは、好奇心旺盛なアマチュア集団だったということになるだろう。そして、これは自然科学に対してだけではなく、「アルビレオ」のメンバーは芸術・文芸面に関しても、同様に素人的立場から接しているということが言える。

勝又茂幸は第八号（一九五二年）の編集後記にあたる個所で、「私達は所謂「詩」らしい詩を書こうとは考えておりませんし、詩なんか書けなくても会員になつてくださつて結構です」と開き直って述べ、詩に対する思い入れを全く排除しようとするそぶりさえ見せている。詩誌でありながら、詩を排除することさえ厭わないということこの言説は、詩の専門性に対する拒絶と詩壇とは関わらないという反中央の宣言だったと捉えることができる。この素人性《アマチュアリズム》とでも呼びうるような性質と反中央の意識は「アルビレオ」の一つの特徴だったことを指摘しておきたい。

詩誌に寄稿した人物には、亀井勝一郎・武者小路実篤・山本健吉・野尻抱影・原民喜・火野葦平・石上玄一郎・河盛好蔵・矢内原伊作・山室静などがいて、他の戦後詩誌とは一線を画す独特のラインアップになっている。確かに詩人という側面を併せ持つ人もいるが、多くは専門的な詩人と呼びうるような人ではないし、同時代の詩誌の書き手に比べると、既に功をなし過去の人物と見なされるような人が多い。また、日本浪漫派や被爆詩人、戦犯作家など、多様な人材を書き手に持つことから、イデオロギーとは無縁の位置に立つ詩誌であることもわかる。こういう多彩な人材を擁するというスタンスは、友好的・趣味的な部分を最優先して詩誌が運営されていたことの証しでもある。

さて、具体的に作品を見てみよう。次に記す武者小路実篤の詩に見るように、総じて年長の寄稿者たちの作品にはたわいのないものが多い。

　いらいらせずに
益々おちつき

充実し切つて
生きんとぞ思ふ
（「西瓜の讃」「「詩稿画稿」の内より」）[11]

また、次の詩は第七号に載る火野葦平の一篇である。

赤衣《あかごろも》緋《ひ》の羽《はね》つけて
まかりでるこの雉子車

柳の芽青々《あおあお》もえて
背《せ》に落ちるかの雉子車

紫と金とに光る
虹のせてその雉子車

地に降《お》りて夢のふるさと
空あふぐあの雉子車
（「雉子車《きじぐるま》（柳河）」）

若き日に詩を書いていたとはいえ、既に流行作家として名をなしていた当時の火野にとって、詩の創作は余技というべきものだっただろう。この詩は雉子車に寄せて故郷への思いと幼き日への郷愁を歌ったものだが、北原白秋にも「雉子《きじ》ぐるま雉子は啼かねど日もすがら父母恋ひし雉子の尾ぐるま」（『雀の卵』所収、アルス社、一九二一年）など、雉子車を通して郷愁に誘われる作品がいくつかあり、火野の詩想に特段個性が見られるわけではない。また、五七調の韻律も陳腐で、戦後詩の土壌のなかにそれを置くと、時代が逆行してしまったかのような印象を受ける。このような古典回帰的な詩は他にも多く、次の亀井勝一郎の詩などもそういうものと言えるだろう。

荒海の涯なる島の
赤松の林の底に
大寺の始めの終り　いしずゑ崩《く》ちて
苔むす骨に似たるかな
（「佐渡国分寺阯」部分）[12]

山峡にこだまする夜汽車の
汽笛の声のごときもの
わが胸をつらぬくなり

この汽笛のごときもの何ならむ
鋭くさけびかなしき余韻もて遠く
やがて深き夜を残すなり
（「怱忙の街に在りて」部分[13]）

亀井の二篇はともに文語詩であり、日本の古典的な風光が素材となり、典型的な日本人の心情が現れている点で共通している。いかにも日本浪漫派的な心情が透いて見えるような抒情詩と言うべきものだろう。内容の面からも韻律の面からも、同時代の戦後詩に比しその性質の差異は歴然としている。小川和佑は「『アルビレオ』は極端に反時代的な詩誌であった[14]」と評しているが、これまで挙げてきたような詩人のラインアップとその作品を見ると、各人に「反」という意識があったかどうかは別にしても、「時代性」から隔たっているという印象を受けることは確かである。こういう傾向は詩誌の中心にあった串田の詩も同様で、自然描写を絡めながらその時々の心情をうたうものが多く、何らかの具体的な時代背景があるわけではない。

「アルビレオ」が刊行されていた一九五一年（昭和二十六年）から六五年までの十五年間は、敗戦後の日本の動向を左右する重要な出来事が続く、ことに動きの大きな時代であった。「アルビレオ」創刊の前年にはレッド・パージや労働組合への弾圧が起こり、戦後の占領体制を一旦は受け入れた民衆もその認識を変えざるをえないような状況へと変化していった。そして、創刊の五一年はサンフランシスコ講和条約と日米安全保障条約が調印されるという、まさに戦後史の分岐点となった年であった。

それに続く「五五年体制」の確立、「もはや戦後ではない」と言われる時代の到来、「六〇年安保闘争」、高度経済成長……、まさに「アルビレオ」が歩んだ十五年は、政治・社会・経済などの戦後の枠組みが構築されていった時代と重なるのである。社会状況とのコミットが要請されるような時代背景の下で、串田はそういう風潮とは一線を画している。

こうした串田のスタンスは、戦時体制下にも見られたものだった。串田は一九四〇年（昭和十五年）七月に「冬夏《とうげ》」（十字屋書店）という同人雑誌を刊行し、四一年十月の第十六号で雑誌統合によって終刊となるまでその中心として編集に当たっていたが、この「冬夏」でも戦時色が強まっていく社会状況とは隔絶し、高い虚構性のなかで自由な文学空間を模索した。生活のなかでの微妙な心理や鬱屈した精神を描いたり、中国や日本の古代を背景とした虚構の世界を描いたりして、独自の小説世界を創出したのである。[15]紅野敏郎はこの「冬夏」の活動に関して、「「紀元二千六百年」の歌が国全体をおおっていた時代に、「冬夏」はそういう世相とは別の世界を静かに構築していた[16]」と好意的に評価している。昭和二十年代半ばの「アルビレオ」について、小川が「時代の気圏の外側より出発する[17]」と評し、戦争に突入していく時代の「冬夏」を紅野が「世相とは別の世界を静かに構築していた」と評したありようは、いつの時代にあっても時代状況と一旦離れた場に自らの精神性を置くという、串田の変わらないスタンスだったのだろう。

3 「アルビレオ」の若手に見る抒情

さて、前節に引いたような年長者の詩だけを見ていると、「アルビレオ」は戦後詩を牽引していこうとする磁場とはほど遠いところにいるように思われがちである。しかし、一方でこの詩誌には、昭和一桁生まれである小海永二や田中清光、嶋岡晨など、当時の若手も加わっており、「荒地」グループよりは十歳ほど下の世代による新たな抒情の創造の場として機能していた側面もある。多様な年齢層と人材からなる「アルビレオ」の性質を一面的に捉えるのは避けるべきだろう。

以下は第十一号（一九五三年）に載る小海永二の「「峠」――長澤俊彦に――」である。

少年の日の私は　峠へ達する路を上って行った
峠の頂で　杣路が途切れると
私は　夕闇の中に突き刺さった一本の杉の木に登った
二本の太そうな枝の股にまたがると
谷の向うの小高い丘に
松林があり
松林の間を　今　夕陽が巨きな虹の珠となって

荘厳に沈んで行くのが見えた
少年の日の私は　小さな凧を
ふところからとり出した
(凧には戦国時代の武将の顔が描いてあった)
古代紫の冷気が　谷峡《あい》に深くしみこんで行く頃
少年の日の私は　空高く凧を揚げていた

突然　凧の糸がぷつんと切れた
私の心の中で　ぷつんと糸が切れた。[18]

小海は、東京大学入学後「東大詩人サークル」に入り詩の創作に本腰を入れ始めた頃のことを回想して、「研究会では甘い抒情詩を書いて批判され続けた。社会的、政治的実践と結びついた詩が要求されていたのである[19]」と書いている。この詩はその頃に書かれたもので、社会や政治的実践とは隔絶された詩的世界で、少年の日に対する郷愁が絡み付いている。まさに研究会が否定するような「甘い抒情詩」であると言ってよく、小海の詩は確かに、徴兵体験を持つ前世代の詩人たちや東大詩人サークルの学生詩人たちが目指すものとは異なる磁場で書かれたものだったと言える。しかし、郷原宏がこの詩について、甘い抒情詩のなかに潜む苦さを指摘し、「凧の糸が《ぷつんと切れた》というのは、彼におけるある危機感の表明でなければならぬ[20]」と評したように、「峠の頂」を境に、この詩の後半にはある種の決別と決意が表明されていると見ていい。郷原はその危機感の正体を「人間がひとりであることの発見」「《詩へのめざめ》のようなもの」と論じたが、その読みの当否はさておき、いずれにせよこの詩は単に甘い郷愁だけで成立したものではなく、その背後には社会状況のなかで生きるしかない一人の若者の緊張感あふれる時代意識が潜在しているとみるべきだろう。

また、小海と同世代である嶋岡晨は第八号で、小海の詩が時代状況を後景に潜ませたのとは逆に、「再軍備」というタイトルが端的に示すように、当時の時代性・社会状況のただなかで詩を書いている。

ひめられた齢のすきまから
洩れ日がすこしこぼれると
千のあしたがおとづれる
（「再軍備」部分）

一九五〇年（昭和二十五年）の朝鮮戦争勃発を機に設置された警察予備隊は、二年後には保安隊に再編されることになるが、この詩はそういう状況下で成立している。保安隊へと移行する数カ月前の発表だが、嶋岡にとって保安隊は、警察力の不足を補うという保安隊本来の目的から逸脱した、再軍備そのものと認識された。巧妙に徐々に「再軍備」へとさまを変えていこうとする企みを、「ひめられた齢のすきまから／洩れ日がすこしこぼれる」と表現し、違和を表明したのである。この穏やかな表現による比喩は当局の企みの狡猾さをよく示しており、秀逸である。一転して最終連では、「おろかないかりおろかなそしり／いろあせつくした軍旗めが／赤くそめろと訴えたと云うのか／お前のおっ母さんの生血を吸えと云つたのか」という強い口調での糾弾となるが、この対比は鮮やかであり、筆者の訴えは一層際立ったものとなる。また、これと同じ第八号に載る山本和夫「雲雀」には、末尾に「(にちべいぎようせい協定ちょういんの日に)」[21]と付記されており、これらから「アルビレオ」のなかにも戦後史の分岐点となるような時代状況が流れていたことが感じられる。

「アルビレオ」に拠った若き詩人たちは、号を重ねるごとに年齢を重ねていく。次の詩は、「アルビレオ」が十年目に入った第三十六号（一九六〇年）に載る田中清光のものである。

垣根をむすぶおまえの手は
原始のひとの　もの　をつくる手のかたち
ライラックのしげみのなかに
おまえの眼はみひらかれている

くりやの火のおこした風が
土をくりぬいた壁のなかをながれ
仕込んだばかりのパン種を
あたためる

ふたりだけの夜　傷つけあつた肉の
そのみずみずしい傷のうえに
夏　麦よ　濃くしげれ
秋　葡萄の酒よ　香ばしく熟れるがいい

垣根をそだてる　ぼくの手は
いつかざわめく植物の葉むらとなつて
ぎつしり
家のかたちにきずかれてゆく愛を　とりかこもう
（「つくる」）

敗戦から既に十五年が過ぎ、「アルビレオ」の若い詩人たちもそれぞれの青春期を終え、家庭を持つ年代となっている。この詩はいかにも「アルビレオ」の詩らしく、自然とともに生き、穏やかで豊かな生活を営もうとする姿が表現されている。だがこの詩のなかには、自然と愛に囲まれた家庭を自らの手で築こうとする、静かではあるが強靱な精神が潜在していて、決して甘い抒情というものではない。

ここまで、「アルビレオ」の若手詩人による三者三様の詩を垣間見てきた。嶋岡はときに攻撃的な口吻で、時代状況と鋭く対峙する姿を示した。一方、小海や田中の詩ははっきりと時代背景を示したものになっていない。しかし、それらは戦後復興期からさらなる経済成長期へと移り変わる時代、青春期から壮年期へと移ろうとする自らの季節を踏まえて表現されたもので、戦後の日本社会の空気のなかに成立した詩篇であるという点では、嶋岡の詩と同様である。前節で見たように、「アルビレオ」の年長者たちの詩篇は、確かに時代性とは無縁の場から出発していたが、その時代のただなかを生きる若い詩人たちの詩は、やはり時代性から抜け出せるものではなく、年長の詩人たちと「アルビレオ」を出発点として成長していこうとする若い詩人たちの間には、おのずと詩精神の違いがあったことが指摘できるだろう。

嶋岡は先に引用した詩と「投影」(「アルビレオ」第十二号、一九五三年)、「嘘」(「アルビレオ」第十四号、一九五三年)の三篇を寄せただけで、「世代と文学理念に違和感を抱いたから」[23]なのか、やがて「アルビレオ」を去ってしまうが、小川が「「アルビレオ」という雑誌が詩壇に送った新進詩人」[24]として名を挙げた小海、田中両名に加えて、嶋岡の名も記憶しておくべきだろう。そして、こういった次世代の詩人を輩出したということも、「アルビレオ」が果たした一つの功績として評価すべき事項だろう。

4　串田孫一の詩精神と「アルビレオ」

小川和佑は、一九五〇年（昭和二十五年）から五一年頃を、戦後革新勢力が下降していく分岐点であり、時代と文学の接点がより深まる時代だと認識し、その例として『荒地詩集1951』を挙げ、その対極に「アルビレオ」を置いた。[25]「荒地」は、戦中から戦後を架橋する時間軸のなかで戦後状況を捉えようとした集団と規定できるだろう。小川はそうした「荒地」に対して、「アルビレオ」を「反時代性」を鍵として捉えたのである。

しかし、先にも引用した「時代の気圏の外側より出発する」という言葉は、決して「アルビレオ」の詩人たちが「時代の気圏」に無関心であるということではなく、「時代の気圏」の外部からその内部を洞察することを意味しているはずである。前節で見たように、「アルビレオ」の詩人たちのなかにもおのずと世代間の差は存在し、老齢の詩人たちは別として、その時代のただなかを生きる壮年・青年の世代の詩人たちは、時代背景を離れた生活や詩作はできなかったと思われる。「アルビレオ」に拠る詩人たちの作品には、確かに直面する時代状況とは全く無縁な場から成立したものも多かったが、詩誌に集った多様な人材の詩に目を通すと、前述の若手の詩に見るような、いま少し異なった側面も見えてきたはずである。詩誌の中心にあった串田の詩についても個別に検証すると、直接時流と関わる文言ではないものの、言外にその時世と関わるものを潜在させている詩があるように思われる。

山も森も谷も
やまはんのきの雌花も雄花も
力いっぱいの姿を見せ合うのは
と思えばまた
凜々しく一斉に沈黙して
厳しさが青々として飛び交うのは
この寒風が
沈む二月の太陽を
粉っぽく曇らせる時だ
息を怺えている間の
私のささやかな燃焼も消され
その消滅の自嘲さえ
風は片々と運び去る

第十二号に載る「風」である。[26] この詩は、二月の寒風に「凜々しく一斉に沈黙して」耐えようとする自然界の事物への畏敬と、自然が自然に対峙する際の厳粛さへの感動とに端を発していると考えていいだろう。「山も森も谷」も「やまはんのき」も寒風に耐えきろうとするのに対して、「私」＝人間は寒風を前にしてなす術を知らず、「自嘲さえ」持ちえない。串田は自然を前にした人間の存在を極めて謙虚に把握するが、そこには自然に対する憧憬と、自らも「山や森や谷」「やまはんのき」のような存在でありたいと希求する心情が内在しているはずである。串田は二月の寒風に対して「凛々しく」「沈黙し」ながら、それに対峙しようとする姿勢を自らにも求めているのである。

のちに第9章で見るが、串田と同様に「歴程」や「アルプ」を舞台として活躍した詩人に鳥見迅彦がいる。鳥見は登山をテーマにした詩を多く書いた、いわば〈山の詩人〉と言っていい人物だが、その鳥見の山の詩は単に登山行為を描いたものではなく、登山行為に象徴や寓意性を持たせた批評性の高いものが多い。串田と鳥見はともに山の選詩集を編んだりした間柄でもあるので[27]、そうした交友を通して、互いの山の詩に対する関心も当然深かったにちがいない。仮に串田のこの詩も、鳥見の手法と同じように「寒風」が暗喩でもあったとすれば、決して昭和二十年代の時代風潮と無縁ではないだろう。寺山修司は、「荒地」は詩を書かなければならないという悲壮感や責任感に支えられていたという認識を示し、「彼等にとっては、何を書くかということなどよりも、まず「沈黙してはならない」ということの方が先決だった」[28]と述べたが、串田はそれとは逆に、「凛々しく一斉に沈黙」することで「寒風」という戦後状況と対峙する方法を選び取ろうとしたのではなかっただろうか[29]。このような鑑賞は唐突な読みとのそしりを受けかねないが、前章で見たように、串田の詩は決して戦争や戦後状況とも無縁ではないはずである。この詩の背後に戦後の日本社会を透かし見ることも、あながち見当外れとは言えないだろう。

さていま一篇、他の角度から串田の詩を見てみよう。次は第九号に載る「花と星」である。

私は想ひ出す恐ろしい言葉を払ひ落した
もう再びそれを想ひ出すことのないやうに
沢山の花と星の名が
それに代つて私の言葉になるやうに
そしてもし私の連れて行かれるところが
泉のある森の中であつたら
花と星の言葉で
小鳥たちと話が出来るだらうから
そこには
誰も知らない花が咲いてゐるだらう
私はその花に新しく名前をつけようとして
どんなに胸をときめかすだらう
鷺のやうな白い鳥だけが
苔を啄んでゐるのが見えるころ
そこにもやはり深い夜が来る
私はそうして初めての夜に
見たこともない星ばかりが

光を投げ合つてゐる戯れを見て
驚いてしまふことだらう
そしてもう地上にゐないことが
はつきりと分るだらう
（「花と星」部分）

この詩の「私」は、「迎ひ《（ママ）》にやって来た」牛に導かれどこかへ連れられていくという設定になっているが、何やら終末的な状況下から逃れ去るようなさまがイメージできる。「私」が「想ひ出す恐ろしい言葉を払ひ落し」「再びそれを想ひ出すことのないやうに」進み続けるのは、過去との決別を意思しているのだろうか。「恐ろしい言葉」に代わって「花と星の言葉」を話す場を夢想するのは、新生を希求する意識なのだろうか。「地上にゐないことが／はつきりと分る」とは、終末の世界から新生の別世界へと移行したことを意味するのだろうか。

この詩の背後には戦争と敗戦後の社会が横たわっているように思われる。過去や地上との別れ、地上でないどこかでの新たな花との出会い、「花に新しく名前をつけ」「初めての夜に」「見たこともない星」を見る――こういった情景から伝わるのは、敗戦後の社会に新生を期そうとする意識である。このように考えると、いまだ見ぬ「花と星」を空想するこの詩も、昭和二十年代という戦後社会から萌したものだったことになる。

串田は戦後社会に対して政治的・社会的な発言を直接声高におこなうようなことはなく、ひとまずはイデオロギー的な立場から遠いところにいる人物だったと見ていいだろう。しかし、それは決して政治や社会の動向に無関心だったことを意味するわけではない。例えば、「アルビレオ」刊行中の十五年と重なる時期に書かれた紀行文『北海道の旅』（筑摩書房、一九六二年）は、北海道紀行の裏側に「自衛隊」に対する意識が露わになっていて、串田が結構卑近な社会や政治情勢などにも関心を寄せていたことをうかがわせる。[30] 山口耀久はこの紀行文の読後感として「自衛隊にたいする串田さんの嫌悪は相当なもの[31]」と驚いたように記しているが、おそらくこうした感想は読者に共通したものだろう。また、戦時下にさかのぼっても、その日記には戦争状況を透徹した眼で捉え、自身の処し方について冷静に考えようとする態度が随所に見られ[32]、確たる社会批評眼と自己に対する分析力を串田が有していたことを示している。串田は世相や当座の社会状況と直接関わることなく、「別の世界を静かに構築していた」が、「静かに」沈黙しているものの、その分、研ぎ澄まされた目と余裕ある態度で社会を見通していて、決して社会や政治状況から遊離して生活していたわけではない。

社会と時代にしなやかに向き合っていた串田だが、そのような立脚点は芸術や文芸に対しても同様で、時代の潮流に影響されることなく、独自の見解と自負を持って創作をなしていたはずである。先に引用した「それぞれの専門家が嘲つても平気です。感心する人がゐても別に得意になりません」という言葉は単なる謙遜ではなく、自信からの言葉だったと理解すべきではないだろうか。「アルビレオ」第二十二号（一九五六年）の編集後記にあたる個所には、「今年は、詩についての関心がいろいろの意味でたかまることでせう。そして、詩の雑誌だの詩集だのが、あとからあとから幾らでも出ることでせう。（略）私たちにとつて、詩作は、暇つぶしや、気取つた趣味のものではないつもりです。

少くとも、私たちにとつては、現代の中で、自分を見失はない一つの文へであるといふことはできると思ひます」とあるが、ここには、かつて「詩なんか書けなくても会員になつてくださつて結構です」と会員を募集した頃の控えめさはない。「アルビレオ」の会員たちには自分たちの詩作に対する確信と「アルビレオ」の方向性についての、確たる自負があったはずである。

やがて巡り来る二月の夜
赤くほてつたカノオプスの現はれるとき
私は大きな感懐を手放して
銀のひゞきを聞かせる寒風に協和させるだろう
昨日の霜をもち上げた今日の霜
私は野ぼろ菊を摘んで丘を下りた
(「丘」部分[33])

先に引用した「風」同様、やはりここでも「二月」の「寒風」が登場するが、これも背後に時代的状況への暗喩が込められていると見ることができるのではないだろうか。そして、ここでも「私」は二月の寒風にいかに対処するかという問題を抱えているが、串田の分身でもあるだろう「私」は、その「寒風に協和」する自分自身を予測している。前章では、時代と折り合いをつけ、来るべき時代に向かって前向きに生きていこうとする串田について見たが、ここでの「私」も、時代や社会状況に異議を申し立てるのではなく、たとえ自身の「感懐を手放し」たとしても、自身を「寒風」に「協和」させようとしている。串田は社会状況に対する自身の意見を持ちながらも、一旦はあるがままの時代と社会を引き受け、まずは自身を生きることと創作の虚構性のなかで人間の諸相を描くことを選んだのである。

おわりに

詩誌「アルビレオ」は、戦後詩史のなかで忘れ去られたかのような存在となっているが、十五年に及ぶその活動は、一定の成果を有するものとして評価されるべきだろう。まず、串田孫一という、やがて多角的なジャンルで活動することになる文学者の一つの出発点となる場であり、その独自の詩精神がしっかり発揮された場であるということは記憶されていい。また、戦後派詩人たちの次の世代となっていく、昭和一桁生まれの詩人たちの何人かを輩出した点も、詩史のなかで担った役割として意味がある。

そして、「アルビレオ」は、その創刊からやや遅れて刊行された山岳雑誌「アルプ」が生み出される、その前史としても意義付けられるということを付記しておきたい。一九五八年（昭和三十三年）から八三年に至る四半世紀に三百号を発行した山の文芸誌「アルプ」は、多様な串田の仕事のなかでも大きな比重を占めるものだし、山岳界に与えた影響も大きく、串田の業績や山岳文化・山岳文学を考えるときには無視できないものである。「アルプ」は「アルビレオ」の特色である文芸と自然志向との融合や、表紙絵・装丁など雑誌作りでの細部にわたるこだわりを継承し、それを洗練し完成させたものと位置付けることができる。「アルビレオ」が価値を有するいま一つの理由がここにある。
戦後詩史のなかに同人誌「アルビレオ」を埋没させるのではなく、その果たした役割を検証する作業は、戦後詩史を多角的に見直すことへとつながるはずである。

注

(1)「アルビレオ」創刊号(一九五一年)は未見なので、この書誌事項は前掲『リトル・マガジン発掘』(四二―四七ページ)によった。
(2)同書四三―四四ページ
(3)第2章参照
(4)前掲『戦後詩誌総覧5』九ページ。また、この解題には「アルビレオ会設立にあたっての主張や宣言などはなく、むしろ「アルビレオ展」を開催し、会員の詩や書画を展示公開する場を設けるなど多角的な活動に主眼をおいている」との指摘もある。こうした側面についてはのちに触れるが、「アルビレオ展」の開催や会員の詩・書画の展示などの活動は、のちの章に述べる「まいんべるく」や「アルプ」での活動と性質を同じくするもので、串田が中心となる雑誌の活動で一つのポイントとなる部分である。
(5)前掲『リトル・マガジン発掘』四三ページ
(6)「Xへの献辞」の引用については、荒地同人会編著『荒地詩集1951 新装版』(国文社、一九七五年、二一―九ページ）によった。以降の引用も同じ。

（7）「アルビレオ」創刊号所収。詩の引用は『花咲ける孤独』（「尾崎喜八詩文集」第三巻、創文社、一九五九年）六六―六七ページに拠る。

（8）同書四九ページ

（9）前掲『羊飼の時計』巻末。編集後記にあたる役割を持つ「羊飼の時計」と題された文に、命名の経緯が記されている。

（10）野尻抱影「アルビレオ」「アルビレオ」第九号、一九五二年、六ページ

（11）「アルビレオ」第五号所収、一九五一年、三ページ

（12）「アルビレオ」創刊号所収。詩の引用は前掲『リトル・マガジン発掘』四七―四八ページに拠る。

（13）「アルビレオ」第七号所収、四ページ

（14）前掲『リトル・マガジン発掘』四九ページ

（15）例えば、「友」（「冬夏」第二号、一九四〇年。のちに「紙風船」と改題、串田孫一『青春の遍歴』要書房、一九五三年）では、梶井基次郎の「檸檬」における「えたいの知れない不吉な塊」に心を抑え付けられていた「私」同様、「締めつけられる様な気分」に苦しむ、串田に仮託された人物が描かれる。また、「荘子」（「冬夏」創刊号、十字屋書店、一九四〇年。のちに「紫の星」と改題、前掲『青春の遍歴』所収）は、漢語的な文体を使用し、荘子とその三番目の妻とが虚構的に描かれる。古代中国という舞台、漢語使用の格調高い文体、虚構性と構想力に富む内容など、まるで中島敦かと見紛うような小説世界が展開される。田中清光は「戦中に書かれた串田さんの小説をいま読むことで、暗い時代のなかで鋭敏な感受性をもち精神の自由を大切に生きる若い知識人の、精神の陰影、心象の諸々相を読みとるという読み方も可能になろう」（田中清光「解説」、串田孫一『惜春賦――小説』

〔「串田孫一集」第一巻〕所収、筑摩書房、一九九八年、四一七ページ）と述べ、戦時体制が強まっていく時代の著者の内面が反映したものとしてこれらの小説を読み取っている。

(16) 紅野敏郎「「學鐙」を読む——串田孫一」、學鐙編集担当編「學鐙」第百六巻第二号、丸善、二〇〇九年、二七ページ

(17) 前掲『リトル・マガジン発掘』四三ページ

(18) 初出時のものには誤植などがあるので、引用は『小海永二詩集』(〔「日本現代詩文庫」第九巻〕、土曜美術社、一九八三年、三二—三三ページ）によった。初出との異同は、誤植の訂正・語句の変更・句点の削除などであり、内容面での変更はない。また、『小海永二詩集』では題名が「峠 そのⅠ 長沢俊彦に」に改められている。

(19) 小海永二「豆自伝・わが詩へのめざめ」、同書所収、一二五ページ

(20) 郷原宏「小海永二ノート」、同書所収、一四四—一四七ページ。以降の引用も同じ。

(21) 詩作品自体は日米行政協定などとは関係しない内容である。しかし、こういうことを付記する場合、それはおのずとそのことに関して自分が関心を寄せていることを意思表示するものとなり、それに対するスタンスも言外に示される。「日米行政協定調印」と漢字表示せず、ちゃかしたかのようなひらがな表記を使ったり、直接その事柄に言及をしなかったりするのは、一過性の世相の喧噪から離れたところに身を置き、そこから社会を眺めようとする態度の現れとも考えられる。

(22) 前掲『リトル・マガジン発掘』には「嶋岡晨が、参加するのは第十四号（昭和28・7）一回」（五八ページ）とあるが、前掲『戦後詩誌総覧5』の「アルビレオ」の項の記述から三回参加していたことがわかる。また、末尾に「六〇年安保闘争をまったく誌面に痕跡を留めず、教養主義の枠の中で、黄金の七〇年に廃刊となった」と記されているが、終刊は一九六五年（昭和四十年）三月の第四十二

号なので、勘違いがあると思われる。

(23) 前掲『リトル・マガジン発掘』五八ページ

(24) 同書六七ページ

(25) 同書四三ページ

(26) 初出時のものには誤植などが見られるので、引用は前掲『自選串田孫一詩集』によった。ただし、ここでは「やまはのんき」と誤植されているので、「やまはんのき」と改めた。初出との異同は、誤植の訂正などであり、内容面での変更はない。

(27) 串田孫一／鳥見迅彦編著『山の詩集——友へ贈る』(現代教養文庫)、社会思想社、一九六七年

(28) 寺山修司『戦後詩——ユリシーズの不在』(ちくま文庫)、筑摩書房、一九九三年、七四—七五ページ

(29)「アルビレオ」と同年に創刊された雑誌として、矢内原伊作が中心となった前掲「文学51」がある。その創刊号(一九五一年)の編集後記の冒頭で、矢内原は「我々は今日、すくなくとも二つの課題を負わされていると思う。その一つは日々に深刻化し切迫する社会的政治的現実に対して負つている人間としての責任であり、もう一つは機械化と通俗化との危険にさらされている精神的現実を、創造を通じて高める深める《(ママ)》という文学者としての責任である。(略)文学者は社会的責任を逃れることができない。たとい沈黙したとしても沈黙もまた一つの対社会的態度をあらわして居り、歴史的現実に眼を掩う文学はそれだけで既に反動的役割を演ずる」と書いている。ただ、串田が採ろうとする「沈黙」は「歴史的現実」に眼を見開いたうえでの「沈黙」であり、矢内原は串田のそういう態度をよく理解していたからこそ、串田と盟友たりえたのだろう。第2章で少し触れた鮎川信夫「橋上の人」第三作が掲載されたのは、「文学51」第二号だったが、その同じ号に奇しくも串田の小説「アリボロン

自伝」も載っている。そして、その編集後記には、編集委員として鮎川信夫・原亨吉・平井啓之・堀田善衛・加藤道夫・串田孫一・中村真一郎・中村稔・宇佐美英治・矢内原伊作の十人の名を載せ、「時代と意志とを同じくする多くの友情に支えられ成立つている半同人雑誌である」と、雑誌の性質を説明している。串田と鮎川とは文学の質は異なるものの、「人間としての責任」と「文学者としての責任」を果たそうとする意味では同列だったし、このとき二人は交錯していたのである。

(30) 次男である串田光弘は、「社会的なことに直接携わることはしませんでした。政治に関しても口にしない。久野収さんに「政治のことはお前に任せるよ」と言っていたようです。最後まで共産党支持でしたが、表立って何かすることはなく、選挙応援などは断っていました」(「こころ」第十三号、平凡社、二〇一三年、一五ページ) と父について語っている。しかし、政治・社会への関心とそれに携わることは別で、本文中にいくつかの事例を挙げたように、串田が政治や社会に対する独自の意見・考えを有していたことは確かである。

(31) 山口耀久「解説――みずみずしい旅情の書」、串田孫一『北海道の旅』(平凡社ライブラリー) 所収、平凡社、一九九七年、三三〇ページ。しかし、この紀行文のなかで串田が自衛隊に対して違和感や嫌悪感を示しているのは、自衛隊が持つ「軍隊」としての側面に向けられてのものではない。そういう部分には触れずに、串田がいらいらしているのは、道路拡張のために自衛隊が入っていて、日曜以外は登山許可が出せないという自衛隊からの通達や、支笏湖畔でたき火遊びをした後、火も消さずに立ち去ってしまう隊員たちに対してだった。串田は、北海道での自衛隊の振る舞いに奢りと横柄なものを感じたようで、そういう事項を描くなかで、自衛隊の存在そのものに対する違和を言外に表したのだろう。この北海道紀行は一九六二年（昭和三十七年）の旅行に関するもので、著書の出版はその年の十二月だが、奇しくもその月に「恵庭事件」が起きている。恵庭町の酪農家と自衛隊との間で交わされた、演習場と酪農場との境界付近での射撃訓練については事前に連絡するという約束を自衛隊が破ったとして、酪農家が自衛隊の通信回線を切断した事件である。串田は、多くの道民が共通に抱いていた自衛隊に対する思いと同種のものを、短い旅のなかで感じ取ったのだろう。『北海道の旅』末尾近くの名寄駅の場面では、「駅前に戻ると、天幕を張って、自衛官採用試験受付所という立看板が立っていた。最後までつきまとう。息子が自衛隊に入りたがっているんだけどと言ってみようかと言ったら、およしなさいとたしなめられた。その天幕のうしろに電車バスの案内所があった」との記述がある。反語的態度と皮肉な表現とで自衛隊に対する意思表示をおこなったわけだが、紀行文の締めくくり近くにこの場面を置いたことは、この紀行文で自衛隊に対する感懐が大きな比重を占めていることを表している。

(32) 串田孫一『流れ去る歳月――日記』(『串田孫一集』第八巻)、筑摩書房、一九九八年、参照。例えば、山形県新庄に疎開した後の一九四五年(昭和二十年)三月二十二日には、「何か或る方法によって、敵を亡ぼし、戦争が終るようなことがあれば、私も国民と共に悦ぶかも知れない」「玉砕だけは何とか避けたい。玉でもないものが死んで玉砕などと言われるのはいやだ」などと戦争に対するいくつかの気持ちを述べたのち、末尾で「こんな不快な戦争についてこれ以上私が書いていると、私の指が腐って来るような気がして仕方ない」と痛烈に言い放っている。また、同年四月七日には、「炬燵に当って戦争の終るのを待っている。こんな風にしている人間が今何人いるか全く見当もつかないが、総力戦という、何か限界らしいものがあるようなないようなものから、私はどうやらはみ出してしまった」と書いている。この「待つ」という姿勢に、串田の戦時下での処世のありようが凝縮されているように思う。

(33) 「アルビレオ」第七号所収、一〇ページ

第4章　『博物誌』の世界

はじめに

串田孫一は、哲学・詩・登山・篆刻など極めて多彩な領域で活動したが、串田を語るとき、「博物誌」[1]の仕事を忘れるわけにはいかない。串田の多様な活動をここで仮に、哲学研究や散文・詩の執筆といった文筆に関する領域と、登山や動植物などの観察といった自然に関する領域に分けるとすると、「博物誌」という仕事はその両者をまたぐものとなる。そう考えると、串田のなした仕事のなかで「博物誌」は象徴的な意味を持ち、重要な位置を占めていると考えなければならない。しかし、一連の「博物誌」は知的かつ趣味的な読み物として評価されているが、これまで、研究対象となるものではなかった。そういうなかにあって、大森一彦による「串田孫一『博物誌』の書誌学序説」(文献探索研究会「文献探索2008」金沢文圃閣、二〇〇九年)は、詳細な書誌的事項に加え、「博物誌」の内容にまで踏み込んだもので、今後の研究に端緒を開くものとなっている。本章もこの論考に多くを負うものであり、以降の文中での大森への言及とその引用はこれに拠るものである。

1　『博物誌』刊行までの経緯

串田は、一九五六年（昭和三十一年）七月に『博物誌』（創文社）を刊行したのを皮切りに、『博物誌1957』（創文社、一九五六年）、『博物誌Ⅲ』（知性社、一九五七年）を立て続けに刊行した。それ以降の異版と区別するため、本章では大森にならい、以降これを定本と呼び、それぞれを第一集・第二集・第三集と呼んで論じることにする。この定本は大森の考証によって、五五年三月号から五七年九月号にかけて雑誌「知性」（河出書房・知性社）に連載されたものと、五五年八月十日から五七年十一月二十八日まで「朝日新聞」に連載された内容を組み直して刊行されたものであることが判明している。

『博物誌』が昭和三十年代初頭に書かれ始めたのは偶然ではなく、この著書は昭和三十年代という時代背景のなかでこそ受け入れられたと考えるべきである。このことはのちに検証するが、その前にまず、当時この『博物誌』がどのように受容されていたかを見てみたい。大森の論考には『博物誌』参考文献目録も載っていて、そこに既に同時代評の要点がまとめられている。以下に、大森が引用した個所を中心にいくつかを列挙してみる。

「観察と思索と空想とのこんなにコンゼンとした所産たる珠玉の小品が百篇もつまっているのだから、

毒ガ

私の博物誌

串田孫一

なにしろ今年は毒ガの当り年で、エウプロクチス・フラヴァなどという本名までも、大分おぼえられてしまった。もっともなんとかフラヴァという程度の人の方が多いのだが。「どうです。この辺はまだやって来ませんか」訪ねて来る人に僕は何度そう聞かれたか知れない。そのたびに僕は書だなから「昆虫図鑑」を二、三冊とり出して、「これですよ」と言って見せる。そこへシオリをはさんだりしておくのは野暮だと思う。

それにしても僕の標本箱にこいつがいないのが残念で、くぬぎ林を散歩しながら血眼になっているのだがダメだ。僕の指先がはれるぐらいなんでもない。それを見せながら、ちょっとウソをつきたいのだ。「自然は実にうまく出来ていますね。これが沢山発生したのは、なんのためだか知ってる？　人間がいよいよ虫に近い身なりになって来たでしょう？　自然は人にシュウチ心を取り戻させることが出来ないので、毒ガなんかを多量に飛ばせるんですからねえ。感心してしまいますよ」——画も串田氏（東京外語大教授・哲学）

「私の博物誌」
（出典：「朝日新聞」1955年8月10日付）

こんなすばらしい、ぜいたくな本はない」（林達夫「串田孫一さんの『博物誌』」「日本読書新聞」一九五六年十一月五日付）、「しずかにしたしみ深く、めでながら読んだ」「串田氏には『羊飼の時計』という詩集があるそうだが、わたしは不敏で、みていない。しかし『博物誌』一冊で、氏が詩人であることは十分証明されてあるといえる」（竹中郁「つつましく己を語る　串田孫一著『博物誌』『表現の悦び』」「図書新聞」一九五六年十一月三日付）、「これは、まぎれもない詩人の書物である。その機智、その哀しみ、その夢、その知恵、ひとつとして詩人のそれでないものはない。そうして何よりも、このやさしさ。それこそこの作者が本当の詩人であることのもっともたしかな証拠なのだ」（谷川俊太郎「「やさしさ」の詩」「婦人公論」一九五六年十二月号、中央公論社）。

「いかに好評をもって迎えられたかは、多くの書評・紹介が相次いで発表されたことからもわかる」と大森が述べたように、この著書はその時代の多くの読者の心をつかんだのである。こういう好意的な評のなかでも、詩人である竹中郁や谷川俊太郎から「詩人」として評価されていることは注目していいだろう。串田は人生論的な随想の書き手として受け取られることが多く、その詩業については忘れ去られたり余技とみなされがちだが、詩人としての側面を過小評価すべきではない。第2章・第3

章で述べたように、ことに昭和三十年代は、串田が「歴程」「アルビレオ」を中心に旺盛な詩作活動をしていた時期で、『博物誌』の仕事もその詩人としての活動と絡み合うものであり、同時代の詩人たちがそこに詩情《ポエジー》を読み取ったのも必然だろう。

このように『博物誌』三部作は多くの共感を持って迎えられたが、それは「博物誌」という形式に対してであると同時に、著者串田に対する歓迎でもあっただろう。「三年前に年の数と著書の数が同じ卅九になったお祝いの会があったが、こんどの本は六十五冊目」（も）[2]「自然観察から生れた寓話串田孫一氏と「博物誌」」「東京新聞」一九五六年十月三日付夕刊）と書評にあるように、当時の串田は極めて精力的な執筆活動のただなかにあり、時代の要請によく合致する書き手であった。昭和三十年代とは、戦後十年余が経過し、人々がよりよく生きることを考える余裕を持ち始めた時代であり、藤井淑禎が「人生論の季節」[3]と呼んだように、人生論が一つのブームだった時代と言っていい。串田の多くの随想も同時期の亀井勝一郎や堀秀彦らと同様、「人生論、幸福論の注文」（前掲「自然観察から生れた寓話　串田孫一氏と「博物誌」」）に応えるための受動的な執筆活動だったのかもしれないが、結果的にはこの種の文章が受けて、串田の認知度は高まっていったのである。

こういう背景のなかで「博物誌」は始まるが、大森は、それが書き始められたきっかけに関する、河出書房編集者小石川昭の証言資料[4]を示している。それによれば、『博物誌』執筆のきっかけは、一九五四年（昭和二十九年）に雑誌「知性」を創刊する際、小石川がルナールの『博物誌』の串田版の連載を依頼したことだという。そのとき、小石川がイメージした串田「博物誌」の要諦は、次の二点にあったのではないだろうか。まず、「博物」を対象としながらもそれを科学的な事項として記すの

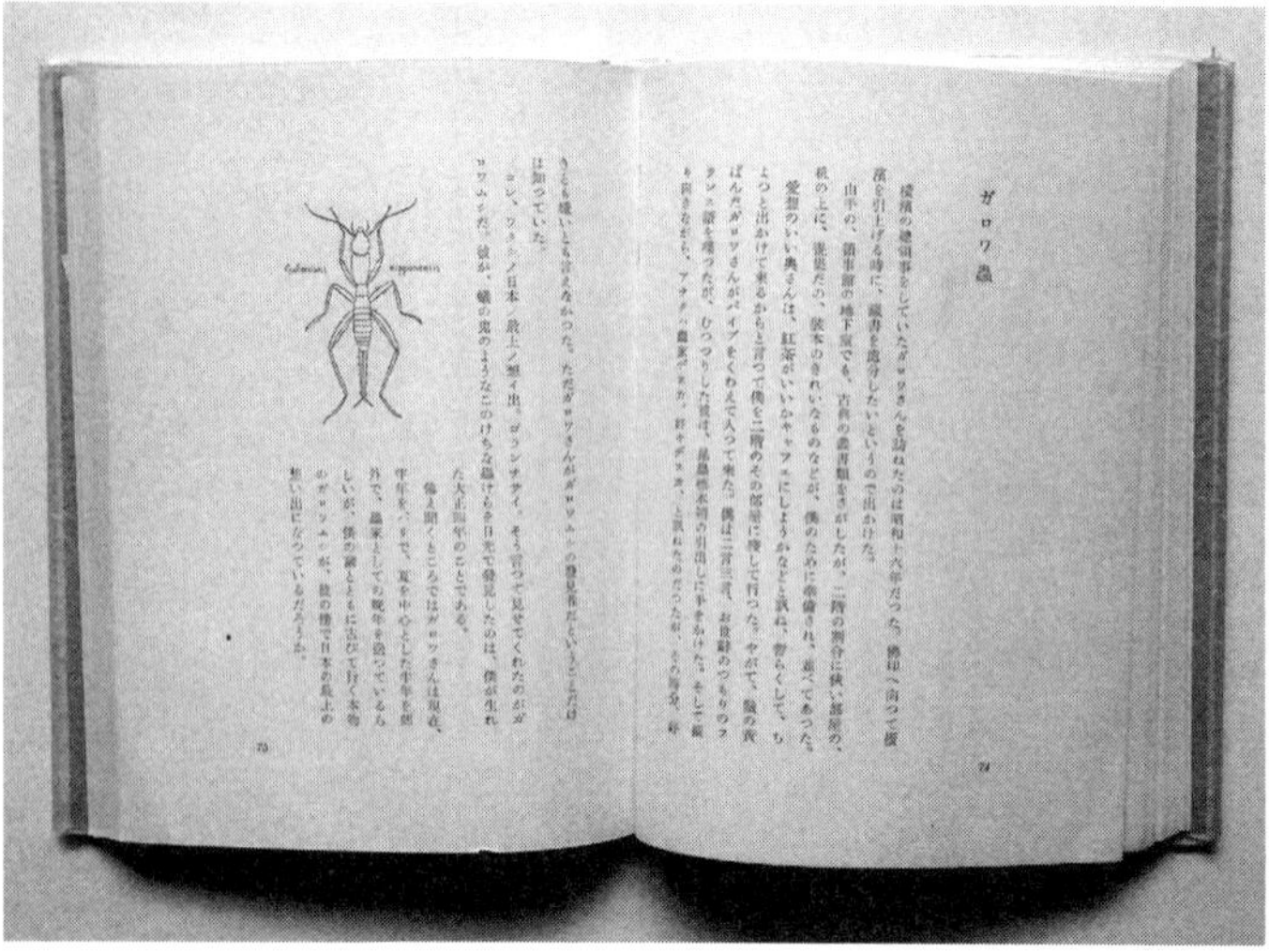

「ガロワ蟲」、串田孫一『博物誌』創文社、1956年

ではなく、知的でウイットがきいた文章で文芸のジャンルとして描くということ。いま一つは「スタイルをつくって絵と文をお願いした」とその回想にあるように、画文を一つのセットとして編集しようということ。結果的にこの戦略が有効に機能したことを考えると、『博物誌』の成功は串田と編集者との見事なコラボレーションのたまものだったと捉えるべきで、編集者小石川昭が果たした役割は高く評価されなければならない。

このように執筆に至る経緯は受動的かつ偶然のきっかけからだったが、絵画の心得があり、尾崎喜八の影響から自然観察への関心を深め始めていた串田にとって、執筆の動機付けは既に十分にできあがっていたということだろう。

2　文学としての『博物誌』

大森の論考の冒頭にも引かれているが、串田は後年、「人間は古い時代から、何かにつけて自然に目を向け、それを気にかけ、そこに珍らしいものを見付ければ書きとめ、また見慣れたものの中にも微妙な変化を発見してそれを記述していた[5]」と記し、自然観察とそれを書き記すことは人間にとって必然の行為だったとの認識を示した。それが人間一般がなす行為であるとするならば、ことさらに自然好きで、しかも著述を生業とする串田が「博物誌」的な随想を書き続けたのは必然だった。

さて、『博物誌』は「蟷螂」の項から始まる。「ファーブルに負けないつもりだというほどの元氣はない[6]」と謙遜しながらも、冒頭部にジャン＝アンリ・ファーブルの名を出すあたりに、十分にその『昆虫記』を意識していたことが現れている。また、「ひと夏、つまり蟷螂にとつての一生を、じつくりつき合つて來た」という記述は、実地での観察があったことを示している。結果的には、これから書こうとする一連の『博物誌』の背後には「自然科学」的な裏付けが存在するという宣言にもなっているが、串田にそんな気負いがあるわけではない。自然観察の結果がどのように記されるのかと期待していると、友達からカマキリの脱皮した「ぬけがら」入りの書簡が届いたという、何げない日常の挿話へと進むのである。そして、友達がぬけがらを送った意味をめぐって、「彼の思想的脱皮を傳えているのかも知れない」などと突拍子もないところへと話を転じる。冒頭の「蟷螂」の項からしてこのような内容なので、『博物誌』が自然科学の領域に属する著書として書かれたものでないことは明白である。先に記したように『博物誌』は出版早々上々の評価で迎えられ、様々な書評が書かれたが、串田がそれに応える形で書いた文章のなかに、「文學の一つとしてこれを書いていることが分つて頂けるのは、嬉しいことです(7)」とある。『博物誌』を詩として評価した谷川俊太郎や竹中郁などの評価を受けてのことだろうが、ここでは串田が「文學の一つとしてこれを書いている」と、自身のスタンスを表明している点に注目したい。あくまでも串田の『博物誌』は「博物」を通しての文芸表現なのである。

文学性を持った「博物誌」というと、『ファーブル昆虫記』、ギルバート・ホワイトの『セルボーンの博物誌』、ジュール・ルナールの『博物誌』などをまず思い浮かべるが、串田のものはそれらのいずれとも異なる内容になっているように思う。特に昆虫を愛好する串田にとって、『ファーブル昆虫記』は意識せざるをえないものだったはずだが、かといって、その記述形式が真似されていたわけではない。いくらファーブルの記述が詩情にあふれたものだろうとも、『ファーブル昆虫記』はやはり自然科学をそのように描いたということであり、それは紛れもない科学書である。また、串田のそれは昆虫に限ってのものではなく、幅広いジャンルからなっている。一方、小動物を愛情を込めた視線で見つめ、それを軽妙で簡潔な文章で描くことを信条とするルナールのそれは、ファーブルとは逆に、圧倒的に文芸のほうに比重が傾く。また、書簡形式からなる『セルボーンの博物誌』と、一定量の文章に絵を交えて一篇をなすという串田のそれとは、おのずと書物のコンセプトは異なってくる。このように見てくると、この三種の書籍それぞれから影響を受けている部分があったとしても、いずれと

『博物誌』３部作

も決定的な影響関係はなく、串田の『博物誌』は独自の内容と方法を持つものとして、その独自性を評価すべきものだと言えるだろう。

また、ほぼ時を同じくして出版された春山行夫の『花の文化史』（中央公論社、一九五四年）と比較しても、串田のものは対象となるジャンルの広さや観察的な視点の多さという点でそれとは異なるし、生真面目な態度で文化史を通してそれぞれの花について説明する春山に比し、串田は説明に淫するところがなく、記述が軽やかである。

このように串田の『博物

誌』は、国内外の「博物誌」的な著作と比較しても独自の形式と内容を持つものだったと言えるが、それ以前に書かれた「博物誌」や日本文化との接点は無論存在する。例えば、江戸後期に盛んに書かれた「博物誌」との近似性や、俳諧における「歳時記」との関連性である。江戸時代の博物学は、自然科学のジャンルが細分化される以前の、植物・動物・昆虫・鉱物などを総合的に「博物」として把握する自然観から成立していたが、串田の自然観もまさにそういうものであり、串田の『博物誌』の網羅的なラインアップにもその非近代的な性質が現れている。また、江戸の博物学を担ったのがアマチュア的な人々だったことを考えると、そうした点にも自然科学における串田のポジションとの共通点を見ることができる。

また、串田が「大體自然の移り變りのとおりに並べた[8]」と言うように、季節の推移を踏まえながら編集しようと意図したのはいかにも日本的な発想で、串田の『博物誌』は歳時記的な要素も併せ持っていたことになる。こうした視点からは、串田の『博物誌』には、季節に触発され感懐を述べるという日本文化の伝統的な方法が潜んでいたと見なすこともでき、こういう点にも日本文化との連続性を指摘することが可能である。

3 『博物誌』に現れた自然観

前節で見たように、串田は『博物誌』を文学として書いたので、その内容は自らの生活や体験、あるいは思い出などの挿話と絡んで動植物などを描く場合が多くなる。しかし、『博物誌』は当然のことながら「博物」を対象として描くものであるので、その内容は自然と無縁であるはずはなく、おのずと串田の自然観が反映された内容になるはずである。はたして『博物誌』からはどんな自然観が読み取れるのだろうか。

串田は「文学的記述の悦びを味いながら」書いたとしながらも、同時に「学問上、幼稚な誤りが入ってしまわないように用心はして来た[9]」と自負を込めて記している。すなわち、「文学」として書いたものだったとしても、自然科学的事項では正確な記述を心がけたということであり、ここに串田の真面目がある。観念的・空想的に自然を描き、その実、自然には触れてはいないのではないかと思われるような自然描写が見られる文学作品もある。俳句では「玉虫交る」という季語があり、中村草田男に「玉虫交る五色の雄と金の雌」（『火の鳥』所収、龍星閣、一九三九年）という一句があるが、これなどはウバタマムシをヤマトタマムシの雌と誤解し、頭の中で書いたとしか思えない。串田には、そういう頭の中で作り出したであろう光景は描かず、自らの体験・観察に従って書くという基本がある。顕微鏡・双眼鏡・拡大鏡などを使って観察し、自分で調べるところが、他の文学者たちと串田との相違である。

『博物誌』は第一集から第三集の三部作で終わるわけではなく、タイトルには「博物誌」と銘打たれないものの、『博物誌』に類する内容の随想は終生書き続けられた[10]。このことは、いかに串田の生活が自然と緊密につながっていたかを証するもので、串田にとって、常に日常の生活は自然とともにあった。都会暮らし・田舎暮らしの別なく、どのように自然に関心を寄せるかで自然に触れる総量は異なってくる。串田が相手にするのは大自然ではなく、生活に身近な自然であり、『博物誌』で取り上げられる虫や花々も決して珍種や稀覯種ではない。

さて、串田は動物や昆虫、植物などに対象を限定して書いたわけではなく、天文や気象にまでわたる「博物」全般を取り上げたが、これは一つの大きな意味を有していると思われる。このことは自然科学分野の専門家でもない串田の素人性《アマチュアリズム》のなせる業だが、自然を細分化することをせず、種々の自然を総合的に把握しようという意図の表れでもある。一九八〇年代、晩年の今西錦司は「何々学に代表されるような部分自然でなく」、「全体自然」を追求する「自然学」を提唱したが(11)、串田には「学」を称する大仰さはないものの、今西同様、トータルとして自然を見つめようとする志向が存在している。自然を幅広く観察し、それを人間の営みとの類推のなかで捉え、擬人的表現を多用し、機知ある文体をもって表現したのが串田の『博物誌』であった。

4 〈物象〉と〈形象《フォルム》〉へのこだわり

大森は『博物誌』三部作に書かれた対象を「昆虫」「鳥」「動物」「天文」などに分類したが、その資料からは、昆虫と草木花を対象とするものが多く、意外に動物が少ないことなどが読み取れる。これには実際の観察を経て「博物」を描こうとする姿勢や、串田の昆虫好きなどが影響していると思われる。日本の生活環境では動物との出会いはさほど多くないので、動物の項目が少なくなるのは必然だろうし、一般的にも花や草木を愛好する人は多いので、草木花が多くなるのも不思議ではない。しかし、大森が「〈正当な博物誌〉の対象外のものもある」として「その他」という分類項目を設けたように、腹の蟲・椅子・萬年筆・ピンセットなどまでが「博物」の項目として挙がるところに独自性がある。

大森も引いているが、このことに関して当の串田本人は、「椅子とか洗濯機とか、また腹の蟲などという、正統な博物誌からはずれたものも入つているけれど、僕にはそれらが人間の作つたものでありながら、蛾の作る繭のように思われたりするので、同じように扱うことも不自然ではなかつた[12]」との認識を示している。

「椅子」の項を見てみよう。

　椅子を買つた。僕が椅子を買つたのだ。（略）それがまた大分風變りな姿をした椅子で、そこに張つてある布はサーモン・ピンクだ。どんな人が設計して、どんな職人がどんな氣持ちで造つたのだろうか。

椅子の製作過程に思いをはせるさまからは、椅子を単なる物体として捉えるのではなく、まさに「蛾の作る繭」と同じような慈しむべきものとして捉えていることがわかる。椅子は生命を持たないが、それはあらかじめ存在していたわけではなく、何者かの手による製作過程を経て椅子という物象が形作られたのである。串田には、自然物であれ人工物であれ、このような事物が形作られていく経緯をも見据えてその事物を捉えようとする傾向があるようである。したがって、何者かによって心を込めて作られたそれらの事物は愛玩の対象となり、ときに擬人化されることになる。

僕は君を、これからもう少し尊敬するようにしようね。これまでだつて、ただの道具だなどとは思つていなかつたけれど。

（「萬年筆」）

一體あなたは、あたしの姿がいいとお思いになつたの？　それともこのピンクがお氣に召したのかしら？

（「椅子」）

このように生命を持たない物体さえもが意志を持ち、擬人化されて「博物」の一つとして捉えられるのである。

串田の「博物」への関心の根底にあるのは、無論、自然現象に対する関心だが、同時に「博物」が持つ形象《フォルム》に対する関心という面も存在するのではないだろうか。自然が作り出した「蛾の作る繭」という形象《フォルム》に対する関心の延長に、人工的な物品への愛がつながるのである。自然物であれ人工物であれ、串田には物象・形象《フォルム》自体に愛着するという態度が見られるが、それと軌を一にする現象として、字形への偏愛を挙げることができる。

大森は先の論考で、新聞・雑誌での初出時と初刊本『博物誌』での本文の異同について、いくつかの事例を挙げて精査している。そして、初刊本刊行に際し、促音表記が「っ」から「つ」に改められていること、旧漢字へと書き換えがおこなわれていることなどを指摘した。このことは単なる記述面の些細な変更と見なすわけにはいかず、『博物誌』の自然観にも絡む問題が秘められているように思う。本文の異同について精査された先学の労を踏まえ、いま少しこの問題を広げて考えてみたい。

日本政府は、一九四六年（昭和二十一年）十一月に「当用漢字表」と「現代かなづかい」を制定し、四九年四月に「当用漢字字体表」を告示した。串田の「博物誌」執筆と雑誌・新聞での発表はこうした国語改革が定着した後のことであり、当然その表記法に従う文字遣いがなされていた。しかし、それが定本『博物誌』では時代をさかのぼった表記方法に変えられたのである。これについては、大森が、初出紙誌では「出版メディアの課すルールに従わざるを得なかった」が、「自著においては、縛りが解け」「表記法や旧字体へのこだわりも、思うとおり実現することが出来た」と推測したとおりの事情だっただろうと思われる。

串田は文字表記に関して一定の見解を持って、旧漢字・旧仮名遣い（部分的ではあるが）を使用していることは明らかだろう。そういう点で、「音にではなく、語に随ふべし」（『私の國語教室』新潮社、一九六〇年）という観点から戦後の日本語表記に異を唱えた福田恆存や、福田の説に従い、徹底的に旧漢字・旧仮名遣いを実践した丸谷才一とも重なるところがある。はたしてどのような考えから、串田はこのことにこだわったのだろうか。例えば、串田は「欠」という字は本来「ケツ」とは読めない漢字であると述べ、「缺」と「欠」の混同を指摘している。[13] この例からは、串田は字源に従い、漢字本来の意味を忠実に表す表記をすべきだとの見解を持っていることがわかる。戦後の国語改革に対して福田のように強く反対する態度をとることはなかったものの、自分自身の漢字使用では、象形文字や会意文字としての漢字の字源に沿った表記を好んだのである。また、一部で旧仮名遣いを使用するところなどからも、国語表記の問題では保守的な考えを持っていたということができるだろう。

こういう態度は文字や言葉の成り立ちを重視する立場からきているが、いま一つ、文字という形象《フォルム》への興味が反映しているのではないだろうか。一九四五年（昭和二十年）六月二十六日の日記に、「私のどうにもならない性分として、文字を書き綴って行く時に、それが一つの絵のように視覚の上からも綺麗に整えられ、仕上げられて行かないと気が済まない。（略）書くものの内容如何に拠り文字の形も変えて行きたいとさえ思う[14]」という興味深い内容が書かれている。縦・横・斜めのそれぞれの線が交差し、定まった音と定まった意味を持つ漢字が生み出される。串田にとって、この一本一本の線が組み合わされることによって作り出される文字の「形」は、「蛾の作る繭」と同じようなものだったのだろう。自身が述べていたように、椅子や洗濯機は「蛾の作る繭」と同じ扱いになっていたが、それぞれの文字が持つその形象《フォルム》もまた、それらと同様の意味を有するものだったのではないだろうか。『博物誌』やその他の著書に頻繁に現れる旧漢字の形象《フォルム》は、それ自体も「博物」の一種として扱われてもいいような〈物〉だったのである。

5 『博物誌』成功の要因

さて、『博物誌』が好評をもって迎えられたのは、どういう要因があってのことなのだろうか。まず、「博物誌」と銘打たれながらも、それぞれの「博物」から連想される話題は人事や季節などと絡み合い、一般的な随想としても読みうるものだったということ。すなわち、自然科学への関心が薄い層にも受け入れられる余地があり、幅広い読者層を獲得できる要素があったことが挙げられるだろう。そして、生命ある動植物が擬人化され、筆者と対話しながら話題を進めるという内省的・考察的な態度が、「人生論の季節」とも呼ばれる昭和三十年代という時代背景に合致したとも言えそうである。

戦後十年を経て精神的な余裕が生まれ、高度経済成長へと突き進み始めるこの時期、日本人は経済的にも次第に恵まれだす。やがてこの高度経済成長によって日本の自然は蝕まれていくことになるのだが、昭和三十年代の半ばまでは、生活習慣や自然環境で古くからの日本的なありようがかろうじて残る時代だったと見ていい。日本人は豊かな将来を夢見ながらも、一方で伝統的な日本の習俗と自然のなかで生活していたわけである。串田が生活の場としていた三鷹や小金井(15)には、国木田独歩が『武蔵野』(民友社、一九〇一年)で描いたような雰囲気が残っていたはずで、そういう環境にあったからこそ、日常のなかで「博物」への関心を維持し続けることができたと言える。そして、読者もまた、

「週刊朝日」に連載された「わたしの博物誌」、文・串田孫一、画・辻まこと
（出典：『わたしの博物誌』みすず書房、1998年）

串田が描く自然を受け止めることができるだけの自然への親しみを保持していたのである。こういう昭和三十年代の自然と人間とのほどよい間合いが、『博物誌』の幅広い受容へとつながっていったと考えることができる。

また別の視点から見てみると、大森が「見開き二ページの中に著者自筆のイラストを左上に配し、たっぷりとゆとりをとってレイアウトされている」と指摘したようなその造本感覚や、ほどよい分量とスペースで完結する読み切りの形式も、成功の一つの要因だったと考えられる。読者は先を急ぐのではなく、ゆったりとした気持ちで一篇一篇を少しずつ味読しながら読み進めることができるし、好きな個所を先に選んで読むこともできる。一篇一篇が適度な文章量であり、紙面構成がシンプルで美しいこと[16]——そういった編集面におけるうまさも、『博物誌』が多くの読者に受け入れられた理由の一つだったはずである。

また、各篇ごとに添えられた飄逸さと学術性を併せ持つ一見華奢にも見える線描画も、『博物誌』という冊子に一つの雰囲気を作り出し、読者獲得に寄与したことだろう。串田「博物誌」は画文一体のものと考えなければならないし、第一集から第三集まで累積されたそれを眺め直すと、筆者自身に絵を描かせるという、編集者小石川昭の企みが見事に成功したことを実感しないわけにはいかない。三部作の好評を受けてか、のちに「週刊朝日」(朝日新聞社)誌上でも「わたしの博物誌[17]」が連載されることになるが、そこでは串田の文に辻まことが画を添えている。文と画とからなり、見開き二ページで一篇が構成されるという点では、三部作同様の手法が踏襲されている。しかし、串田の描く画と辻の画との筆致の相違、本文と画のレイアウトの仕方など、三部作とは異なる趣があり、これもまた楽しい読み物に仕上がっている。その成功の要因の一つとして、やはり画文一体があったことは間違いない。

おわりに

これまで、既に半世紀も前に書かれた『博物誌』について見てきたが、はたして今日、これらの「博物誌」的著作を読む意義はどこにあるのだろうか。

いささか唐突ではあるが、いまここに串田の横に今西錦司を置いて考えてみる。一九八三年(昭和五十八年）当時、今西は「自然科学などなくたって自然は存在する。自然科学なんてえらそうな顔をしても、自然の一部しか知ることができない。自然を細分して、その分野の専門家になったところで、それは部分自然の専門家にすぎない。部分自然の他に全体自然があるということを、学校教育では教えてくれない[18]」と述べ、「全体自然」を考える必要性を説いていた。今西はそういう「全体自然」を対象とする学を、従来の「自然科学」に対し「自然学」と呼び、自らの晩年の学問として標榜したのである。串田にとって自然は「学」の対象ではなかったが、対象を限定せず、幅広い角度から自然を捉えようとするその自然観は、今西と共通するものがあったと言えるのではないだろうか。串田が自然全体に目配りし、総合的に自然を見る視点を養いえたのは、今西同様、山や高原での登山体験が契機となったと思われる。資質が異なる両者であるが、自然体験や自然観での共通項を指摘することができそうである。

今日、学としての自然科学は今西が危惧した以上に細分化の道をたどり、人々の生活は自然から遠ざかるばかりである。串田の「博物誌」的著作は、そういう専門的・細分化した自然ではなく、人間を取り巻く多様で連関し合った自然を再認識する契機を与えてくれる。また、「博物誌」は、生活から遠ざかる一方である自然が本来、いかに我々の生活と密接だったかということも教えてくれる。大げさに思われるかもしれないが、多様な自然を再認識し、生活の身近に自然を取り戻すのは、我々の人生を豊かにすることに通じるのである。人間と自然のありようを考えさせるような書物は他にも多くあるだろうが、串田の「博物誌」的著作は紛れもなく、そのような書籍の一つとして位置付けられるはずである。

串田は晩年、「戦争が終って間もなく、自然についての自分の知識を少しでも豊かにしようと思った。植物、鳥、昆虫、更には気象の変化や天体の動きについても気になることを書き留めて、それを調べる習慣が出来た[19]」と博物に関心を持ち出した頃を回想し、極めて能動的に自然と接し、意識的に「博物」について学ぼうとしたことを述懐している。元来、哲学者である串田が、このように博物に関心を寄せたのは、単に自然を知りたいという自然科学的な興味・関心からばかりではなく、それを超え、自然とのアナロジーを通して社会や人生について考察しようとしたからにほかならない。串田は「自然から教えられることは無尽蔵である[20]」という認識に立ち、自然を通してあらゆることを学ぼうとしたのである。今日を生きる我々も、自然を透徹した眼で観察することを通して世界を眺め直す視点を持ちたいものである。生活と自然との乖離がますます進行するいまだからこそ、串田の『博物誌』が持つ意味はかえって大きなものになるのではないだろうか。

注

（1）刊行された書籍としての『博物誌』とジャンルとしてのそれを分け、後者を指す場合には「博物誌」とした。ただし、両者を区分けできない場合もあり、厳密な区分けというわけではない。

（2）無著名の記事だが、末尾に（も）の記載がある。

（3）藤井淑禎『純愛の精神誌——昭和三十年代の青春を読む』（新潮選書）、新潮社、一九九四年。ここで藤井は、当時の人生論の書き手として亀井勝一郎・堀秀彦・串田孫一・古谷綱武・加藤日出男・加藤諦三・草柳大蔵の名を挙げ、そこに現役ではないものの、「大御所としての武者小路実篤」を加えれば、「とりあえずの勢力地図は完成する」と記している。
（4）小石川昭／奥本大三郎「小石川昭の悠々対談　この人いまの気分 日本一の蟲教授」「財界」二〇〇六年四月十一日号、財界研究所、一〇〇―一〇三ページ。以降の小石川の回想はこれによる。
（5）串田孫一「はじめに」『博物誌Ⅰ』（現代教養文庫）、社会思想社、一九七一年、三ページ
（6）串田は旧漢字の使用などに関し、独自のこだわりを見せている。のちに述べるように、これは串田の発想や自然観にも関わってくると考えられるので、本章での『博物誌』の引用は、旧漢字・旧仮名遣いである場合、そのままとした。
（7）串田孫一「博物誌のことで」「博物誌通信」№1。「博物誌通信」は第二集にあたる前掲『博物誌１９５７』に付された小冊子。こういう小冊子は串田の著書に多く見られるもので、著者と読者をつなぐ役割を担っていたと考えられる。一冊の本のなかにまた小型の本が入っているようなもので、いわば本の「入れ子」とも言える。手作り感に満ちた仕上げで、こういうものを串田はよく好んだ。
（8）串田孫一「あとがき」、前掲『博物誌』二〇三ページ
（9）串田孫一「はじめに」、前掲『博物誌Ⅰ』四ページ
（10）『串田孫一集』（全八巻、筑摩書房、一九九八年）では、その第四巻を『季節の手帖――博物』と題し、「博物」という括りをしている。
（11）今西錦司「自然学の提唱――進化論研究の締めくくりとして」『自然学の提唱』（講談社学術文庫）、講談社、一九八六年、九二ページ
（12）串田孫一「あとがき」、前掲『博物誌』二〇三ページ
（13）串田孫一「漢字を好めばこそ」『呟く光と翳』筑摩書房、一九九九年、九二―九三ページ。
（14）前掲『流れ去る歳月』九〇ページ

（15）市制が施行され、北多摩郡小金井町から小金井市へと変わるのは一九五八年（昭和三十三年）のことである。
（16）また、創文社から刊行された第一集・第二集の印刷は、定評ある精興社印刷によるものであった。「やや細めで、印刷されると知的でスマートな印象を与えた」（南陀楼綾繁「活版印刷」という仕事。」「東京人」二〇〇四年二月号、都市出版、一五〇ページ）と評価される「精興社活字」によって仕上げられていることも、紙面の美しさにつながっているはずである。
（17）一九六一年（昭和三十六年）八月四日から六二年九月二十八日にかけての連載。『わたしの博物誌』（朝日新聞社、一九六三年）として単行本化されたが、辻の画は連載時のものから書き換えられている。『わたしの博物誌』（みすず書房、一九九八年）では、連載時の原寸オリジナル版が使用されている。
（18）前掲「自然学の提唱」七六ページ
（19）串田孫一「花逍遥の頃」、前掲『呟く光と翳』一七〇―一七一ページ
（20）串田孫一「山と森についての断想」、前掲『呟く光と翳』一五六ページ

＊『博物誌』の引用は、本文中に記したそれぞれの初版刊行本によった。なお、本文中に記したような経緯もあり、旧漢字・旧仮名遣いのままとした。
＊本文中にも述べたとおり、本章執筆に際しては、書誌・参考文献に関する情報だけでなく、着想・内容でも、前掲「串田孫一『博物誌』の書誌学序説」に依存した部分が多い。この場を借りて、大森一彦氏に深甚なる感謝の意を表したい。

第2部　登山と文学

第5章　一九三〇年代の〈山岳文学論争〉をめぐって

はじめに

　今日、「山岳文学」とは何か、それはどうあるべきかという問いは、読者の側からも書き手の側からもほとんど起きてはこない。しかし、そういう問いが真剣になされ、山岳雑誌上で議論されていた時代があった。熊谷昭宏は一九三〇年代の遭難を扱う小説を論じた際、当時の山岳雑誌には「山岳文学」のあり方を問う評論が多数発表されていたことを指摘し、三〇年代を山岳文学論の季節だと捉えた。その際、熊谷はその議論の細部には触れなかったが、当時の山岳文学論の特徴として、議論が抽象的だったこと、小説・詩・短歌・俳句・紀行文といったジャンルごとに問題を整理する方向に進まなかったこと、特に小説に関する議論が見られなかったことを挙げ、論争を概観した。[1]本章は、熊谷がその存在を指摘した三〇年代の多様な山岳文学論に関して、ことに「山岳紀行文」のジャンルを中心に、〈山岳文学論争〉の展開を分析・考察するものである。〈山岳文学論争〉とは〈山岳〉と〈文学〉それぞれの個別の問題ではなく、当然のように、〈山岳〉の問題と〈文学〉の問題が交差する場に発生した議論である。そして、それが三〇年代に起こったことは、とりもなおさず、〈山岳〉〈文学〉のいずれかの領域で、あるいは双方で、前時代的状況との間に軋みが生じたことを意味している。端的に言えば、三〇年代の〈山岳文学論争〉は、〈山岳〉をめぐる状況が近代アルピニズムの勃興期から普及期へと変化するなかで起こったものである。〈山岳〉をめぐる状況が変わり、山岳紀行文に要求されるものもおのずと変化しなければならない時期に、〈文学〉の側がそれに対応できないことからくる不満が〈山岳文学論争〉を引き起こしたということだろう。

以下ではまず、具体的な評論に触れながら、その主張をいくつかのタイプに分類し、それと同時に、それらの議論の背景にある登山および文芸に対する考えを探ることから始めたい。山岳文学一般については論じられるものの、管見のかぎりでは、この一九三〇年代の〈山岳文学論争〉に関するものは前記の熊谷の概括的な論述があるだけであるし、対象となる山岳文学に関する評論自体、あまり読まれたことのないものであると思われるので、やや煩雑になるが、多様な評論を紹介することも一つの目的としながら、論を進めていきたい。

1　船田三郎と桑原武夫の「山岳紀行文」批判

宗教的登山とその関心に基づく山域を対象とせず、個人の好奇心から未知なる山域を登山するという、近代的な登山行為に絡んで発生した山岳文学の嚆矢となったのは、小島烏水だったと考えていいだろう。烏水はウォルター・ウェストンやウィリアム・ガウランドの日本アルプス体験に感化され、自らも近代登山の担い手となり、その近代的な登山体験をもとに、明治中期までの漢文による紀行文を脱した新たな山岳紀行文の書き手となっていった。

その小島烏水をはじめ、武田久吉・高頭仁兵衛ら七人が発起人となり、一九〇五年（明治三十八年）に山岳会（のちの日本山岳会）が結成され、その翌年には機関誌である「山岳」（山岳会・日本山岳会）が創刊された。田口二郎はこの雑誌について、「JAC創立の中心が烏水であることで、JACは早々から文芸家、芸術家、自然科学者などを多く集め、初期の『山岳』は紀行のほか、多彩な人文知識の寄稿を得た」[2]と述べている。登山行為とともに文化的な活動も重視する山岳会だったわけだが、とりわけ文学への傾きは大きかったようである。永井聖剛は、その頃の〈山岳〉と〈文学〉との親和的状況を「山岳、文学に出会う」と呼んで論じているが、それによれば、近代的アルピニズムが起こった二十世紀初頭の山岳熱の高まりは、登山家だけでなく文学者たちも共有し、登山界の側もそういう現象を歓迎し、そこに近代の山岳文学が成立していったという[3]。島崎藤村は烏水の勧誘によって発足間もない山岳会に入会しているが、他にも、田山花袋や柳田国男、小山内薫、伊良子清白らの文学者が参加していて、構成員の名前を並べただけでも、今日の登山界との質的な相違を感じ取ることができる。山岳会発足当時は、〈山岳〉と〈文学〉とが互いに混じり合った時代だったわけであり、そういう状況のなかで、山岳会の機関誌である「山岳」は「烏水の《趣味の殿堂》[4]」として、山岳文学の発表の場としても機能していったのである。

「山岳」が山岳文学発表の場であるという状況は、明治から大正・昭和へと移るまで継続し、「山岳」誌上には多くの山岳紀行文が寄稿されたが、一九三〇年代に至ると、そこに掲載される山岳紀行文に対する批判が起き始める。船田三郎は「日本山岳会々報『山岳』の批判」（「山と渓谷」一九三〇年七月号、山と渓谷社）と題する論を寄せ、その頃の「山岳」誌上に掲載される山岳文学は「情緒登山文学」であり、その「ながたらしい剰喋な山岳の讃辞」は「聞き飽きた」と批判した。また、抒情詩や紀行文、記録は「いつも同じ繰言か同じ種板の焼直しの埒外を出で《（ママ）》ない」と、そのマンネリ化した記述を指摘した。このような批判が起こる背景には、日本の山岳界を取り巻く状況が山岳会発足当時のそれとは大きく変化していたにもかかわらず、山岳紀行文が烏水の時代のそれと同じく、山岳景観の美と浪漫的な抒情の記述に終始していたという状況がある。

　山岳会が発足した二十世紀初頭の登山界は、「飛驒山脈をはじめ、赤石山脈、木曽山脈など、日本の屋根ともいうべき中部日本の山岳地帯の山々へ一斉に進出」するという活況のなかにあった。その頃は、まだ完全な地図も案内書もない時代であり、登山は「まさに探検の名にふさわしい」行為であり、山を志す若者たちにとって未踏の地《テラインコグニタ》の存在は、登頂欲と功名心を大いに刺激したであろうことは想像に難くない。志賀重昂が『日本風景論』で「登山の気風を興作すべし」と訴えてから十数年、日本でも近代的登山の気風は勃興し、「日本アルプス」の山々は次々と登頂されていったのである。そして、「探検登山」は「一つの峰頭の往復あるいは横断登山」から縦走登山へと発展し、さらには「未知の領域を残している谷の開拓」へとすすみ、やがては、積雪期の初登攀が競われる時代へと移っていった。[5]

しかし、一九三〇年代は一連の「探検登山」によって既に成果が得られた後であり、登山を取り巻く状況は、未踏の地《テラインコグニタ》に対する「初」を競い合う時代ではなくなり、バリエーション・ルートの記録を争う時代へと移行していた。バリエーション時代と言うと聞こえはいいが、「バリエーション」とは、自己の登山と他者の登山との間に差異を見つけ出し、新たな登山価値を発掘しようとすることだった。当事者である、その時代の先鋭的なクライマーたちには意味を持つ行為だったとしても、未知なる土地に向かう「探検登山」に比べると、その記録が持つ重みは相対的には低いと言わざるをえない。

船田がその頃の「山岳」に掲載される紀行文を「情緒登山文学」とし、「退屈極まる紀行文」だと批判する背景には、当時の登山をめぐる状況が前時代のそれとは異なり、未知の領域を失ってしまっていたという事情があったのである。一九三〇年代に山岳文学とはどうあるべきかという〈山岳文学論争〉とでも呼びうるような問題提起がなされるようになったのも、「探検登山」の時代に比し登山行為自体が既に血湧き肉躍るものではなくなってしまったという状況のなかで、山岳紀行文自体が何をどのように描くかという新たな問題に直面していたからである。

島田巽の、山が未知のものだった時代には山の姿を伝えることさえ意義があったが、山が近づきがたいものではなくなったいま、同じ軌道を走っていてはいけないという主旨の主張[6]も、登山界を取り巻く状況の変化に適応できていない山岳紀行文に対する批判である。

桑原武夫の「山岳紀行文について」(「山」一九三四年八月号、梓書房)[7]も、「探検登山」時代の山岳紀行文にあるような「感激にみちた調子」で書かれる、旧態依然の紀行文に対する批判である。桑原らは具体例を示してはいないが、確かに「帰つて来た私達は凱旋将軍の如く皆に迎へられた。アルプス登山の名が一般に激しい魅力をもつてゐたからだ[8]」などと書かれると、ヨーロッパアルプスの難ルートに成功した一行が帰還したかのようで、ちょっと大仰すぎる。これは夏の穂高岳登山の紀行文の一節なのである。また、「二十六日、果して快晴に恵まれた。小舎からスキーを付けて行く。薬師岳の北尾根伝ひにずんぐ〳〵進んで行つた。高度を増すごとに大日岳から白馬岳、鹿島槍ヶ岳間の峯が迫る様な壮観を現して来た[9]」という例に見るように、その日の行動を逐一追っていくだけの散漫な文章も散見される。これでは桑原が「このごろ毎月の山の雑誌をうづめてゐる紀行文を読んで面白いと思ふことは滅多にない」と端的に述べるのも当然だろう。

それまでの山岳紀行文は、登山行為自体が持つ価値に依存して成立できたが、そういう価値を失ってしまった新時代にあって、山岳紀行文は困難な状況に立たされてしまったのである。船田や島田、桑原らは、「探検登山」が過去のものとなり、それまでどおりの山岳紀行文の方法が行き詰まった時代に、新たな山岳文学の出現の必要性を説いたのである。

2　〈文学志向主義〉と〈山岳優先主義〉

前節に見たような船田三郎の山岳文学批判以降、山岳文学をめぐる議論が「山岳」、「山と渓谷」、「登山とスキー」（アルピニズム社・黎明社）、「山」、「山小屋」（朋文堂）、「ケルン（第一次）」（朋文堂）などの山岳雑誌で活発になり、ことに一九三三年（昭和八年）と三四年には、その種の文章の掲載が

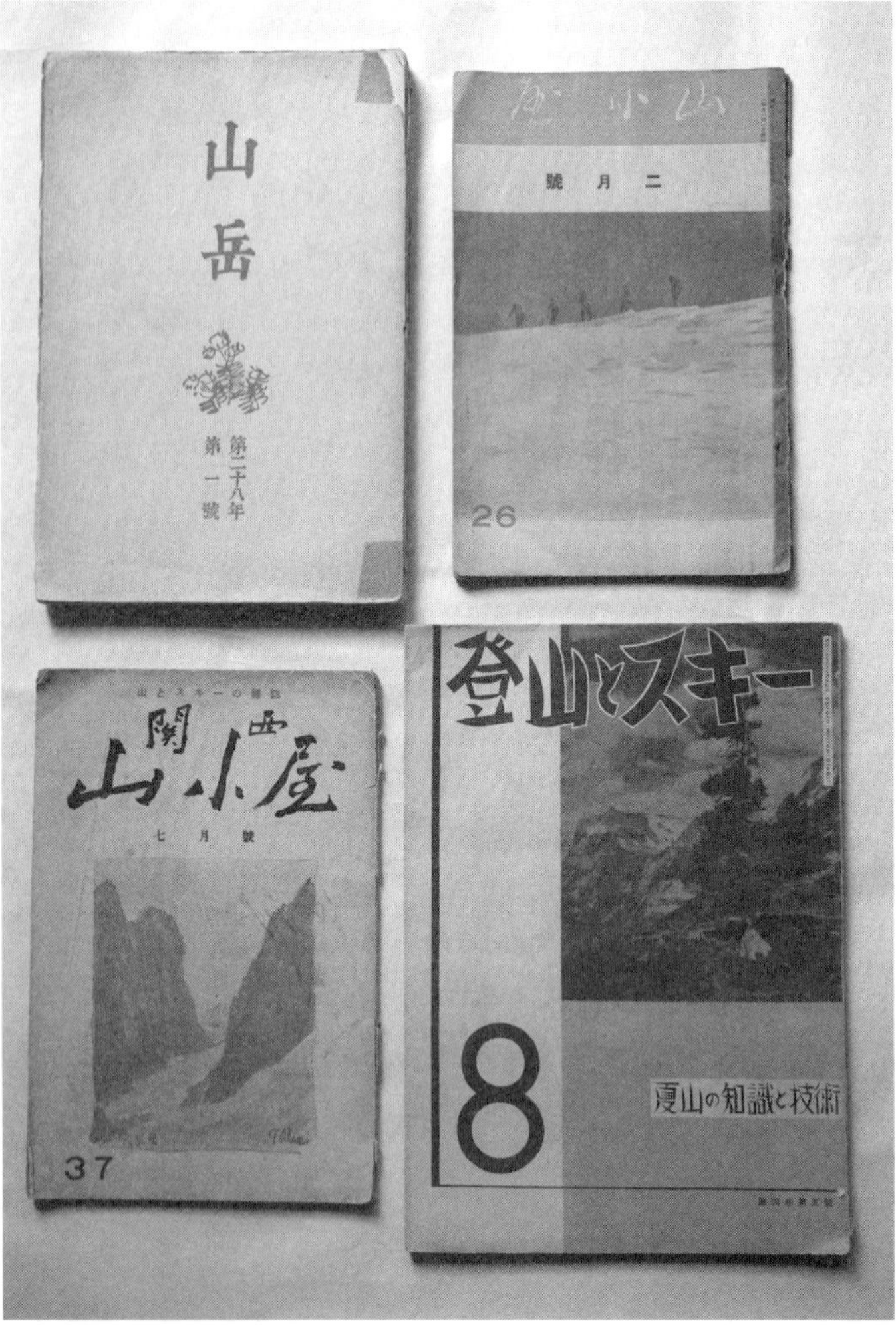

1930年代の山岳雑誌

目立って多くなっていった。特に多くの山岳文学論を書いたのが荒井道太郎や河合亨、春日俊吉である。この三人が山岳文学の将来に期待する根源的なものはほぼ共通していると考えていい。

河合亨「登山文学は登山家の手で」（「登山とスキー」一九三三年八月号）は、「月月の山岳雑誌や大学の山岳部の報告等に、全く非道い紀行文があまりに沢山のさばつてゐる」と嘆き、文学としての質を高めることを要求した。春日俊吉も「山岳文学へのア・プロテスト」（「山と渓谷」一九三三年十一月号）で、当時の山の文章の洗練のなさ、表現の粗雑さを批判し、「文学的気魄」の欠如を嘆いた。また、荒井道太郎も「山岳紀行文をより文学的ならしめることが、それを現在の貧困から救ひ出すさしあたりの途」[10]と述べ、文学への傾斜に新時代の山岳文学が進むべき道を求めた。

これら三人の考えは、桑原武夫が登行事実の報告や案内記としての存在理由をなくした山岳紀行文が生き残る途として、「文学としての紀行文となるより他はない」という見解を示したものと軌を一にするもので、このような文学としての質を高めるところに山岳文学の未来を託そうとする考え方は、当時の〈山岳文学論争〉である程度、共通理解になっていたように思われる。仮にこのような主張を〈文学志向主義〉と呼ぶことにする。

このような志向が起こる背景には、草創期の登山が文学者・科学者などの一部の知的階層によっておこなわれ、紀行文も文芸に馴染みのある選ばれた者によって担われていたのに対して、登山人口が拡大すると、総体として山岳紀行文の書き手の文筆力が下がってしまったという事情がある。〈文学志向主義〉的な主張は起こるべくして起こった議論だったと言えるだろう。

このような山岳紀行文に文芸を求める見方を推し進めるならば、山岳文学は文学者の手に委ねるのが最も有効だということにもなりかねないが、彼らは芥川龍之介の「槍ヶ岳紀行」（「改造」一九二〇年七月号、改造社）のような作品を求めていたわけではないだろう。いま少し、本格的な登山行為について書かれたものを求めただろうし、登山者としての感情と心理についての言及も欲しただろう。文学者が登山に接近するのではなく、登山家側の文学への接近を要求しているのである。このことに関連して、一九三〇年代の山岳紀行文をめぐる議論での、いま一つの共通認識が浮かび上がってくる。

それは〈文学志向主義〉と一見対立するかのように思われるが、山岳文学の書き手はあくまでも登山家が担うべきで、登山行動の中身にも重きを置こうという考え方である。ここには山岳は登山という行為を通してはじめて理解できるという、登山を実践する登山家の自負が潜在する。仮にこういう登山の実践行為を重んじる考えを〈山岳優先主義〉と名付けることにする。この発想は、〈山岳文学論争〉が山岳紀行文というジャンルへの言及に偏りがちで、虚構性のなかに成立する詩や小説に対する関心が薄かったという現象にもつながる。

河合亨は先に引用した論で、山を題材にとった小説や劇、映画が、一般の題材を扱ったものに比べてつまらないと言い、登山文学におけるフィクションを退け、「登山文学は随筆と旅行文を主とする文学」だと主張した。こういう随筆・紀行文優先の考えは、実際の登山体験から来る現実性を優先させ、文学の前提に登山体験を置く姿勢からくるものである。こうして河合は、「職業的文筆家の稼ぎ場になつてゐない山岳雑誌」に、登山家による登山文学の出現を期待したのである。

こういう〈山岳優先主義〉の志向は、「山岳文学の旺盛な制作なり、輝かしい樹立なりのイニシャティヴ（率先権）がマウンテンニアのむくつけき手のうちに確実に握り取られる」ことを「熱烈に希望する」[11]と述べた荒井道太郎にも見られる。荒井は『山をめぐる行為と夢想』（エーリヒ・マイエル、朋文堂、一九三八年）など、いくつかの山岳書の翻訳をおこなったドイツ文学者で、自らが編集にも関わった「山小屋」では一九三四年五・六月号として「山岳文学号」を組み、新しい山岳文学創造の指針役を担った人物である。荒井は「山小屋」が特集号を発行する前に、四度にわたり「山岳文学を想ふ」と題した山岳文学論を誌上で展開し、特集号の刊行へと至る土壌を作り上げ、「山岳文学は登山家の手で、そして、「山小屋」の山岳文学号は「山小屋」寄稿家の手で！」[12]とそのスローガンを提示し、登山者たちからの寄稿をあおった。

河合は「登山とスキー」で、荒井は「山小屋」でというように、それぞれ別の雑誌からの発信だったが、ほぼ同時期に呼応するかのように、両者は登山家の手による山岳文学の樹立をスローガンに掲げたのである。

さて、この「山岳文学号」には、荒井の呼びかけに応じて読者から寄せられた紀行文や詩などの他に、山岳文学に関する論考も寄せられているが、島田巽「山岳文学の方向について」も河合・荒井同様の〈山岳優先主義〉を志向している。「山小屋」特集号のスタンスが「山岳文学は登山家の手で」だったことと呼応してか、島田は「山岳そのものの本体に喰入つた作品」を求め、それができる登山家に期待を寄せる姿勢を示した。文壇の大家連の山岳紀行記はいかに文章が巧みだったとしても、それだけでは山岳の神髄を伝えきれないこともあるという理由から、登山行為を通した「真摯な思索」と「実践」とを重要視したのである。

はじめに記した熊谷昭宏の指摘のように、一九三〇年代の〈山岳文学論争〉は問題が未整理であり、また内容が抽象的であるため、議論が拡散し収拾がつかないようにも見えるが、それを総体で捉えると、これまでに述べてきた〈文学志向主義〉と〈山岳優先主義〉と名付けた二つの考え方が、評者たちに共通する志向として存在していることが確認できる。だがそれは、〈山岳文学〉に関する多くの意見を分析するとこの二つの系列に整理できるということであり、評者たちが自覚的に二つの陣営に分かれて、互いに他を批判し合っていたわけではない。二者択一的に一方の方法を選び取るべきだという問題ではなく、各人の主張の違いは〈山岳文学〉に何を要求するかという比重の置き方の問題であり、〈山岳文学論争〉を総体として捉えれば、当時の評者たちはみな、この相矛盾する二つの要素が同時に満たされる〈山岳紀行文〉を希求していたと考えるべきだろう。ここに、登山体験を重視する〈山岳優先主義〉と文芸的な素養や技量に道を求める〈文学志向主義〉とがどのように融合すべきか、〈山岳〉をどのように〈文学〉へと接続し、どのような方法で表現すべきかという問題が発生するのである。

3　新時代の〈山岳文学〉への模索

この問題に一定の答えを与えているのは桑原武夫である。前節で触れたように、桑原は「文学としての紀行文」となることを主張し、「文学としての紀行文」に文体《スタイル》の確立を求め、〈文学志向主義〉を提案したが、桑原には同時に〈山岳優先主義〉の志向も強く見られる。桑原が求める「文学としての紀行文」の文体《スタイル》とは、「登山家に独得の登り方があり、それが文学にあらはれたところを言ふ」というものである。つまり、桑原は登山家各人の個性的な登山スタイルが文学の文体《スタイル》に反映するという考えを示し、山岳文学は観念としての登山・山岳ではなく、あくまでも登山としての質を備えた行為を経た後に成立すべきものであるとの考えを示したのである。

また、桑原は山の文学を「遥かに山を眺めた文学」「山の中を歩いてゐる文学」「山に攀ぢる文学」の三通りに分け、その第三のものを切望したが、これはまさに〈山岳優先主義〉そのものである。三田幸夫と松方三郎のものを「山に攀ぢる文学」だと評価し、同時に「独得の登り方」がスタイルとなっている例として、加藤文太郎や坂本直行、今西錦司を挙げたが、彼らはみな登山家として一流の人たちばかりである。

独特の登山スタイルを独特の文学スタイルとして表現せよという主張は、まさに登山家であり文学者でもあった桑原ゆえに言いえたものだが、ここで注意すべきことは、まず先に「山を攀ぢる」ことや「独得の登り方」が求められたことである。桑原も、山岳文学とは〈文学〉で〈山岳〉が語られるのではなく、あくまでも〈山岳〉から発して、それが〈文学〉として語られるべきだという論理を採用しているのである。こういう登山者によってこそ〈山岳文学〉が作られるという論理は、山岳会草創期の烏水らの時代のそれとは異質な発想だが、これは登山行為が安易な浪漫的抒情として語られることを拒否し、緊張感に満ちた冒険的な行為として表象しようとする意識の現れだろう。

こうして山岳文学成立のために、登山者には〈山岳優先主義〉と〈文学志向主義〉の理念の両立が求められ、個性的な登山の実践と文章表現力の修養が要請されたが、どのような文章表現をよしとするかといった具体的な問題については、桑原は登山のスタイルが文体《スタイル》となるという抽象的な内容しか記していない。では桑原以外の論者は、新しい山岳文学の具体的方策については、どう考えていたのだろうか。

このことに対してやや突っ込んだ提言をしているのが勝本清一郎「七月の上高地から（下）山の文学について」（「読売新聞」一九三四年七月九日付）である。勝本は、山の文学といえば、神秘・憧憬・孤高・畏敬……などの文句が多用されることを挙げて、「山岳は従来、浪漫派文学の舞台」だったとし、自然主義以来都会中心の文学が主流を占めるようになった時代にあって、山の文学は近代化の歩みから取り残されてしまったとの認識を示した。前年に建てられた高橋貞太郎設計による上高地帝国ホテルについても、「かう云ふ浪漫主義的な様式でないと山に対してお約束通りでないと思つてゐるらしい」と、その設計が時代錯誤であることを揶揄する。そして、登山文学は旧派の浪漫主義にすがるのをやめて合理化されなければならないと説き、山岳をリアリスティックに捉える姿勢を提唱した。

春日俊吉も文学的な質を上げる方法論として、勝本の意見に同調している。春日は「山岳文学を育くむ温床」（「ケルン」一九三四年九月号）のなかで、勝本の考えに依拠し、「問題とするに足りる山岳文学が存在しなかつた理由、責任こそ、従来の山岳文学者が、大方一時代前の、浪漫派の夢を抱いてゐた結果でありはしなかつたか」と述べ、「新らしき、リアリズムの旗手のもとに」という言葉のなかにこそ「日本の山岳文学をたゞしく育くむ、唯一の「温床」」があると決論付けた。[13]

〈山岳文学論争〉は、従来の山岳紀行文の物足りなさを批判することから出発し、マンネリ化した山岳紀行文の文学としての質を高めることで、それを乗り越えようとする方向へと進んでいった。そしてここに至って、文学としての質をどのように高めるかという、具体的な方法論の提示へと進んだのである。そして勝本や春日などは、烏水以降一九三〇年代まで続く浪漫主義的表現を脱却し、リアリズムの手法を採用することに、その方途を求めたのである。

しかし、このようなリアリズムの希求は、独り山岳文学だけの問題ではなく、当時の文芸思潮とも接続する課題であったはずである。文芸復興期とされる一九三五年（昭和十年）前後の文学は、しきりにリアリズムが喧伝される状況にあったが、「即物的な――もし出来ることなら科学的な――登山報告」[14]を要求した勝本の論も、文芸思潮としての社会主義的リアリズム論が山岳文学にまで敷衍されたものだろう。

さて、このリアリズムをめぐっては、当時の山岳文学と一般的な文学との間に二点の相似が存在すると考える。松本和也は、一九三五年（昭和十年）前後の文学状況のなかで議論されるリアリズム論に関して、「リアリズムという標語は、およそ同一の語とは思えないほど意味内容の広がりをもっている」[15]と述べたが、山岳文学で唱えられたリアリズムも全く同様で、用語だけは共通しているものの、各人のその内実はいま一つはっきりしないし、多様でもあった。[16]また、松本は一連の批評言説を分析し、「リアリズムとは従来の文学（観）が行き詰まった昭和十年前後において浮上してきた、他ならぬ今における文学的課題の、曖昧で柔軟性に富む隠喩である」[17]との認識を示したが、山岳文学で語られるリアリズムもこの点でよく似た状況にあった。文芸上のリアリズムが、文学（観）の行き詰まりから新たな文学的課題として持ち上がったとするならば、山岳文学も「探検登山」時代の登山（観）に限界が生じ、新たな登山（観）を構築しなければならないという、登山の新時代に向けて発生した課題だったのである。

文芸復興が叫ばれ、芥川賞設立で盛り上がった一九三五年（昭和十年）前後の文学界は、いわば新旧の文学（者）の過渡期だったが、それはまた登山界でも同様の時期を迎えていたのである。山岳の領域での三〇年代とは、登山観・方法論ともに旧来型のものとは異なる新しいスタイルが期待され、そういう登山から生まれる新しい登山文学が切望されるという、一つの過渡期にあたっていた。旧来の山岳文学に批判が集まり、リアリズムをはじめとする新たな方法論が求められるようになったのも、山岳界が新たな時代へと移り変わろうとする胎動だったのである。

しかし、仮に評者たちがリアリズムの方法論を明瞭に提示し、山岳文学を方向付けたとしても、旧来型の浪漫主義的な記述からの脱却には根源的な困難がつきまとっていたことも事実である。近代的登山がそもそも山岳の美と高さに対する「抽象的な憧憬と欲望に始発し、〈崇高《サブライム》〉というロマン主義の理念をその精神の拠り所にして始まった」[18]とすれば、文芸的な表現の問題である以前に、近代の登山観そのものの改変が迫られることにもなりかねないからである。桑原武夫が「探検登山」以降の登山に対して、登山家各人の「独得の登り方」を要求したのも、まさにこのことと関係していた。したがって、新しい山岳文学を成立させる前提として、登山者それぞれに浪漫主義に依拠しない新しい登山観の樹立が要求されたのである。

さて、〈山岳文学論争〉は山岳紀行文に関する論がほとんどで、詩・小説への関心を欠いていたという点に関して、少し補足しておきたい。これには、近代の山岳文学がもともと近世紀行文の系譜上に発展してきたことと、登山行為の実践を重んじる〈山岳優先主義〉が、肉声としての記録的な文学を要求したことが影響していると思われる。机上で構想される観念としての登山ではなく、各人それぞれの実地での実体験をもとに記述する姿勢が求められたのである。それは、同時代の「綴り方運動」が、児童の純真さを普遍的で自明な存在だとする童心主義を排し、児童自らが立脚する個別的な場と具体的な体験をもとに生活体験を記述させようとしたのと軌を一にする現象でもあった。登山行為をどのように表現するかという山岳界内部の課題は、実は同時代の文化現象と接するものであり、広範な背景を持つ事象でもあったのである。これらの視点を踏まえて〈山岳文学論争〉の考察を深めることは、今後の課題としたい。

4　〈山岳文学論争〉の帰結

これらの〈山岳文学論争〉[19]は、はたしてその後の山岳文学創作の実践にどのような影響を与えたのだろうか。これについて近藤信行は、「昭和十年前後のこと、ある山の雑誌が「山岳文学は登山家の手で」というスローガンを掲げ、文学作品の制作をよびかけたが、すぐれた文章の書き手があらわれなければ、いかんともなしがたかった[20]」と評した。これは〈山岳優先主義〉と〈文学志向主義〉の二つの志向がうまく交わることができなかったということであり、とりわけ登山者の〈文学〉的素養の欠如の指摘になっているが、納得いく山岳文学が制作できなかったのには、いま一つの理由があるだろう。〈山岳文学〉が〈文学〉に回収されることなく、〈山岳〉と冠する必然性を保ち、独自のジャンルたるためには、まず登山行為の内容自体が問われるが、その登山行為そのもののなかに文学を成立させるモチーフを見つけえなかったのではないか。すなわち、桑原が求めたような各人各様の個性ある登山観を確立できた者は一握りで、多くの登山者は、近代的登山勃興期を支えた山岳への浪漫的憧憬とは異なる、新たな動機を発見できなかった。

〈山岳文学論争〉を契機として、新たな読者層から新たな書き手を発掘するまでには至らなかったが、独自の登山観を形成し、今日でも読みうる普遍的な価値を持つ作品を残した登山者もいる。山岳雑誌で〈山岳文学〉が語られるという状況は、おのずとそれらの書き手にも影響を与えただろうことを考えると、〈山岳文学論争〉は一定の役割を果たしたと考えることもできる。以下に、一九三〇年代の山岳文学の達成と思われるものをいくつか挙げてみる。

深田久弥の最初の山の本となる『わが山山』（改造社、一九三四年）、北海道・千島を対象に先駆的な登山をおこなった伊藤秀五郎による『北の山』（梓書房、一九三五年）、槍ヶ岳・北鎌尾根の遭難から五年後に刊行された加藤文太郎の『単独行』（朋文堂、一九四一年）――これらは十分に評価に値するものであると思われる。

深田久弥の文章は山を真に愛する心情が如実に伝わるもので、歴史・文学などにも触れながら筆を進めるその手法は、のちの『日本百名山』（新潮社、一九六四年）への経路を既に示している。〈山岳文学論争〉では、山岳文学の〈文学〉としての生き残りが一つの策として提案されたが、それにいちはやく応えたのが『わが山山』としてまとめられたこの一連の作品だったと思われる。

北の山を対象に開拓的な登山をおこなった伊藤秀五郎は、同時に「静観的登山[21]」の提唱者であり、その独自の登山観がこの一書にはよく表現されている。伊藤は〈山岳文学論争〉の渦中にもいた人物だが、この一書は実作での答えということになる。加藤文太郎の著作は山岳雑誌に発表されていたものを中心に遺稿集としてまとめられたものだが、単独行という登山の独自性が同時に文筆の個性にも響いた逸品である。

こうしてみると、これら三者はそれぞれがしっかりした独自の登山観を持って登山行為をなしていることがわかる。文学として堪えうる山岳文学を求めた桑原武夫は、その前提として登山家それぞれの「独得の登り方」が必要だと説いたが、ここに挙げた三人の山岳文学こそは、そういう登山を経て成立したものだったと考えていい。

おわりに

一九三〇年代の〈山岳文学論争〉は、登山をどう〈文学〉表現するかという問題以前に、まず前提としてどのような登山がなされるのかという、〈山岳〉行為に重点を置いて論じられたところにその特色があった。三〇年代の〈山岳文学〉の問題とは、翻るとその時代の登山界そのものの問題であり、「探検登山」の時代からバリエーション時代へと移行する登山界の状況のなかで、新たな登山観をどう形成すべきかという問題と絡んで発生したものである。

そうしたなかで、前節に挙げたような登山家たちによって一定の成果が達成されたのは、当時の登山がまだそれなりに文学のモチーフになりうる余地を残していたということである。「探検登山」はもちろんのこと、登山にバリエーションを求めることさえ困難になった今日、〈山岳文学〉を維持することはたして可能なのだろうか。これだけ登山が大衆化し日常のものとなったことを考えると、各人が独自の登山観のもとに個性豊かな登山を実践するのは極めて困難なことである。既にその兆候は出ているが、今日、山岳を対象に書こうとするならば、よほど特異なテーマ設定をするか、文芸としての価値を高めていくかという、二つの道しかないだろう。(22)かつて「異界」だった山が日常の場と化しつつあるいま、これからの〈山岳文学〉はフィクションとしての〈文学〉に回収される運命をたどるしかないのかもしれない。

今後の山岳文学の暗い展望に比し、一九三〇年代とは、まだ〈文学〉と拮抗できる〈登山〉が存在し、〈山岳文学〉を語ることができた幸福な時代だったと言わなければならないだろう。

注

(1) 熊谷昭宏「死に至るスポーツを語る――一九三〇年代の山岳雑誌のなかの「文学」とその周辺」、疋田雅昭/日高佳紀/日比嘉高編著『スポーツする文学――1920―30年代の文化詩学』所収、青弓社、二〇〇九年、三二〇ページ

(2) 田口二郎『東西登山史考』(同時代ライブラリー)、岩波書店、一九九五年、四二ページ

(3) 永井聖剛「山岳、文学に出会う――創刊期の雑誌『山岳』と山岳紀行文、あるいは小島烏水」「早稲田――研究と実践」第二十一号、早稲田中・高等学校、二〇〇〇年、二九ページ

（4）近藤信行『小島烏水――山の風流使者伝』創文社、一九七八年、二五一ページ

（5）登山史に関する概観的な記述、およびそれに関する引用は山崎安治『日本登山史』（白水社、一九六九年）によった。

（6）島田巽「登山文学のために」「登山とスキー」一九三三年九月号、一四―一七ページ

（7）以降の桑原の引用はこれによる。この「山岳紀行文について」は『回想の山山』（七丈書院、一九四四年）、『登山の文化史』（「新潮文庫」、新潮社、一九五五年）に収められている。

（8）植草彦次郎「私の北アルプス」「関西山小屋」一九三九年七月号、朋文堂、一九ページ

（9）島田武時「春の薬師岳より針の木越え」「山岳」第二十八年第一号、一九三三年、一四七ページ

（10）荒井道太郎「山岳紀行文の貧困その他」「ケルン」一九三四年二月号、二七ページ

（11）荒井道太郎「山岳文学を想ふ（四）」「山小屋」一九三四年二月号、二七四ページ

（12）荒井道太郎「山岳文学を想ふ（三）」「山小屋」一九三四年一月号、二〇八ページ

（13）渡邊漸も「山岳紀行文の功罪」（「山」一九三四年八月号）で、「あるが儘に山を見る習慣をつけ」、「言葉に再現する場合には、努めて現実的であらうとする事」が必要であると説き、勝本・春日と同様にリアリズム的な描写の必要を説いた。また、島田巽もそれらに近い立場であると思われる（「山岳文学の方向について」「山小屋」一九三四年五・六月号、四五二―四五四ページ）。

（14）勝本清一郎「山と芸術と」「ケルン」一九三四年九月号、一五ページ

（15）松本和也「昭和十年前後の〝リアリズム〟をめぐって――饒舌体・行動主義・報告文学」「昭和文学研究」第五十四集、昭和文学会、二〇〇七年、一三ページ

（16）例えば伊藤秀五郎は、「即物的な登山報告」「科学的な登山報告」を求めた勝本に対して、具体的な内容の説明を求めたし、今西錦司が求めた「科学的描写」と勝本が言う「科学的な登山報告」とは同

意義なのか否かという疑問を提示した（「山岳文学論その他」「ケルン」一九三五年一月号）。このようにリアリズムに関する提言は具体性を欠き、説明不足が目立つものであり、言葉だけが独り歩きしているきらいがあったのである。今西錦司が「科学的描写」を求める主張をしたのは、「山岳描写について」（「ケルン」一九三四年九月号、一―二ページ）においてである。

（17）前掲「昭和十年前後の〝リアリズム〟をめぐって」一四ページ

（18）坪井秀人「山とシネマと――〈故郷を失った文学〉とスクリーンの中の異界」『感覚の近代――声・身体・表象』名古屋大学出版会、二〇〇六年、一〇六ページ

（19）本文および注で言及した以外にも、細野重雄「山岳紀行文に於ける二傾向」（「山と渓谷」一九三三年五月号、二―一三ページ）、町田立穂「日本の山の小説」（「山小屋」一九三四年五・六月号、四六九―四七四ページ）、辻荘一「「山岳文学」放談」（「ケルン」一九三五年一月号、四九―五五ページ）など、多くの山岳文学をめぐる評論・随想が書かれている。

（20）近藤信行「山の文章について」、徳久球雄／塚本珪一／湯浅道男／雁部貞夫監修『山と文学』（「新岳人講座」第八巻）所収、東京新聞出版局、一九八〇年、一三ページ

（21）「静観的登山」はときとして低山徘徊派のように誤解されることがあるが、伊藤は「静観的とは」（前掲『北の山』）で「静観的というのは、山登りにおける激しい身体的な行動と、危険を含んだ肉体的な緊張感のみを享楽することに止まらずして、そのような行為をも含めて、より豊かな心を以て自然を観照しようとする態度である」と定義付けている。引用は伊藤秀五郎『北の山』（〔中公文庫〕、中央公論社、一九八〇年）、一三六ページ。

（22）前者の一例として、角幡唯介『空白の五マイル――チベット、世界最大のツアンポー峡谷に挑む』（集英社、二〇一〇年）、服部文祥『百年前の山を旅する』（東京新聞出版局、二〇一〇年）、後者の一

例として、南木佳士『山行記』（山と渓谷社、二〇一一年）を挙げておく。

第6章　串田孫一と山岳雑誌「まいんべるく」

はじめに

串田孫一は既に小説や哲学書などで戦前から著作活動をしていたが、一般に知られるようになるのは、「知性」「朝日新聞」に連載した「博物誌」や、婦人雑誌「新女苑」などに寄せるけれん味のない随想で人気を得た一九五五年（昭和三十年）前後からである。第2章・第3章で見たように、その頃の串田は詩業にも力を注ぎ、「歴程」「アルビレオ」、「ユリイカ（第一次）」（書肆ユリイカ）などで旺盛な創作活動を展開していた。また、自らが中心となって詩誌「アルビレオ」や山岳雑誌「まいんべるく」の編集に当たるなど、雑誌作りにも大きな関心を示した。五五年前後のこれら旺盛な活動は、のちの串田の仕事を方向付けるものとなったと思われる。

本章では、串田が中心となって発行された山岳雑誌「まいんべるく」について分析し、それが果たした役割とその後の串田の仕事に与えた影響について考えてみる。

1　同人誌「まいんべるく」の概略

「まいんべるく」は一九五七年（昭和三十二年）八月に創刊され、六四年七月の第九号まで刊行された、東京外国語大学山岳部OB有志を中心とする山の同人誌である。同人には串田孫一や青柳健・三宅修・大谷一良ら東京外国語大学山岳部関係者をはじめ、独標登高会の山口耀久などが名を連ねている。(1)

形態はほぼ縦横十三センチの正方形、十六ページから三十六ページという極めて小型のもので、瀟洒な装丁と厚手の上質紙を使ったこの同人誌は山岳の雑誌とは思えないような外見で、串田の嗜好がよく反映されている。各号ごとに文学的とも言えるようなタイトルが付けられていることも、この雑誌の文芸的な特性を象徴している。

刊行は当初、季刊を予定していたようだが、次第に刊行予定の季節と刊行時期がずれ始め、のちには発行の間が三年も空くこともあった。以下はそれぞれのタイトル名・表紙に記された刊行季節・奥付による発行年月である。(2)

創刊号	「狩人の蝶」	1957夏	一九五七年八月
第二号	「霧藻」	1957秋	一九五七年十一月

第三号	「ヤコブの梯子」	1958冬	一九五八年三月
第四号	「熊の番人」	1958春	一九五八年六月
第五号	「ヴィナスの上靴」	1958夏秋	一九五八年十一月
第六号	「風の伯爵夫人」	1959冬	一九五九年五月
第七号	「野兎の鈴」	1959春	一九六〇年三月
第八号	「氷河の星」	1963夏	一九六三年八月
第九号	「小鳥の居酒屋」	1964	一九六四年七月

この雑誌は山岳雑誌でありながらも、のちに見るように、一方では文芸誌的な性格を併せ持つところにその存在意義と第一の特性がある。したがって、この雑誌を評する際には、右の二つの面から考えなければならないことになる。「まいんべるく」が今日ほとんど忘れ去られているのは、狭い範囲にだけ発信されていた同人誌の宿命だろうが、この雑誌が持つそうした二重性も影響していると思われる。すなわちその中間的な性質から、山岳雑誌の側からも文芸誌の側からも正当な扱いを受けられず、評価される機会さえ得ていないのである。

この不遇な雑誌を本章で取り上げるのは、少部数の同人誌でありながらも、次の二つの点で意味があると考えるからである。まず第一に、当時の山岳文化の一側面を担う雑誌だったということ、第二に、その後の串田の仕事を考える際に一つの契機となる仕事だったということである。

さて、雑誌の概略は以上に述べたとおりだが、発行時、当事者たちはどのような思いで同誌を刊行したのだろうか。同人たちは「まいんべるく」を次のように位置付けている。

季刊まいんべるくは串田孫一氏を中心にして集つた、主に日本山岳会の若い山の仲間達で発行している小型の山の季刊本です。単なる趣味ばかりではなく、私達の山における行為と思索とを一つの実りに迄昇華させ、そこに静かな憩いの場所を見出すことを目的としてつくりました。山の詩を中心に、散文、絵、写真をはさみ、小さいながら贅沢な山の本ですし、手にとればきつと喜んで頂けると思います。(3)

すなわち、「山における行為と思索」を詩・散文・写真などの芸術へと転化しようとするのがこの雑誌の試みであり、「登山行為」と「芸術（文芸）」を架橋しようとするところにこの雑誌の位置がある。掲載される作品は、メディアの性質から当然山に関するものになるのだが、それは記録や報告ではなく、すべてが文芸的な作品として、詩や散文へと昇華されたものとなっている。

次節以降では、具体的な作品に触れながら考察を加えたい。

2　「熊の番人」（第四号）の誌面から

さて、「まいんべるく」の誌面と内容を、第四号「熊の番人」（一九五八年）を一例として具体的に見てみよう。
「熊の番人」は、縦横ほぼ十三センチの正方形、本文三十六ページ、薄表紙。初めに「どんな想いも届かぬ星が／どうしてこんなに優しく／私たちを見護るのだろう／／一九五八年春」という扉の文がある。ページをめくるとその裏には大谷一良の版画「春の山」が載り、その左ページに目次がある。この雑誌の雰囲気がある程度わかると思われるので、以下にラインアップを記す（括弧内のジャンル分けは私意による）。

大谷一良　版画・春の山（版画）
串田孫一　絵・岩（絵と散文詩）
野尻抱影　女扇（散文詩）
宮川俊彦　都会の山（二）（詩的な散文）
大谷一良　岩峰（詩）
串田孫一　北空の星（詩的な散文）
小沢重男　続ＦＵＳＨＩＧＩなこと（随想）
内田耕作　写真・尾瀬でみたもの（写真）
中村朋弘　山国の春の歌（散文詩とスケッチ）
青柳健　別れの笛を吹く（詩）
三宅修　春山を終えた日に（随想）

三宅修　　写真・春の背のび（写真）
高橋達郎　　星の夜（随想）

このなかの串田の散文詩「岩」を見てみよう。

僕の手は握力計の針を殆んど動かすことが出来ない。僕の手は他人の手へ情熱を渡すことが出来ない。僕の手は、ふさわしい岩を見付けたときに悦び、岩を離さない。僕の手は岩の追憶にふける。僕の手に輝石安山岩のざらつとした跡が残つていないのが不思議でならない。

既に第1章で述べたが、串田の登山は暁星中学一年の頃に始まり、高校時代には旺盛な登山をおこなったが、卒業後は山から離れた。串田本人の言によれば、仲間が「軍隊生活に入って、戦場へ赴く

串田孫一「岩」「熊の番人」（「まいんべるく」第4号、1958春）

ようになると」、「続けていられない情勢になっ[4]」たからである。再開は一九五二年（昭和二十七年）、三十七歳の頃で、ちょうどその頃創部した東京外国語大学の山岳部部長を引き受けたことで、一気に登山熱が復活した。この詩には、自らの手の存在意義を岩を摑み岩を攀じるためだけに限定して捉えようとする思いが見受けられ、まさに登山再開後の旺盛な登高欲を示すものである。しかし、登山者としての自身をやや過剰に演出しようとするヒロイズムも感じられる。登山中断の理由には先に記したような事情の他に、「文学と山登りという行為との矛盾もあった[5]」と後年に回想したが、この詩には、あえて「山登り」だけに自らを傾斜させようとする串田の強い意志が潜んでいるのではないだろうか。

　畢竟、串田にとっての永遠のテーマとは「文学」と「登山」の融合であり、「文学」と「登山」との拮抗関係をどのように維持するかということだったと言っていいだろう。「まいんべるく」の刊行はその「文学」行為の具現化であると言えるが、串田は「文学」と「登山」という二つの行為を安易に折衷し、組み合わせてよしといったことはしていない。

串田は「文学」と「登山」の双方に真摯に向き合い、登山行為でも書くという作業でも、高いレベルを自らに課した。したがって、たとえ「まいんべるく」が文芸誌的な性質を併せ持つものだったとしても、その前提として、まず確固たる山岳雑誌としての位置が確保されなければならず、「まいんべるく」は単に山を舞台・素材とした文芸物ではなかった。

串田は登山行為と思索との関係について次のように考えている。「登山家は、行為を次々として行かなければならない。ただ登るという単純な行動をしながらも、無駄な、歩くことに直接関係のない思考は排除されて行く」、「山を登るという行為の中には、いわゆる思索は不要であり、どんなに単調な道を歩いていても、思索らしいものにまとめあげられることは少い」[6]——ここで述べられているのは、山を登りながら同時に思索するという曖昧なありようの否定であり、山では登山行為がまず優先されなければならないということである。一般的には、串田は登山行為のなかで思索をおこなった人物と捉えられているはずだが、意外にも、串田は登山における「行為」と「思索」を峻別して考えていたのである。

先の「岩」の一篇はそうした串田の登山観・文学観のなかで成立したもので、「文学」と「登山」との拮抗関係を保つために、まず登山行為だけに専念する自分自身を歌っている。そして下山後には、「岩を離さない」「岩の追憶にふける」手を、筆を執り詩を書く手へと変えるのである。

さて、この詩は一行十三字で行替えがおこなわれ、きれいな長方形に活字が印字されるよう配置されていて、ページの周囲には大きく余白が取られている。そして詩を記した左側のページには、串田自身による絵がこれも余白を生かしながら案配よく配置され、見開きの二ページ分を合わせて一つの詩的空間を形成している。描かれた絵はいままさに岩を摑もうとしている手であり、その岩にはハーケン・アイゼンがちりばめられたように描かれている。単純な構成のなかに、静謐で緊張感漂う岩場の登攀光景が見事にイメージ化されている。

全体的に見ても、「まいんべるく」は文字に頼るだけの雑誌ではなく、写真・絵・版画などが極めて効果的に配置され、それらが連関して一つの世界を形作っているという特色がある。単に文芸だけを志向しているわけではないことを指摘しておくべきだろう。

もう一篇の串田の作品である「北空の星」は散文詩と捉えていいだろう。仲間たちに登山に誘われながらも曖昧な返事をしてしまった「私」は、遅れて山に入り、真夜中に彼らの天幕を訪れてびっくりさせようとたくらむ。しかし、先行する仲間たちの足跡を雪の上に見つけることができず、届けようとしたバウム・クーヘンは明日の独りでのしゃれた饗宴に供することにして、また歩き出そうとする。するとそのとき、北の空に星を見つける。

そのような内容だが、自己と他者との間の微妙な距離感がうまく表されている。誘いを即座に受け入れようとせず、他者と隔絶されたところに自己を規定しようとする冷めた意識と、たった独りで少し淋しがりながら歩を進めていることを告白する素直な意識とが、絶妙に表現された佳作と言えるだろう。真夜中に天幕を訪れて友人たちをびっくりさせようとするちゃめっけや、山の饗宴のためにバウム・クーヘンを箱に入れて持っていくというセンスなどは、人生を真摯に捉えながらも、余裕ある態度でそれに向き合おうとする串田独特の世界を感じさせる。

さて、この号のタイトルである「熊の番人」は、牛飼い座の星アルクトゥールスに由来していて、この号には「星」に関する作品が他にも収録されている。巻末に載る「星の夜」がそれだが、これは霧ヶ峰のヒュッテ・ジャヴェルを開いた高橋達郎の随想で、自宅で催したピアノの演奏会に招いたO氏（尾崎喜八だと思われる）を星空の下で見送るというものである。また、星を直接の素材としたものではないが、星の文学者である野尻抱影の散文詩も掲載されている。

実は「まいんべるく」創刊号から第九号を発行した時期は、第3章で見たように、串田を中心として星の名をタイトルにした「アルビレオ」という詩誌も刊行されていた。串田とその交遊圏の人々は、星に関する興味・関心が強かったと言えそうである。『博物誌』を書いた串田に星への関心があるのは当然と言えば当然だが、山や昆虫に関連して串田が捉えられることはあっても、この星への関心はあまり指摘されていない。串田に潜む星ないしは天体への関心については、いま少し注目していいと思われる。

3「風の伯爵夫人」（第六号）の誌面から

もう少し作品に当たりながら、「まいんべるく」の特性について考えてみたい。第六号にあたる「風の伯爵夫人」（一九五九年）は厚表紙に変わった点を除けば、ページ数などを含め、「熊の番人」と同じ作りである。この号で串田は、「雲」という題で散文詩的な随想と絵を載せている。右ページに短い文、左ページにそれにまつわる雲のスケッチというように見開きが対応し、六ページにわたって

「熊の番人」（「まいんべるく」第4号、1958春）
「風の伯爵夫人」（「まいんべるく」第6号、1959冬）

三通りの雲にまつわるエピソードが展開されている。

> 私たちが登つた山がこつちから見ると、まるでかけた歯のようである。（略）そのかけた歯にかみついて来そうな黒雲が、むつと右手の峠の方からやつてきた。象と鷲とのあいの子の雲は遂に山をのみはじめた。雨が来るぞ、間違いなく。

このような、豊富な登山経験に裏打ちされた自然観察眼が随所に発揮され、的確な比喩表現を使って描写が進んでいく。こうした記述はまさに山岳雑誌と文芸誌を融合させた「まいんべるく」の面目躍如たる部分であって、この同人誌の特色をよく示している。先述した第四号「熊の番人」には星に関する内容が多かったが、この号は串田の随筆以外でも、三宅修の散文詩的な童話である「雲の中の童話」、青柳健の詩「浮雲」といった、雲にまつわる作品が並んでいる。

この第六号の「風の伯爵夫人」という命名は、イタリアのシシリー島のエトナ山に発生する「つるし雲」を「風の伯爵夫人 contessa del vento」と呼ぶことに由来する。[7] 気流が山を越えるときに生じるこの雲の詩的な名称は、ずいぶんと串田の言語感覚を刺激するものだったようで、『若き日の山』にも登場する。そこでは、「こうした雲の呼び名などは、きっとそれを一番最初に呼んだ人の想い出の中に、そのままでは表わしかねるような、秘密の影像があって、それをいつまでも自分一人のうちに抱き続けていることが出来なくなった末に、ふと空を仰げば、こんなきれいな雲が風に流されていたということから始まったものに違いない[8]」と、雲にまつわる物語りを空想している。尾崎喜八の「美しき五月の月に」（『山の絵本』朋文堂、一九三五年）に「風の伯爵夫人」は既に登場しており、串田と尾崎が登山中にこの呼称を話題にする場面もあったのではないだろうか。

三宅修の童話に描かれる「僕」は、日没後の一時、狭い雪の尾根から様々な雲を眺め、それとの対話を楽しむ。おそらくは三宅自身によって撮影されたと思われる、その情景にふさわしい写真も添えられていて、それを読む同人たちの書斎にも、一日の行程を終えた後ののんびりとした時間が伝わってくるような作品である。

次は青春の抒情を歌った青柳健の「浮雲」の一部である。

　風の上を流れて行く　雲よ
　雪の稜線に生れ出た　雲よ
　そして　この落葉の鳴る枯野の

春の日差しを　いっぱいに受けて
めくらむほどに　輝く浮雲よ
何にも欲せず　何にも願はず
流浪を至上の幸として
ほうほうと流れ去る
ああ　私はあの雲でありたい

特段目新しい抒情はなく、青春期によくある感傷的な内容だが、ここには登山という肉体的な行為と同時に、登山から得た感情を言語によって表現しようという切実な意志が存在している。

「まいんべるく」に作品が載るのは、串田の人脈を通して寄稿する人たちと、東京外国語大学山岳部のOBである若い人たちだが、後者にとって、この雑誌は文章表現の修行の場の一つだったと思われる。激しい登高欲と自然に対する観察眼、登山行為を通して省察する態度、そして言語や絵画などによる表現――そういったものを彼らは串田から学んだと言えるだろう。こうして串田の薫陶を受け、青柳は詩集をいくつか出すまでになり、のちには登山文学の世界で活躍することになる(9)。また、三宅はのちに山岳写真で名をなすようになるし、大谷は画家・版画家として成功していく。それらの基礎を作り上げたのがこの雑誌であり、いわば「まいんべるく」は彼らの道場だったと言えそうだ。草創期の東京外国語大学山岳部のメンバーは、「まいんべるく」を通して、登山だけでなく種々の芸術的才能も磨き合ったのである。

4　「登山」の外周

「まいんべるく」は山岳雑誌でありながら、具体的な登攀行為や山行記録が書かれることはなかった。山や登山行為が書かれる場合、それは具体的個別的なものとして描かれるのではなく、一般化され抽象化された存在として描かれることが多い。それどころか山そのものから離れ、その周縁の事物・事項が描かれることも多かった。そういった作品をいくつか挙げることで、「まいんべるく」の特色を見てみたい。

山口耀久「山椒魚」（第五号「ヴィナスの上靴」）は、沢の途中で見つけた山椒魚を水筒のなかに入れて山登りを続ける友人を描く。水のあるところまで急いで下りて水を入れ替えたいのだが、急ぐと水筒ががたがたして山椒魚がまいってしまう。長い時間をかけて小川にたどり着いた頃には、山椒魚は死んでいた。絵描きの友人は、死んだ山椒魚を新しい冷たい水といっしょにまた水筒にしまう。山行後、その友人から「いま二〇号の山椒魚をかいています」という葉書をもらったが、その年の秋の展覧会に山椒魚の絵はなかった。これは登山とはややかけはなれた話だが、これもまた、確実に山にまつわる想い出話である。飄逸な友人の人となりと、そういう友人の行為をほのぼのと受け入れる筆者との関係がよく表れていて、小品ながらも人間を描くことに成功した佳品と言えるだろう。

畦地梅太郎「かばけ」（第七号「野兎の鈴」一九六〇年）は、黒部川源流の原始林で登山者たちに

「オーイ」と呼びかける不思議な何ものかの話である。うかつに「オーイ」と返事をしようものなら、密林のなかを引っ張り回されるという。山の達者な者が「ヤッホウ」で答えると、「オーイ」の声は聞こえなくなるという。信州の山男は、「オーイ」の主は「かばけ」と呼ばれる「かっぱ」のおばけのことだと語る。「どうも　まゆつばものにちがいないが、実さい《（ママ）》にわたしがきいた話である」とこの話は結ばれる。おそらく「信州の山男」とそんなことを語らいながら山を登ったのだろう。この話は民俗学的な観点からも面白いが、何よりも小じゃれた話を伝聞としてさりげなく伝える筆がさえていて、愉快である。

杉本賢治「こんな山小屋」（第八号「氷河の星」一九六三年）は、自らが作った夢の山小屋へ友人を招き入れる場面を描く(10)。見開きの左ページには山小屋の前面図と俯瞰図が描かれ、立原道造が夢見がちに設計したヒヤシンスハウスが思い起こされる。

以上、概観した三篇の作品から、「まいんべるく」は直接的な登山そのものを超え、登山や山岳の周辺に位置する事物や事項にまでテーマを広げていることがわかる。そしてそれらはみな、余裕ある精神でしか発想できない作品で、「まいんべるく」に集う人々の共通する志向を感じ取ることができる。そこに共通するのは、山を接点とする仲間たちとの豊かな人間的交流を大事にし、生活を楽しもうとする姿勢である。それは人生に対する大らかな態度と言い換えてもいいだろう。「まいんべるく」の会員は山に対して真摯に向き合っていたが、登山行為を大仰に捉えることはなく、山や人生を神妙に考えようとするわけでもない。しかし、そこに描かれているのは軽やかさだけではなく、山を通して描かれる人間とその営みへの興味であり、それらへの肯定的な眼差しである。読者は「まいんべるく」に描かれた山をつい忘れ、人間自体に対する面白さを実感するはずである。「まいんべるく」が山岳雑誌であることを実感させるのは、山岳や登山行為をいかにも的確に描き出す場面や、登山者の微妙な心理のあやを表現しきった個所などに出会ったときである。一般的な文芸誌にも自然や登山を題材にするものはあるが、そういった場合には、自然景観の美を歌ったり、山という場から触発された自身の心境を表したりすることが多く、登山行為を通しての表現ではない。したがって、とかく観念的で教条的な山岳の把握に陥りがちである。

しかし、登山者たちの表現行為の場である「まいんべるく」にはそういうところがなく、真に山と登山を知る者たちでなければ表現できないようなものが多い。以下にそのような作品を挙げてみよう。

串田孫一「新しい山靴」（第八号「氷河の星」）は、随筆というより散文詩と言っていいもので、緊張感ある凝縮された文体が小気味いい。「山靴を新しくする決意は、遂に三月の雪の山でかためられた」という書き出しで始まり、前半は長年の使用で自分の足にすっかり馴染んだ古靴を新しい靴に換えなければならないと悟る場面が描かれる。以下はそれに続く後半部分である。

新しい靴を見るのは何と恥かしいことだろう。（略）

この靴が山の中で完全に私の部分にまでなるためには、幾日の山旅が必要なのだろう。自然につくきずは、私の不注意な足の置き方を訴えるかも知れない。まだ山を一つも知らない靴は、最初にかぶる泥水に眉根を寄せるに違いない。（略）山へはじめて連れて行く者に、やわらかく山での苦労を話すように、油を静かにぬりながら、藪の中や流れに飛び込む最初の洗礼にあまり驚きすぎて、山が嫌いにならないように靴を私は撫ぜる。

登山の行動やそれに対する思いが書かれているわけではなく、描かれたのはなんと玄関先で靴磨きをする光景でしかない。しかし、登山をする者がこれを読めば、いくつかの山の光景や登山シーンを明瞭に思い起こすことが可能だし、山靴と対話するかのようにいとおしみながらそれを撫でる筆者の心情に共感するだろう。普通ならわざわざ書かれることがないような何げない場面を通して、山靴に寄せる登山者の思いがうまく表現された手だれの文章と言えるだろう。

側面から山岳や登山を描くことに成功した一篇だが、事物を通して行為が振り返られ、思惟につながるこうした書きぶりは、串田に特徴的な方法の一つである。『博物誌』では、たとえテーマごとに具体的な昆虫や植物などが描かれていたとしても、それはきっかけにすぎず、それを通して背後に自然の営みや人生の断面が描写されている。「文房具」について書いた一連の文章も、愛すべき道具を描きながら、その背後に人間の行為が見える。串田にとって事物とは、単なる物理的に存在している物自体ではなく、人間の様々な思いと営みを内に込めたものなのである。

「まいんべるく」で素材になるのは、山椒魚だったり河童だったり、山小屋や登山靴だったりと、山や登山そのものではないことも多い。山や登山の外周に存するものも素材となるのである。また、決してスリリングで劇的な出来事が描かれるわけではなく、それらの事物を通して山にまつわる微妙な心情が描写される。だが、ドラマティックな行為を取り上げない分だけ、機知に富む発想と豊かな文章表現が要求されることになる。

「まいんべるく」の諸篇は小品ながらも、一つの作品と呼びうるものへと昇華されているのである。

5　「まいんべるく」の若い同人たち

さて、これまで串田を中心に「まいんべるく」を見てきたが、もともとこの雑誌は東京外国語大学山岳部ＯＢの有志によって出発したものであることを忘れてはならない。いわば、串田は担ぎ出された存在というわけで、若い同人たちにも目を向けなければこの雑誌の全体像を理解したことにはならない。その観点から見るならば、山岳部草創期のメンバーである青柳健・大谷一良・三宅修らがこの雑誌の中核を担っていた事実とその創作活動に注目すべきである。先に一部は触れたが、ここでいま少し彼らの作品について見てみたい。

次の詩は第三号「ヤコブの梯子」に載る青柳健の「ヤッケの中の詩」の一部である。

一枚のヤッケは　生きものの様に
吹雪の中ではためいている
この　地上の果ての　天空の世界は
まるで　横なぐりの雪つぶてと　風
キンキンと響く　寒さだ

腰まで埋まる　降雪の中を
その雪に突き当り　押しのけ
私の体は　遅々として進まない
総てを投げ出して　横倒れ　息をつく
すると　私の体は雪の中に　消えてしまう
白くて　盲目で　いとほしい世界
この雪の下に　丸い抜け道があって
春の草花が　萌えているような
そんな幻想が浮んで来たのも
別に　寒さや　疲労のためばかりでもない
それは　一枚のヤツケが包んでくれる
ギリギリに　追いつめられた人間の
云はば　最後のロマンである

この詩には際立った個性的な表現こそないものの、確実に状況を描写しきる筆力が感じられる。なんでもないような描写だが、吹雪と苦闘する状況をつぶさに描いた個所は実体験に根ざした忠実な筆致である。また、過酷な自然のなかに身を置きながらも、雪の下に「萌えている」春の草花を空想しようとする浪漫精神も読者によく伝わる。

筆者の自然観に目を転じると、吹雪に対して抗う姿を描きながらも、自然を征服してやろうという傲慢さはなく、自然に対する真摯な姿勢が浮かび上がる。そして、吹雪から身と心を守る術を「一枚のヤッケ」に託す姿からは、筆者が所持する人としての謙虚さも感じることができる。この詩篇は、昭和三十年代の誠実な若き登山者像が伝わる、好感の一篇と言えるのではないだろうか。

三宅修と大谷一良は、のちにともに山岳写真家・版画家として名をなすが、この二人は既に「まいんべるく」でそれぞれの活動を開始している。毎号、目次の右ページには大谷による版画が別紙で貼り付けられていて、その作品ものちの大成を予感させる出来映えを見せているし、三宅も内田耕作とともに写真作品を発表し、「まいんべるく」の編集に幅を持たせるのに貢献している。この二人は「まいんべるく」での視覚的な芸術表現をリードしたが、文章表現にも優れ、版画や写真に添えられた詩文にも注目しなければならないだろう。

次の詩は第四号「熊の番人」に載る大谷一良の「岩峰」の前半部分である。

今私の立つている岩以外
どんなたしかな処が他にある？
見下ろせば深く削りとられた谷間に
樹木が遥かに下の岩の上だ

空の青さが無欲の青さであるように

ざらざらした岩の冷たさは
これも清潔な山の顔
谷間から吹き上げる風は先刻から古びた笛を吹いている

「今私の立っている」という表現には、実存主義的な存在の把握があり、登山雑誌にも時代の流行思想が反映していることを感じさせる。しかし、ここでの「私」という人物にとって、立つ場所はあくまでも「岩」でなければならなかったということのほうが重要だろう。そして、「私」が唯一確信できる場が、いまいる場としての岩場だけであることから、大谷にとって岩場がいかに特別な意味を持つ場所だったかがわかる。先に見た串田の詩は「僕の手は、ふさわしい岩を見付けたときに悦び、岩を離さない」と岩との親和的な感情を歌ったが、大谷もまた「岩」という事物に対する親しみを感じている。そしてまた「岩」の清潔さを歌う際に、「空の青さ」を引き合いにしたことは、大谷にとって、「空」もまた「岩」と同じような重要な事物として存在していたことを示す。

大谷は後年の随筆で「山を登り始めた頃のことを想うと、非常に抽象的な風景に出会う」として、「上左斜め半分が深い青い空で、残りの下右斜め半分が白い岩の面である」[11]と記している。大谷にとって、「白い岩」と「青い空」は山岳を象徴する風景であり、それらは対として存在しているようである。「空」が彼方に存在するものであるのに対して、「岩」はそれを摑み手に触れるものとして、常に身近に存在するものと認識される。ここでは、「岩」は攀じ登る対象として認識されたのではなく、ことさらそれは形象として捉えられ、「ざらざら」とした冷たい事物として、その触感や色合いとともに認識されている。このように形や色合い、肌合いを通して事物を捉えようとする方法はまさしく絵画的な把握であり、大谷はこのとき、既に画家・版画家としての目で「岩」を見つめていたことになる。

第五号「ヴイナスの上靴」に載る詩も、やはり岩と空の素材が対になっている。

岩に触れていると
岩の冷さが分るように
空を凝視めていると
空の深さが分つて来る
（「夕暮れに」部分）

これらの詩とのちの版画とは、切断されて存在したわけではない。後年の大谷も、版画を手段として岩の触感と空の奥深さを表現し続けたのである。

三宅修はのちに写真の分野で活躍することになるが、大谷と同様、文筆も達者である。先に簡単に触れたが、第六号「風の伯爵夫人」には童話が掲載されている。「弱々した冬の光」が「山の向うに消えてい」くとき、雲の表情は刻一刻とさまを変える。一日の山行を終えた「僕」はそんな雲と会話する。

――きようはどこでおひるにしたね。

いつつむこうのやまのたにがわかい？

それともずつとみなみの、こうばんのえんとつのうえかい。

――スキーじようであかいセーターのおじようさんがころんでたんだ。しつてるかい。

――しらないけど、たぶんあのひとだよ。

（「雲の中の童話」部分）

そのまま眠ってしまった「僕」が眼を覚ましたとき、空には「きらめくものがいつぱいだつた」。単純でありながらも見事に構成された一篇で、素朴な会話を通して純粋な少年と美しい自然との交流が描かれる。この童話を読んで串田との類似を感じるのは、一日の終わりに自らのおこないを振り返り区切りをつけようとする姿勢と、対話の手法によって省察を試みようとする態度である。[12] ここでは少年らしき「僕」と雲による子供っぽい会話として現れるが、これはメルヘンの世界を設定し、少年と雲を借りたからにほかならない。東京外国語大学の山岳部の山行とは、一日の登山行為の後に、まさにこのような自己省察を伴うものとして実践されていたと思われる。登山行為のありようにしても、メルヘンの世界を借りて自らの登山を表現しようとする構想力にしても、串田に薫陶を受けたであろうことを実感させる作風の一篇である。

青柳や大谷・三宅に代表されるような、登山と文芸を跨ぐ領域で活躍できる次代の人材を育成したことは、「まいんべるく」が果たした一つの功績として評価すべきだろう。

おわりに

「まいんべるく」は当初、季刊を目指していたものの、第七号「野兎の鈴」を一九六〇年（昭和三十五年）三月に刊行した後、第八号「氷河の星」が出るまでには三年の月日を要した。そして、結果的には六四年七月に出された第九号「小鳥の居酒屋」をもって終刊となり、短い使命を終えた。

第九号は、表紙絵が串田の次男である光弘の幼いスケッチ画に一変し、発行所も若手の会員名に替わるなど、編集方針を変更した形跡が見られるが、そのように雑誌に新風を吹き入れ継続を期したにもかかわらず、次号を出すことはできなかった。

もともと、この小雑誌は三宅修や大谷一良などが編集実務に当たっていたが、彼らは一九五八年（昭和三十三年）三月に創刊された山の文芸誌「アルプ」にも関わっていくことになる。「アルプ」創刊以降、彼らが「アルプ」の編集に力を注いだことは容易に推測できるが、「まいんべるく」がわずか九号という短命に終わってしまった理由について、大谷は「『アルプ』が、『まいんべるく』を遥かに超えた充実したものであったことも、終刊の遠因に挙げられる」[13]と述べている。結局、「まいんべるく」は「アルプ」に吸収されるような形で役割を終えたわけである。[14]次章で述べるとおり、「アルプ」は刊行以降四半世紀の間、山の文芸誌・芸術誌として日本の登山界に影響を与え続けた山岳誌だが、「まいんべるく」はその「アルプ」の前史的な雑誌と位置付けることができるだろう。「山における行為と思索」を詩・散文・写真などの芸術へと転化し、「登山行為」と「芸術（文芸）」を架橋しようとした「まいんべるく」の志は、見事に「アルプ」へと引き継がれたのである。

また、「まいんべるく」から「アルプ」への接続を考える場合、いま一つ注目すべき点はその造本である。記録や報告という事実が書かれるのではなく、すべてが文芸的・芸術的な創作「作品」として詩や抒情豊かな散文で表現されるという大きな特色を持つ「まいんべるく」は、換言すれば、独自のポエジーを有する雑誌だったということになるが、そうしたポエジーはその造本に象徴的に表れていた。何よりも小さな冊子のフォルムと余白を生かしたデザインからなる表紙にその瀟洒なセンスが凝縮されており、雑誌の形態と外観自体が一つの「詩」になっていると言っても過言ではない。約十三センチ四方の小型の本は、その小ささとすっきりとした装丁が無駄を排除した緊密の美学を醸し出す。詩文の内容以前に、造本そのものから既に「まいんべるく」は始まっていた。こういう部分は間違いなく「アルプ」へとつながっているし、「アルプ」はそれをいま一歩完成させた雑誌として成功していったのである。

さて、当時の串田の仕事を通して「まいんべるく」を位置付けるならば、詩誌としての部分を有したことも指摘できる。昭和二十年代から三十年代にかけての串田は、詩誌「アルビレオ」を発行し続けるなかで二冊の詩集を刊行し、「詩」がその仕事のなかで大きな位置を占めたが、この「まいんべるく」もそういう詩的活動の一環として位置付けることが可能だろう。「まいんべるく」は「アルビレオ」と同様に、串田の詩業を考える際に顧みられるべき雑誌となるはずで、その方面からも意味を持つものであると考える。

「まいんべるく」は狭い範囲で発行され、期間が短かったこともあり、今日、登山の世界でも文学の領域でも、取り上げられることさえないのが実情である。しかし、「アルプ」への前史的役割を有したこと、次代の人材を育て上げたことなど、評価すべき点は多い。また、串田の初期の詩業を考える際にも、有効な手がかりを得ることができる雑誌である。

登山文化の面から見ても文芸の面から見ても、「まいんべるく」をすくい上げることは、大きな意味を有することになるはずである。

注

（1）上田茂春『「まいんべるく」ノート』（烏山房、二〇〇九年）によれば、創立会員は十一人である。その他の会員は伊藤基道・清水国安・関保・徳永登喜雄・中村朋弘・宮川俊彦である。

（2）「まいんべるく」創刊号（一九五七年）・第二号（一九五七年）は未見なので、それについては前掲『「まいんべるく」ノート』に拠った。

（3）「季刊まいんべるくについて」「まいんべるく通信」一九五九年初夏号、まいんべるく会

（4）前掲「甦える記憶」四〇六ページ

（5）同書四〇六ページ

（6）串田孫一「山に関する断想」『霧と星の歌』朋文堂、一九五八年、一九五ページ

（7）「まいんべるく」各号の文芸的なタイトルは、植物や星・雲などの博物の異称などに由来している。第3章でも触れたが、このようなタイトルの命名法を串田は好み、「まいんべるく」も九号のすべてがこうした命名によっている。例えば、第三号「ヤコブの梯子」（一九五八年）は『旧約聖書』のヤ

コブが夢に見た、天から地に至る梯子に由来し、雲の切れ目から太陽が降り注ぐ自然現象を指すし、第五号「ヴィナスの上靴」（一九五八年）は、花びらの一部が袋状になるクマガイソウ・アツモリソウなどのラン科の植物の学名である。なお、上田茂春の前掲『「まいんべるく」ノート』では書誌的事項の調査だけでなく、標題についての詳しい考証もなされている。標題の由来を突き止めるのが難しいものについては、その由来を探り出す過程も含めて書かれていて、知的好奇心に富む、非常に興味深いものになっている。わずか五十部発行の稀覯本だったために、未読だったが、本章脱稿後に読む機会を得た。創刊号・第二号の書誌的事項はのちにそれによって補った。この本をお貸しいただいた酒井國光氏に感謝申し上げます。

（8）引用は、「風の伯爵夫人」（前掲『若き日の山』実業之日本社）、一六ページ。

（9）青柳は、一九七一年（昭和四十六年）十二月に、「まいんべるく」にならったような季刊「もんたにあ」（もんたにあ会）を創刊し、雑誌発行だけでなく「まいんべるく会」と同様の活動もおこなった。

（10）杉本は「仲間と作る山小屋」（「アルプ」第五十号、一九六二年）や「山小屋をつくる」（串田孫一編『山の本』〔河出ペーパーバックス〕所収、河出書房新社、一九六三年）で山小屋を作った体験を具体的に書いている。

（11）大谷一良「白い岩と青い空」『心象の山々――山の版画と断章』恒文社、二〇〇〇年、七二ページ

（12）串田の「対話的詩法」については第2章で触れた。

（13）大谷一良「季刊『まいんべるく』」『記録若き日の山――外語山岳部の50年』東京外国語大学山岳会、二〇〇二年、第五部、三九ページ。なお、いま一つの理由として「当初の16頁立ての瀟洒な同人誌の形が次第に変わってしまったこと」を挙げている。

(14) 青柳健は「串田さんや三宅さんの胸の中では、「まいんべるく」は「アルプ」を生むための一つの母体になっていたのではなかったかと思う」と「アルプ」と「まいんべるく」との関係について述べている（「アルプ創刊の頃」「アルプ」第百二十号、一九六八年、一一二ページ）。

第7章　昭和三十年代の「アルプ」が果たしたもの

はじめに

山岳雑誌「アルプ」は、一九五八年（昭和三十三年）三月の創刊から八三年二月の終刊まで、三百号、四半世紀にわたり、戦後の登山文化のある部分を牽引した。その創刊は串田孫一の求心力によるところが大きいが、昭和三十年代初めの日本社会や登山界の状況とも大きく関わっている。本章は「アルプ」成立に至る経緯を、その時代背景と「アルプ」前史としての二つの同人誌を手がかりに検証しながら、〈アルプ的〉なるものの出自を探った。そして、山岳界における「アルプ」の位置とその特色、目指したものと限界などを、誌上の作品や言説から分析した。四半世紀にわたって刊行されたその時代全体を〈「アルプ」の時代〉(1)と呼んでもいいかもしれないが、創刊の頃の理念と勢いがそのまま終刊まで継続したわけではない。そこにはおのずと質的な変化があるわけで、本章では主に創刊から初期の時代を扱った。昭和三十年代の「アルプ」周辺の登山文化こそ、真に〈「アルプ」の時代〉と呼ぶにふさわしい状況だったと思われるからである。

1　昭和三十年代初めの登山界の状況

昨今の「日本百名山」現象[2]と軌を一にした中高年の登山ブームはここ二十数年ほどの現象だが、戦後の登山ブームはこれ以前にもう一つの波があった。昭和三十年代という時代がそれである[3]。

明治末期の近代登山流入以降、日本の近代的登山は漸進的に定着し、大正・昭和期には学校登山やレクリエーションとしての山登りも一般化し、登山は一部の階級の娯楽にとどまらず、大衆的なものとして定着していくが、戦後、それはなお一層の広がりを見せていく。そして、一九五六年（昭和三十一年）五月の日本山岳会によるマナスル登頂の成功は、登山への関心を導き、登山人口を増加させる決定的な要因として作用した。また、五六年一月から翌年八月にかけて「朝日新聞」に連載された井上靖の「氷壁」（一九五七年十月、新潮社から単行本化）の人気も山への関心を倍加させた。こうして、昭和三十年代初めの日本人のレジャーを取り巻く環境で、登山ブームが招来された。そして、それは「もはや戦後ではない」（『経済白書一九五六年版』）と言わしめたような、経済復興という日本社会が持つ前向きな空気にも牽引され、一時的なものではなく、ある程度定着したものとして続いていく。

昭和三十年代の登山ブームの根源には、このような新たな時代に寄せる期待があり、ある種の明るさと前向きさが存在していたという点で、昨今の健康や趣味のための中高年登山とは異なる性質を持つ。日本社会は敗戦からほぼ十年を経て、経済的にも精神的にも自信を取り戻し、新たな安定と新しい時代構築に向かおうとする情勢にあった。戦後働き続けてきた大衆が、労働に明け暮れる日常のなかに一区切りを求める余裕を持ち始めたのである。

しかし、登山界を取り巻く状況は、ヒマラヤ時代への突入と大衆化という二つの活性化要因を有する一方で、ほぼ半世紀の間に近代の登山史を駆け足で通り抜けてきた、その性急さゆえのひずみも内包していた。ひたすら近代登山に追いつこうとするうちに登山行為の意味が変化してしまい、それ以前の日本人による登山が有した、山岳に対する神秘の念や自然に対する畏怖の情は希薄になった。そこにあるのは、フィジカルなものとしての岩塊をフィジカルなものとしての肉体が攀じるという具体的な行為だった。昭和三十年代の登山界とは、それまでの「日本山岳会」と「大学生」による主導から「社会人山岳会」がその中心へと移行した時代だが、それは同時に、一段と登山行為と技術が先鋭化していく時代でもあった。

昭和三十年代のこうした登山界の動向のなかで、「アルプ」「ケルン（第二次）」（朋文堂）という二種の山岳雑誌が相次いで創刊されたのは偶然ではない(4)。

戦後マナスルの登頂をはじめとして日本山岳界のレベルは、世界の山岳界に見劣りしないまでに発展成長しつつあります。それと同時に、一般登山熱は夥しい山岳愛好者を生んで、所謂登山ブームといわれるゆえんのものです。

一九五八年（昭和三十三年）十月の「ケルン」創刊号の巻頭にある「発刊の言葉」の書き出しである。その後に続く文脈に、そのような状況で何をしていくかという宣言はないが、この文章からは、日本登山界の技術的な発展（先鋭化）と「山岳愛好家」による登山の大衆化という二つの流れのなかで、登山界は一つの転機にあるという認識が潜在していることが読み取れる。

他方、「アルプ」はその創刊号（一九五八年）で、「創刊された「アルプ」の性格については、私どもは何も宣言しない」と述べながら、「自から願っている方向も決まっている」[5]とも記し、登山界に対して一定の方向性を示そうとする意図があることをほのめかしている。

このように両誌とも明瞭には記さないものの、その文脈からは、当時の登山界の現状に対して一つの新風を吹かそう、新たな方向を与えようとしていることがうかがえ、雑誌創刊に対する強い意志を感じることができる。

残念ながら「ケルン」は第七号（一九六〇年）で終わってしまったが、「アルプ」は四半世紀の長きにわたって刊行を続け、日本の登山界に静かではあるが確実に影響を与え続けた。いま、これらの雑誌を視座にして、昭和三十年代の登山状況を今日のそれと比較すると、当時の登山行為の背後にあったある種の文化的状況がよく見えてくる。

以降では、昭和三十年代の登山文化のなかで、一つのエコールにも似た独特の登山文化を形成した山岳雑誌「アルプ」について、「ケルン」を補助線にしながら、また、創刊に至る経緯を検証しながら、その特色と意義について考えてみたい。

2 「ケルン」の創刊

日本での近代登山の受容と発展を考えるとき、登山をめぐるメディアが果たした役割を看過することはできない。黎明期の一九〇五年（明治三十八年）に発足した山岳会（のちの日本山岳会）が果たした役割は極めて大きいが、近代的な登山精神の啓蒙と情報発信という具体的な役割を担っていたのは、機関誌「山岳」であった。「山岳」を瞥見するだけで、この雑誌がいかに多彩な執筆人と多岐にわたる内容を誇っていたか、その編集の充実ぶりが実感できる。多様な媒体から過剰な情報があふれる今日とはメディアを取り巻く状況が異なることを考えれば、この活字メディアが当時の登山者たちに与えた影響の大きさを推し量るのは容易である。

その後、登山文化とその情報を発信する活字メディアは、大正・昭和の登山の大衆化とともにますます多様になり、一九二一年（大正十年）の日本初の商業的山岳雑誌「山とスキー」（山とスキーの会）の発行以降、登山を紹介・先導するメディアとして「山」「山小屋」「ケルン」などが陸続と刊行されていく。三〇年（昭和五年）には今日まで続く「山と渓谷」が創刊され、登山界とメディアは持ちつ持たれつの関係のなかで、相互にその裾野を拡大していくのである。

山岳雑誌が発信する情報と登山行為とは相互に関わり合い、そうした相関のなかで登山形態や登山にからむ思想などが決定されていく。登山者は各個人が独立した存在だが、同時に彼らは山岳雑誌の

「ケルン」創刊号、朋文堂、1958年、第7号、朋文堂、1960年

読者でもあり、知らず知らずのうちに外部から発信された登山観に影響されることになるのである。また同時に、メディアは必然的に、読者でもある登山者の嗜好へと擦り寄っていくことになる。登山と山岳雑誌とは、こういう相互の引き合いのなかで、時代状況や流行などの枠組みに規制された登山行為を作り出していく。登山も特定の時代状況を反映した一現象として作用せざるをえないのである。

このように考えると、先に見たような昭和三十年代初めの社会と登山界を背景にして、「アルプ」と「ケルン」という二誌がほぼ同時に創刊されたのは必然だった。つまり、登山者の側が新たな山岳雑誌を必要とする時を迎えていたということであり、雑誌を送り出す側にとっても、それぞれが求める登山観や登山形態を読者に発信するちょうどいい頃合いが到来したということである。この二誌は追求しようとする登山観やメッセージはそれぞれ独自だが、ともに「登山」という行為が持つ領域を肉体的・スポーツ的なものに限定せず、登山者の精神性や登山の文化的な面にまで広げて捉えようと志向する点で共通性を持っていた。この二誌は、スポーツとしての登山でも大衆が求めるレクリエーションとしての登山でもなく、精神性・文化性のなかで登山を捉えるような方向を選び取っていったのである。[6]

では、まず最初に「ケルン」についてやや具体的に見てみよう。「ケルン」はもともとは一九三三年（昭和八年）から三八年にかけて第六十号まで発行された戦前の山岳雑誌であって、戦後の「ケルン」はいわば第二次「ケルン」という性質を持つものだった。戦前の「ケルン」はある種高踏的な雰囲気を持った雑誌であり、執筆者のラインアップや内容はもとより、割り付け・装丁・デザイン・造本など、雑誌にまつわるあらゆる要素で格調の高さを誇っていた。戦前の日本の高質な登山文化をリードする山岳雑誌だったと評価できるが、近代的登山の黎明期から戦前期までの登山は、もともと経済的にも文化的にも一定の水準を有する階層によってなされてきた行為だったことを考えると、半面では、そういう階層が持つ特権意識を潜在させた雑誌だったと言うこともできるだろう。

戦後に復活した「ケルン」は、その創刊号で「『ケルン』らしき独自の雰囲気」（「編集室ノート」）というコンセプトを掲げ、戦前の「ケルン」が持つ格調を復活させようとしたが、既に多様な登山が普及し登山人口の裾野を広げている昭和三十年代の状況を考えれば、決して戦前の「ケルン」が有したようなある種のエリート的なるものを志向したわけではないだろう。

そうではなく、戦後の「ケルン」が意識的に「独自の雰囲気」を希求した背後にある精神性とは、登山の大衆化がもたらした、登山界全体に蔓延する登山行為に対する軽々しい認識や、商業主義がはびこりつつある風潮に対する反感だったと思われる。戦後の「ケルン」を瞥見してまず気がつくのは、落ち着きのある誌面構成、洗練されたデザイン性、宣伝広告の少なさなどである。そして、各作品で描かれるのは見栄えがいい登山の表層部分ではなく、重厚で奥深い営みとしての登山行為である。登山史や登山文化に関する評論的・研究的な内容が多いのも、この雑誌の特徴である。

こうした性質を持つ「ケルン」の編集に当たったのは山崎安治・横川文雄・瓜生卓造・近藤等・安川茂雄の五人の同人だが、このメンバーに共通するのは、登山家であるとともに文学者としての顔を有することである。したがって、このことは雑誌のコンセプトや誌面構成にもおのずと影響することになる。創刊号のラインアップを見てみても、尾崎喜八の詩、井上靖の随想、北杜夫の小説[7]があり、その文芸的色彩は他の山岳雑誌と明らかな相違を示している。

また、毎号の表紙を飾る上田哲農の絵やコラージュ作品、足立源一郎や真鍋博などによる目次カット、その後大きく名をなす白川義員の写真の折り込みなど、高い芸術性にあふれた誌面構成は、同時代の他の商業的山岳雑誌と一線を画している。例えば、そこに今日の商品カタログと見紛うようなカラフルな雑誌を対置してみると、「ケルン」が持つモノトーンで静謐な味わいは一層明瞭となる。

しかし、そういう「ケルン」同人たちが目指した雑誌のコンセプトを支持する人々は相対的に少数派であり、多くの登山大衆や社会人山岳会に集う登山者が求めたものとは乖離があったようで、「ケルン」はわずか七号で終わってしまった。登山の大衆化は、元来精神性を含み持つ行動だった登山を単なるレジャーとしての行為に変えてしまったし、新たに登山界の中心に躍り出た社会人登山家たちは、雪と岩に対する功を競い合うのに早急でありすぎた。それらの登山者たちが山岳や登山行為に寄せる意識は、戦前の「ケルン」が持つ「相当高級な雰囲気」（「編集室ノート」「ケルン」創刊号）を発展的に継承しようとした同人たちの意識とは隔たっていたのである。「高級な雰囲気」を求める「ケルン」は、大衆的遊技的な登山を求める者や過激でスポーツ的な登山を求める者にとって、面倒で敷居が高い山岳雑誌でしかなかったことになる。

3 「アルプ」の創刊

一方、「アルプ」は「ケルン」より半年ほど早く、一九五八年（昭和三十三年）三月に創刊され、四半世紀にわたり刊行されて、八三年二月の第三百号で使命を終えた。この雑誌は串田孫一が編集の中心にいて、その求心力によって成立した雑誌だったと言っても過言ではない。四半世紀にわたってその雑誌の中心に居続けたという継続力と、〈アルプ的〉なるものを読者に植え付けたその影響力は特筆すべきであり、「アルプ」について考えるとき、串田を抜きに語ることはできない。

串田は哲学・随想・詩・登山・博物・絵画・篆刻など、極めて多岐にわたる分野に興味を持ち活動したが、串田にとってもこの「アルプ」編集に当たったことは大きな意味を有し、その業績のなかでも大きな比重を占めているはずである。その著述について論じるのと同様に、「アルプ」に関わったことも串田の業績として論じる必要があるだろう。「アルプ」とは、串田が関わった各種の創作ジャンルを横断し、それらを総合させ結晶化させた一つの創作作品であり、串田の業績を見える形でシンボリックに表象した雑誌であると言える。

今日、「アルプ」は串田と同様、山岳・文学の両領域でほとんど看過されてしまっていて、かつてのファンから懐古的に振り返られることはあっても、客観的立場でそれが評価されることはない。しかし、「アルプ」が昭和三十年代以降の登山者たちに及ぼした影響は決して小さくはない。その影響は登山の領域だけでなく文化的領域にも及んでいて、「アルプ」が有した独自の意味・価値については、もっと大きな位置付けを与えるべきだろう。

「アルプ」は一般に〈山の文芸誌〉あるいは〈山の芸術誌〉などと呼称されるように、その特色を一言で言い表すならば、「山岳」と「文学」を架橋する内容を持つ雑誌と言うことができる。広範な書き手と幅広い執筆内容から、その特色・思潮をひとまとめに論じることはできないが、山や草原という対象、あるいは自然志向という思潮では共通項を有する。また直接的な登山行為だけを対象とするのではなく、登山周縁の文化的状況をも踏まえて登山を捉えようとする立場は、旧「ケルン」や復活した「ケルン」と同様だが、四半世紀も継続し昭和三十年代以降の登山文化に一定の影響力を保ちつづけた「アルプ」には、おのずから「ケルン」とは異なる独自の雰囲気が存在する。こうした〈アルプ的〉なるものが広

「アルプ」創刊号、創文社、1958年

く読者に受け入れられたからこそ、この雑誌は長く継続できたわけだが、はたしてその〈アルプ的〉なるものとはどのようなものなのだろうか。まず、「アルプ」の創刊に関する経緯を振り返ることによって、その点についての手がかりを得てみたい。

山口耀久の回想によれば、「アルプ」のそもそもの発端は、創文社が串田孫一の文章を連載してPR誌を発行しようとしたことに始まる。それが串田を中心とする「文芸的な新雑誌」というコンセプトへと移行した後、今度は串田の意向で、「山の文芸誌」の創刊へと変化していったようである。(8)おそらく出版社側からの雑誌創刊の提案は、串田にとって渡りに船であったろう。なぜなら、串田は当時二つの同人誌に関わっていたが、「アルプ」はそれら二誌を発展継承させる絶好の場となりうるはずだったからである。(9)結果的に見れば、既に「アルプ」へとつながる道が準備ずみだったことになるが、その「アルプ」前史とも言うべき二誌が「まいんべるく」と「アルビレオ」である。この二誌については既に前章と第3章で扱っており、重複する部分もあるが、ここでは「アルプ」との関わりから見てみたい。

「まいんべるく」は、東京外国語大学山岳部のOB有志による山の同人誌で、一九五七年(昭和三十二年)八月に創刊され、六四年七月の第九号まで刊行された。同人には串田孫一・青柳健・三宅修・大谷一良ら東京外国語大学山岳部関係者はじめ、独標登高会の山口耀久などが名を連ねる。各号には「狩人の蝶」(創刊号)、「風の伯爵夫人」(第六号)などの独自のタイトルが付けられ、一般的な山岳雑誌の領域を超えた文芸性を醸し出している。「アルプ」創刊の際、「まいんべるく」同人だった三宅修が創刊号から第七十四号(一九六四年)までの編集実務に当たり、のちには大谷一良と山口耀久も編集に当たったこと[10]を考えると、「まいんべるく」と「アルプ」の類縁関係は明白である。「アルプ」第五号（一九五八年）の編集後記にあたる「編集室から」には、「まいんべるく会」について、「「山と渓谷」に、アルプの母胎として紹介が出ていたためか、沢山お問い合せを頂きます。（略）一応「アルプ」とは別のものですが、規則書きなどを御希望の方は、その会へお取りつぎいたします」とあり、ここからもその関係が見て取れる。

「まいんべるく」が「山岳」の側から「アルプ」へと流れる系譜だとするなら、一方、「文芸」の側から「アルプ」へと合流することになる、その前史的な意味を持つのが「アルビレオ」である。「アルビレオ」は一九五一年（昭和二十六年）四月に創刊され、六五年三月、第四十二号で終刊となった詩誌で、編集発行は勝又茂幸や串田孫一・伊藤海彦・小海永二などが順次当たっているが、やはりその中核には串田孫一の存在があった。「まいんべるく」と「アルビレオ」はともに「同人誌」という形態であることから、強い仲間意識からつくられていて、山岳界や詩壇とは一旦は切れたところに位置していた雑誌と捉えていいだろう。また、小型で瀟洒な装丁やデザイン感覚あふれた誌面構成も共通していて、単に登山記録や各人の創作を掲載するというものにはなっていない。文字テクストという書籍の中身だけでなく、書籍の形態にまで心を配り、書籍そのものを造形美術と捉えようとする志が感じられる。しかし、山岳雑誌である「まいんべるく」に関わった者が「アルプ」の編集や執筆陣へと移行していったのに対して、詩の同人誌である「アルビレオ」の詩人たちのすべてが「アルプ」のメンバーと重なるわけではない。「アルビレオ」「アルプ」に共通する執筆者は、串田孫一・尾崎喜八・北原節子・伊藤海彦・矢内原伊作・野尻抱影・山崎正一とさほど多くはない。「まいんべるく」

は「アルプ」へと合流するような形で六四年七月に終刊となったが、登山とは縁がないメンバーも多い詩誌「アルビレオ」は、若いメンバーに中心を移して、八三年二月まで不定期ではあるが継続されていった。

4 「アルプ」の特色

「アルプ」はこうして、山岳雑誌としての「まいんべるく」と文芸誌としての「アルビレオ」の二つの性質を融合するとともに、装丁やデザイン性、書籍が持つ造形面へのこだわりという点をも受け継ぎ、〈山の文芸誌〉として独自の地位を形成していった。本節では「アルプ」が持つ特色について考えてみたい。

「アルプ」は二つの同人誌の系譜上に生まれたこともあり、編集や執筆などに当たった「アルプ」周辺の人々の間には、自然観や登山観などが共有されていたはずである。しかしこれはもとより、「アルプ」が内部だけを向き、孤絶していたということではない。「アルプ」での執筆には多彩な人材が当たっており、創刊から一年ほどの間に、登山の世界に日本独自の沢登りの分野を開いた冠松次郎、奥秩父の山と渓谷を紹介した田部重治、ロッククライミングを目的とした山岳会であるＲＣＣを発足させた藤木九三、既に日本山岳会会長を経験していた松方三郎など、登山界の大御所が次々とラインアップされている。ここからは狭い「アルプ」的な人脈にとどまることなく、登山界全体に対して広く発信していこうとする意欲が感じられる。

では、「アルプ」は他の山岳雑誌と比べてどういう点が異なり、どのような特色を持つのだろうか。造本・誌面構成などにおける芸術的センスや広告を載せないというスタイルなどは別として、内容面で異色の山岳雑誌であることを示すのは、登山での実用的な情報を発信するものではないということだろう。登山記録や登山紀行文は、「アルプ」に限らず他の山岳雑誌にも掲載されているが、「アルプ」のそれは登頂ルートや時間記録などといった行程に関する実用的な記録は記載されておらず、登山ガイドとして役立つようなものではない。例えば、第二号（一九五八年）には串田による「天上の庭」と題する鳥甲山登山の文が載るが、これなどは当時まだほとんど未知の山域だった鳥甲山の登頂記録で、細部の登山ルートや略図、時間などの記録が記されていれば貴重なデータになったはずのものだ。それにもかかわらず、そういう情報が書かれることはなく、山行途中で出会った人々とのやりとりや、岩場で見た高山チョウの描写などが記されているのである。こういうところに「アルプ」の大きな特色を見ることができる。すなわち、登山という実践行為が持つ外面的・客観的記録を重視するのではなく、自然との交わり、山に生きる人々との交歓、登山中の思いなどを巧みな文章で「表現」することに重きが置かれているのである。その際、「登山（山岳）」と「文学」はどちらかが主であるということではなく、不即不離のものとして存在する。「アルプ」にとって登山とは、登ることだけで終わるのではなく、創作行為と対になって完了するものだったと言っていいだろう。

そして、登山を経て思索され文芸として創作されたものは随想・紀行など様々な作品に結晶するが、そうしたなかで、「アルプ」では詩作品の充実が目につく。串田は無論のこと、他に草野心平や尾崎喜八・田中冬二・鳥見迅彦・山本太郎・田中清光が多くの詩篇を寄せている。[11] これは、第2章と第3章で述べたように、「アルプ」創刊当時は串田が精力的に詩創作に当たり、詩人としての活動に旺盛だったことも関連する。同人詩誌「アルビレオ」でおこなっていた活動を「アルプ」へと転換させた部分もあるし、「歴程」での人脈をそのまま「アルプ」へと移行させた部分もあるようだ。

「アルプ」に詩を寄せた詩人たちのなかでも、鳥見迅彦はことに「アルプ」との関わりが大きく、第二詩集『なだれみち』（創文社、一九六九年）、第三詩集『かくれみち』（文京書房、一九八三年）の詩篇の大半が「アルプ」誌上で掲載されたものである。山岳雑誌「アルプ」から発信された鳥見の詩が現代詩の領域で評価されたということは、「アルプ」は詩誌としての役割も果たしたことになり、十分に評価されていい。鳥見の詩については第9章で扱う。

さて、「アルプ」を考えるとき、いま一つ、詩・随想・報告などの活字テクストに加え、写真・絵画・版画などを重視して編集に当たっている点も忘れてはならないだろう。これらがいかに重視されていたかは、それら写真や絵画の内容、タイトルも必ず「目次」に記されたことに表れている。「アルプ」という雑誌は詩や散文に先立ち、そうした視覚的な芸術表現のページから始まっていて、畦地梅太郎の版画が醸す素朴でおおらかな山に対するイメージや、大谷一良の版画が持つ静謐で内省的なイメージは、読者に「アルプ」の持つ世界を視覚的に定着させたはずである。この二人が創造する美術はことに〈アルプ的〉な山岳世界をよく象徴するものであり、「アルプ」にとってなくてはならないものだった。

他にも曽宮一念や上田哲農などの絵、白川義員や内田耕作などの写真は、「アルプ」を活字テクス

初期の「アルプ」と終刊号（第2号の初版は「4月号」の表記）

トに偏らせることなく、視覚面から〈アルプ的〉世界の構築にあたった。

5 「アルプ」が目指したものとその限界

量的にはともかく、登山紀行文や登山に関する随筆などは他の山岳雑誌にも掲載されるが、「アルプ」が何よりも「アルプ」らしい点は、「「形而下的」ではない山登りを題材」にするところにあるだろう。[12] 言い換えるならば、山を攀じるというフィジカルな行為の背後に存在するものをめぐって文章が書かれるということである。その登山の行為の背後にあるものとは、特に登山行為が持つ意味だったり、登山を経過しての人生の探求だったり、思索に関するものである場合が多い。この登山と思索とのリンクが「アルプ」最大の特色だと言っていいだろう。

しかし、〈アルプ的〉登山が、山登りをしながら思索すること、人生を考えながら歩を進めることだと捉えるならば、それは誤解である。登山と思索に関して、串田は次のように書いている。

山の中では、よい思索ができると、普通には思われているようだが、それはかなり違っている。[13]
山の中で、少くも私は何も考えない。考えるという機能は、行動する私に占領され、忙しい。[14]

これらは「アルプ」創刊と時を同じくする一九五八年（昭和三十三年）当時の著述からの引用であり、登山と思索との相関に対する当時の串田の根源的な思いが表明されている。串田にとって登山とは思索しながら同時にできるような安易な行為ではなく、思索もまた、登山しながら同時にできるような甘いものではなかった。登山に際しては、まず真摯に山に向き合うことが大切であり、登山中は登るという行為に集中し、思索は思索として別個に集中した作業が必要となるのである。登山に関しても思索に関してもその困難さを知る串田ゆえに、登山に対しても思索や文芸に対しても、中途半端な取り組みを許さないのである。「山に関する文学的な作品の多くは、山頂では生れなかった。山での思索も、山から持ちかえつたものというよりは、山から離れはじめて考えられたものである[15]」と言うように、文学・思索は一旦、山から離れた場でなされるのである。しかし、「山から離れる」ということは、あくまでも「山」を通過することが前提となるわけで、ここに串田と「アルプ」が志向する文学と思索方法の特異性が存在する。

また、串田は「アルプ」の創刊号で次のように記し、登山と文学の双方で厳しい姿勢を示している。

　ここよりもなお高い山へと進み、山から下って来たものが、荷を下ろして憩わずにはいられないこの豊饒な草原は、山が文学として、また芸術として、燃焼し結晶し歌となる場所でもあると思う。従って高原逍遥のみに満足する趣味を悦んでいるものでもない[16]。

「アルプ」というエコールは、ときに低山を徘徊しながら物思いにふける低山逍遥派というイメージで誤解されることがあるが、既にそういう誤解を予測していたかのように、串田は山での思索とはそういう安易な行為とは異なることを早々と宣言していたのである。「アルプ」という場は、荷を下ろして憩う草原であることは確かだが、そこからより「高い山へと進」むための高みへの志向を確認する場でなければならなかった。そしてそれは、登山の行為を文学・芸術へと結晶せしめる場でもなければならない。登山という行為にあっても、文学の領域にあっても、串田が目指したもの、「アルプ」が目指したものとは、決してなだらかな高原に安住する心地よさではない。

こうして見ると、串田や「アルプ」が求めたものは、文学面でも登山の面でもかなり厳しいものだったことがわかる。無論、初期の「アルプ」の読者層は、そういう「アルプ」の姿勢を理解していればこそ、これを受け入れたはずである。高みへと登る通過点であり、憩いの場でもあるという二重の意味を持つ「アルプ」という場は、緊張と弛緩との絶妙なバランスを保つ場であり、「アルプ」を受容する人々にとっても、その均衡は極めて心地いいものだったはずである。「アルプ」が示す山登りは、海外登山のような登山形態までは射程に入れることはできず、かといって登山の大衆化路線のなかで安易にレジャーとしての登山を受け入れるわけにはいかないという中間層の登山者意識を刺激したはずで、ブームによって生まれた大衆登山家との差別化としても作用したと思われる。「アルプ」にとっての登山とは、フィジカルな肉体がフィジカルな岩塊を攀じるものとしての登山でも、仲間らと出かける行楽としての登山でもない。山岳に真摯な精神でもって向き合う登山であり、あくまでも「形而下的」ではない山登りなのである。

その「「形而下的」ではない山登りを題材」として、「アルプ」には種々の文芸作品が発表されたわけだが、こういう題材の文が共感を持って迎えられたのが、昭和三十年代の「アルプ」初期の時代だった。そして、そこには登山界の事情とは別に、一つの社会的な背景も関係していたと思われる。戦後復興に一区切りをつけたこの時期、日本人はやっと振り返る余裕を得、自らの人生について考察しようとする人たちも出始めた。亀井勝一郎や串田の人生論が一般的にもてはやされる風潮にあったが、こういう背景も「アルプ」にとってはいい条件となったはずである。おそらく「アルプ」の読者のなかには、「文芸」的な面から「アルプ」に接近した人もいたのではないだろうか。

「アルプ」はこうして、編集方針への共感を示す人や文芸好きな人たちを中心に読者を得、「アルプのつどい」などの企画を通して固定した読者を獲得していった。また、読者に投稿を促すこともやっていて、この投稿への働きかけは、投稿するか否かは別として、多くの読者に文芸への関心を高めさせただろうし、「アルプ」の存在をより身近なものにさせただろうと思われる。つまり、「新しい執筆者が生れること」[17]を期待するだけでなく、読者の参加意識を刺激し、読者を「アルプ」の一員として自覚させる効果があったと思われる。読者が書き手へと変貌していった例としては今井雄二[18]、大滝重直[19]、宇都宮貞子[20]らがあり、それぞれ初登場は、今井雄二は「山のドン・キホーテ」(「アルプ」第十三号、一九五九年)、大滝重直は「高原の黙想」(「アルプ」第十四号、一九五九年)、宇都宮貞子は「早春の森で」(「アルプ」第十五号、一九五九年)である。

このように、「アルプ」は新たな書き手を発掘し、執筆者の幅を広げようとしたり、山岳界での多様な立場の人々の原稿を載せる工夫をしたりして、執筆陣が固定化しないよう努力したが、大森久雄が「いつしか『アルプ』に特有のにおいがするようになって、それを嫌う人がいたのもまた事実であろう」[21]と回想したように、「アルプ」にはサークル的な仲間意識を醸成するような雰囲気があり、結局は登山界全体を巻き込むような雑誌にはなりえなかった。[22]

そしてまた「アルプ」には、ややもすれば読者たちを安穏な「趣味性」のなかに埋没させてしまうような雰囲気を有していたという問題がある。串田や編集側に立つ者たちは、読者がそういう「趣味性」という陥穽に陥ることに対する危険性をよく認識していて、常に読者に一定の緊張感を持たせなければならないという責務を感じていたようである。串田がわざわざ創刊号で「高原逍遥のみに満足する趣味を悦んでいるものではない」と断らなければならなかったのも、そのことを証している。のちに編集に関わった岡部牧夫もまた、「アルプ」第百号（一九六六年）で、「登山あるいは文学の趣味的側面を切り抜けて、登山あるいは文学そのものの世界を探索するものでなければ困る」[23]と厳しく指摘したが、創刊から八年たった時点でこのようなことを書かなければならなかったこと自体が、時を経るにしたがい、徐々に編集側と読者側で意識のズレが生じ始めていたことを推測させる。

「アルプ」は、思索しながら登山せよ、内省的な登山をせよなどと求めたわけではなく、あくまでも登山は登山、文学表現（思索）は文学表現（思索）として、それぞれ別個の行為として力を尽くすことを要求したはずである。だが、それは容易に成し遂げられるようなものではなく、深い理念であり高い目標だった。しかし創刊当時はともかく、徐々に読者にはそういう高い理念は届かなくなったようで、むしろ「アルプ」は、登山「行為」のなかで「思索」するという態度を助長する方向に作用していった節がある。一般読者のなかには、自らは大衆的な登山者とは異なり、〈アルプ的〉な登山をおこなっていると自負しながらも、実際は「山頂へのはげしい行動をせずに[24]」単に山を味わい楽しみながら、いかにも思索的な登山をしているかのように錯覚していた者もいたことだろう。また、登山では「高み」を求め、緊張感ある登山スタイルを志向しながらも、それを至高の「文学」として昇華し表現する方途を持ちえない者も多かったにちがいない。畢竟、読者は「アルプ」が志した方向とは別に、「登山あるいは文学の趣味的側面」のなかで、それぞれが〈アルプ的〉世界の一部を何となく受け止めてよしとしてしまうような方向に徐々に流されてしまったのである。

四半世紀を経て「アルプ」が使命を終えなければならなかったのは、こういったところに原因があったろうと思われるが、それは日本社会が経済成長を遂げ、「アルプ」創刊当初とは時代を支配する空気が変化していったこととも微妙に関係するはずである。「アルプ」が終刊を迎える一九八三年（昭和五十八年）当時とは、高度消費社会を迎えていた頃で、日本の山々はキスリングにニッカーボッカー姿の登山者から、海外ブランドのアタックザックを颯爽と担いだ若者たちの世界へと変わりつつあった。したがって、昭和三十年代の登山ブームの頃とはおのずと異なる登山観・登山文化が生じているのは当然で、〈「アルプ」の時代〉が終焉を迎えるのも必然だった。

思うに、「アルプ」という極めて個性的な山岳雑誌は、戦後の一時期、山岳の世界に確実に位置を占め、一つの登山文化を発信し続け、多くの登山者や読者の共感を得たが、結局は、串田を中心とした求心的な性質を越えることはできなかったのではないだろうか。しかし、そういう〈「アルプ」的〉なるものを譲ることがなかったからこそ、「アルプ」は四半世紀を生き、なおかつ、今日でも一定の存在価値を持ちえているのである。

おわりに

昭和三十年代には登山ブームという現象が見られたが、それは「アルプ」を読み、登山という「行為」に「思索」を絡め、そしてそれを文芸上の創作へと発展させようとした登山者たちが多く存在した時代だった。「アルプ」が使命を終え、既にまた、四半世紀以上の年月が過ぎたが、その間に親和的だった登山と文学の関係には乖離が生じ、登山はますます「形而下」的行為に堕し、登山に絡む文芸も低調になっていった。

「山岳」から「文学」への架橋が図られ、「登山という行為に思索の光が当てられてゆく[25]」作品が存在した昭和三十年代。その対極の時代にあるいま、「アルプ」を振り返ることは、登山を考えるにしても、文芸を考えるにしても、決して無駄にはならないはずである。

注

(1) 山口耀久『「アルプ」の時代』(山と渓谷社、二〇一三年)の書名による。

(2) 前掲『日本百名山』に載る百の山を完登しようと躍起になることを、ここでは仮にそう呼んだ。

(3) ここ数年来の「山ガール」現象や、富士山の世界文化遺産登録などに端を発する登山人口の増加から、今日の状況は戦後の第三次登山ブームと捉えることも可能だろう。

（4）いま一つ、同年の一九五八年（昭和三十三年）に創刊された雑誌に「岩と雪」（山と渓谷社）がある。文字どおりクライミングと雪山を主体とした雑誌で、国内・海外双方の登山・登攀の記録が載る。九五年、第百六十九号で終刊。

（5）「編集室から」（巻末の編集後記に相当するもの）。末尾に串田の記名がある。

（6）ロッククライミングや雪山などを目指す先鋭的クライマーの専門誌として特化したのが、注（4）に記した「岩と雪」である。また、この雑誌では登山やアルピニズムに関する評論も扱われた。

（7）北杜夫の小説は「近代文学」（第十一巻第一号、近代文学社、一九五六年）から転載した「岩尾根にて」である。

（8）前掲『「アルプ」の時代』二六―三一ページ

（9）同書には、創文社側の意向とは別に串田の側にそれまでにない山の雑誌を作りたいという願望があったことが書かれている（三一―三二ページ）。

（10）同書一二〇ページ

（11）「登山」とは関係しないが、岸田衿子や吉行理恵・石垣りんなど、日本の代表的な女流詩人の詩も掲載された。

（12）大森久雄「歴史の中へ」「アルプ」第三百号、一九八三年、二三二ページ

（13）前掲「山に関する断想」一九四ページ

（14）同書一九八ページ

（15）同書一九九―二〇〇ページ

（16）「編集室から」「アルプ」創刊号、六八ページ

（17）無署名「編集室から」「アルプ」第七十一号、一九六四年、六八ページ

（18）『高原風物誌』（東京同信社、一九六四年）、『心に山ありて』（今井喜美子との共著、同信社、一九六五年）などの著書がある。

（19）大滝重直は既に執筆活動があったが、「アルプ」には読者からの投稿としての掲載である。『小さな絵画館——想い出の山々』（桐原書店、一九八三年）、『星の降る山』（白水社、一九八六年）などの著書がある。『星の降る山』の帯に載る串田孫一の「推薦のことば」は、「アルプ」が求めた〈山を書く〉ということがよくわかるので以下に記す。「この本は登山家としての記録でもなく、山旅の紀行に終るものでもない。制約を脱した滞在があり、その間に山と人、山中での人と人との美しく貴い交歓が描かれている。そしてその交わりの限界を静かに思わせる不思議な文章に魅せられる」

（20）『草木ノート』（読売新聞社、一九七〇年）、『山村の四季』（創文社、一九七一年）など多数の著書がある。

（21）前掲「歴史の中へ」、二三三ページ

（22）「アルプ」の二十五年を概観するとき、第二百号（一九七四年）を境にして、編集方針にやや変更が見られるようである。「編集室から」で、串田は「二〇一号からの「アルプ」については、詳しく説明する気持ちでいたが、結局は一ヶ月後に届く現物を見て戴く方が確実に私たちの意図が伝わるだろう」と述べ、編集の改革をほのめかしている。その第二百一号（一九七四年）以降を見てみると、まず二つの変更が明らかである。前者は第二百二号（一九七四年）で、制作費の高騰のなかで定価を維持するためと説明されている。ページ数を創刊当時の六十八ページに戻したことと執筆陣の変化であるが、それとともに、執筆陣確保の困難さも関係しているはずである。後者の執筆陣の変化については、第二百一号で「執筆者ももう少し拡大したいと思う。山を中心にはしつつも、もっと広い視野で人間と自然とのつながりを探るような雑誌にしたい」と岡部牧夫が抱負を述べている。その「執筆

者ももう少し拡大したい」という言葉のとおり、それ以降の執筆者は変容していく。一例を挙げると、第二百二号には文芸評論の小川和佑による「旅人の夜の歌」が載るが、これは「立原道造の最後の旅」とサブタイトルにあるとおり、水戸部アサイの手紙を引きながら道造の最晩年を描いたものである。第二百三号（一九七五年）には児童文学者庄野英二の随筆「狸のため糞」、第二百五号（一九七五年）には写真家大倉舜二による採集紀行「蝶とスリランカ」といったものもある。一つの号に山にも登山にも関係しない内容の作品がいくつも載るといった編集もあり、山岳雑誌の枠を超え、文芸や芸術方面へとその内容を拡大していることがわかる。あくまでも〈山の文芸誌〉だったはずの「アルプ」だが、その「山」という基本となる部分が薄れてしまっては、山岳の世界でその特異な個性も発揮しえなくなってしまう。

(23)「編集室から」「アルプ」第百号、一六四ページ

(24) 前掲「山に関する断想」一九五ページ。串田は「山登りではなしに、山に滞在する人、山頂へのはげしい行動をせずに、山の中の小屋に幾日かの生活をしに行く人、そういう人は、思索も可能かも知れない」と述べ、登山行為と思索は両立できるような簡単なものではなく、登山家はまず山岳と対峙することが必要であると説いた。

(25) 田中清光「解説」、前掲『岩の沈黙』所収、五〇五ページ

第3部　「アルプ」の詩人たち

第8章　孤独の詩人　尾崎喜八

はじめに

登りついて不意にひらけた眼前の風景に
しばらくは世界の天井が抜けたかと思う。
（「美《うつくし》ガ原《はら》熔岩台地」部分『高原詩抄』）

美ヶ原のシンボル美しの塔には、この一節から始まる尾崎喜八の詩「美ガ原熔岩台地」の全文が刻まれている。(1) 無論、これが尾崎の代表作というわけではないが、今日多くの人に、尾崎はこの詩に象徴されるような、山や高原を愛する自然詩人として記憶されているはずである。しかし、大正期に始まり死に至るまで営々と続けられたその創作活動は幅広く、創作時期によってもその詩風には違いがある。仮に自然詩人として尾崎を捉えるにせよ、いま一度、その詩業の全体像を通覧する作業を経た後に、彼を評価すべきなのではないだろうか。

尾崎は日本の近・現代詩のなかに一定の位置を占める詩人であるにもかかわらず、今日、詩の読者は減少の一途をたどり、過去の詩人として忘れ去られつつある。(2) そのような状況を招来させた原因の一つに、戦時下での戦争詩の量産という過誤があるように思う。尾崎とその詩を語ること自体が忌避され、それにしたがい、読者も減少していくという現象につながったのである。あるいは、誰にでもわかる平易な詩は論評の外に置かれ、近・現代詩としての技法を欠く素人的な詩として軽く見られてしまったということもある。本来ならば、尾崎の死後、その創作の総体を客観的に分析・考察する機会を持つべきだったにもかかわらず、そういう検証作業がなされないままに、なし崩しにその詩は受容される機会さえ失われつつあるのである。

ここで尾崎を取り上げるのは、そのような先入観にとらわれた理解や一面的な理解から脱却し、その詩業を多角的に通覧することで尾崎を再考したかったからである。口語自由詩の巧みな書き手として尾崎はもっと評価されていいはずだし、自然を観照してそれを人生の観照へとつなげる姿勢は、我々に思索の一つの方法を教えてくれるものであり、今日でも参考としていい。また、本書のテーマに即して見れば、「アルプ」の「重石」である尾崎の詩を振り返り、その自然観や生活観を垣間見ることは、「アルプ」を理解するうえでも必要なこととなる。

尾崎は詩を作ることを自身に課すかのようにして、生涯詩と向き合ってきた。長い詩歴のなかで、尾崎はその詩趣を幾度も変化させていて、生涯もがき続けた詩人であった。以降ではまず、その詩業をいくつかの時代区分に分け、それぞれの時代区分ごとの詩的特徴を分析し、その変遷を確認してみる。そして、従来触れられることが少なかった、戦争詩人として糾弾された後の戦後の動向について検討し、その詩と心情について考えてみようと思う。

1　人道主義詩人から自然詩人へ

尾崎の六十年近くにわたる創作を振り返ると、詩趣の変遷などから、仮にそれを五つの時代に区分して整理することができるのではないだろうか。本節では、その戦前・戦中の活動について分析してみる。

第一期は、文学志望の段階から詩人としての出発を果たし、詩人として名をなすまでの時期とし、一九二七年（昭和二年）の第三詩集『曠野の火』（素人社）の刊行までと考えてみる。これは大正から昭和の初めにあたる。

十代の頃から文学に親しんでいた尾崎が真剣に文学と向き合うようになるのは一九一二年（大正元年）、本郷駒込の高村光太郎のアトリエを訪問し、文学志望の気持ちを打ち明けてからである。[3]二一年には「詩聖」（玄文社）、「新詩人」（詩人会）に詩を寄せはじめ、翌年に初めての詩集である『空と樹木』（玄文社詩歌部、一九二二年）が刊行された。こうして、三十一歳の尾崎は人道主義詩人として颯爽と詩壇に登場する。水野実子と結婚し、高井戸での生活の安定を得た後、『高層雲の下』（新詩壇社、一九二四年）、『曠野の火』が続いて刊行される。このあたりまでを第一期と見なすことができるだろう。この頃の尾崎の詩の内容は「強烈な生への執着」や「自我の拡充と向上を欲する」[4]ものが多く、大きな時代思潮のなかで考えると、大正生命主義の系譜として捉えることが可能である。[5]

また、その詩法の特徴としては、言語の切断とイメージの飛躍を欠き、言葉による説明過多が目立つところがあり、詩の多くは長大である。とかく「感激癖や説教調」[6]に陥りがちで、そのくどさが気にかかる面があることは否定できない。こうしたことは尾崎自身にもある程度自覚されていて、後年、第一詩集『空と樹木』に対して、「内容技術共に独り善がりで饒舌で粗雑なこと」「愚作ぞろいである」と自作を評している。[7]第一期にあたるこれら三つの詩集が出された頃は、一般的に言われるように人道主義詩人の時代と捉えればいいが、人道主義とみるにせよ生命主義とみるにせよ、いずれにせよ、一つの時代思潮の波に自らの思想を合わせたというもので、この人道主義詩人という部分を過剰に捉えて、そこにだけ尾崎の本質を見ようとするのは短絡的すぎるだろう。それは尾崎の文学の出発点ではあっても到達点ではなく、第一期に関する特色と考えるべきだろう。

第二期はほぼ戦前の時代に相当し、一九二八年（昭和三年）から四二年までの詩業を考えてみる。第三詩集『曠野の火』から次の第四詩集『旅と滞在』（朋文堂、一九三三年）が出されるまでには六年のブランクがあり、一つの隔絶を見ることができる。そして、ここに一つの転機があったと見るのは妥当な見解だと思われる。その私生活について見ると、二八年には家督を相続し、京橋区新川の実家へ移っていて、この年に生後一年にも満たない長男を亡くしている。長男の死が与えた悲嘆は無論だが、転居という環境の変化についても見なければならない。娘の栄子によれば、尾崎は結婚後約五十年の間に十三回の転居をしているが、栄子は住環境と作品との傾向に関して、「その場所その年令にふさわしい生き方と作品を残して来た[8]」と指摘している。第一期と第二期、二七年と二八年を分ける契機となったのもこの転居だった。自然に恵まれた豊多摩郡高井戸から永代橋に近い新川への転居は、自然に親しむ環境から離れることとなったが、一方でこの頃、登山家川田楨との出会いがあり、尾崎は登山や自然観察の機会を多く持つようになっていく。自然から離れた生活が、かえって尾崎の自然や山への関心を高める方向へと作用したわけである。この頃のことを栄子は「父は山登りを始めた。この辺から私も加えられて家族ぐるみの自然観察の勉強が始まり出した[9]」と回想している。こうしたことが詩風の変遷へとつながり、『旅と滞在』や『高原詩抄』（青木書店、一九四二年）などへと結実していく。尾崎は第一期から既に自然詩人的な側面を有していたが、第二期にはこの自然詩人としての顔が前面に出てくるのである。また、この時期には散文集である『山の絵本』（朋文堂、一九三五年）なども書かれ、山岳文学の新たな書き手としての評価を得ていくことになる。

自然や山岳をテーマとする詩や散文の傾向は戦後にも継続されていくもので、第一期の詩で描かれた内容よりも尾崎の個性がよく発揮された作品が多く、より尾崎の根源的な部分が現れていると言うべきだろう。ロマン・ロランや高村光太郎などを経由した、借り物で観念的な思想としての人道主義に立脚するよりも、自らの肉体と観察眼から得た自然観・人生観に立脚する創作活動のほうに、より独創的で本質的な尾崎像を感じ取ることができるのではないだろうか。

川田楨との出会いによって登山に開眼したことが、作風や詩趣の変化の契機になったものと思われるが、ここではいま一つの要因も考えなければならない。『曠野の火』と『旅と滞在』との間にある六年の隔たりに関して、山室静は「当時詩壇をも含めて文学界全体が未曽有の激動と転換の時期にあったからである」[10]との認識を示している。この頃の文学界はいわば新旧の文学の過渡期にあり、既存の秩序や文学に対して、プロレタリア文学や新感覚派などの立場から新たな表現方法が模索されていた。これは詩壇も同様で、春山行夫らに代表されるモダニズム詩が台頭し、「旧詩壇の無詩学的独裁の打破」（「後記」「詩と詩論」創刊号、厚生閣書店、一九二八年）が叫ばれた。尾崎はいわゆる詩壇という場とは独立したところから詩を発していたとすべきだが、「無詩学的独裁」に関して言えば、これはまさに尾崎の詩的方法への批判にも通じる。尾崎は詩壇に巻き起こった新興勢力が否定しようとする具体的な当事者ではなく、そういう新旧の詩壇の抗争の圏外にあったが、小説や詩の変革期が醸し出す空気と無縁ではありえなかっただろう。山室静はこの時期の尾崎について「この試練の時期をよく利用して、その詩精神とスタイルをみごとに鍛え直すことができた」[11]と評している。尾崎は文学の激動期にあって、自覚的に自らの詩法についての見直しをおこなったのである。

尾崎本人は、自らの詩的手法に変化をもたらした原因として「リルケからの影響」[12]を挙げているが、山室はリルケとともに「それ以上にヘルマン・ヘッセの導きが多い」[13]との見解を示している。いずれにせよ、尾崎の文学的修練は、自国内の文芸動向や文学的系譜とは別の枠組みのなかでなされていたわけである。もともと尾崎はロマン・ロランやエミール・ヴェルハーレンなどの文学、あるいはルートヴィヒ・ヴァン・ベートーヴェンやエクトル・ベルリオーズの音楽などからの感化によって詩を書き始めたという経緯があるが、第一期から第二期への自らの詩的転換点にあっても、ライナー・マリア・リルケやヘルマン・ヘッセといった西欧の詩人たちから学ぶことで対処したところに尾崎らしさがある。初期には白樺派からの影響があったものの（それとて根幹にはロマン・ロランが存在している）、その文学は日本的文学風土とは異なる場から形成されたというのが、尾崎の文学の一つの特色である。

こうして第二期の尾崎は、「過度な叙情の流れをせきとめ、ほしいままな述懐のひろがりを抑制して、それを即物的なもの、結晶的なものたらしめる詩法」(14)を獲得し、登山体験を積むなかで、自然詩人としての位置をより明確なものにしていった。一九四二年(昭和十七年)の『高原詩抄』までの時期をこのような時代として区分できるだろう。

しかし、『高原詩抄』と同年に出されたいま一つの詩集である『此の糧』(二見書房、一九四二年)では、詩の内容は一変する。

ああ、畏くも
大君は宣《のたま》うなり、
「皇祖皇宗ノ神霊上ニ在リ」と。
又ありがたくも宣うなり、
「朕ハ汝有衆ノ忠誠勇武ニ信倚ス」と。
あわれ今は家も命も惜しからじ、
御民《みたみ》我等数にも足らぬ悉くを、
ただにささげて、かえりみず、
大君のため、御国《みくに》のために参らせんかな。
(「大詔奉戴」部分『此の糧』)

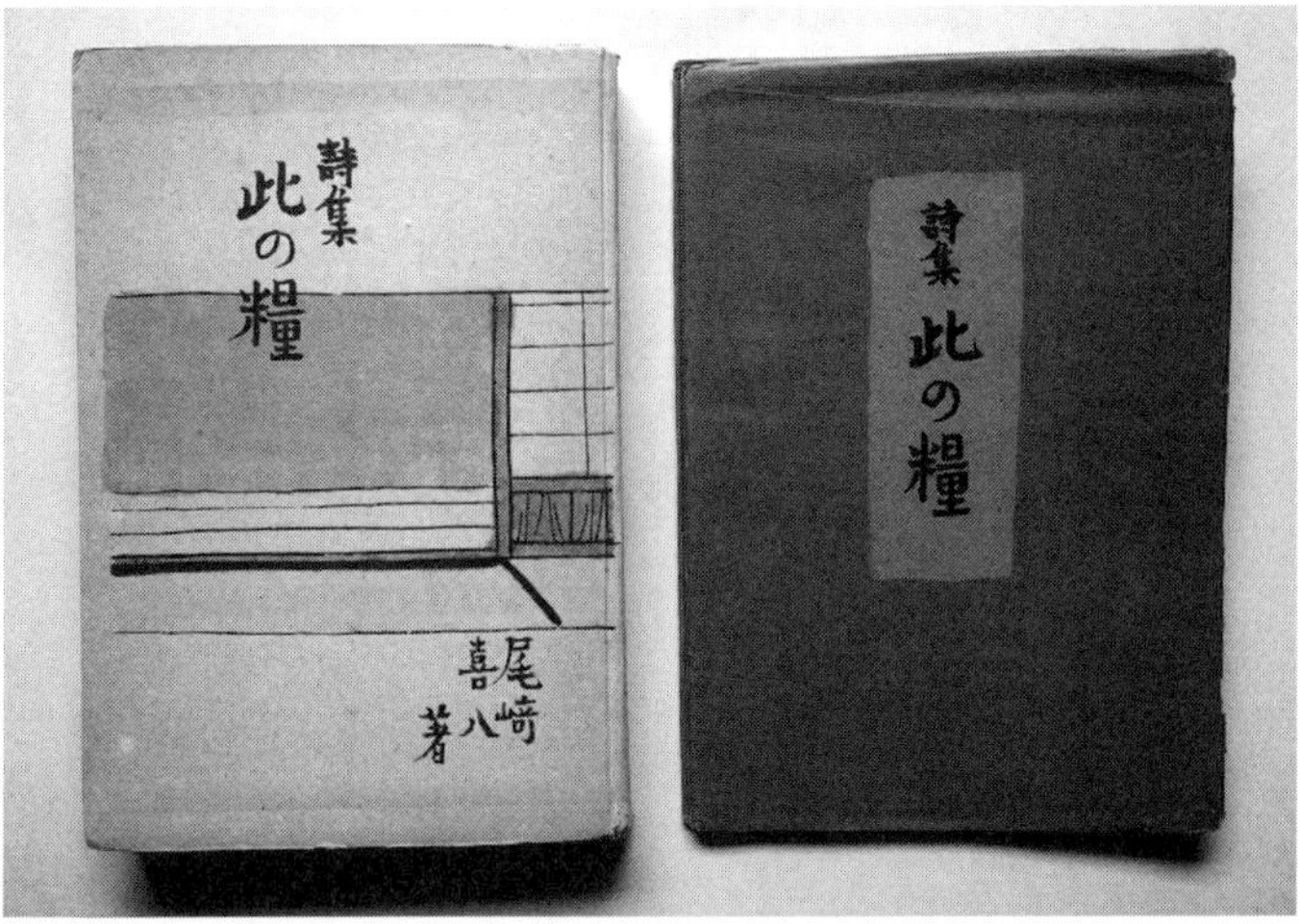

尾崎喜八『此の糧』（二見書房、1942年）の表紙とカバー

人道主義詩人から自然詩人へと変じていった尾崎が、今度は「戦争詩」の諸篇を多産するに至ったのである。その経緯に関しては、それ以前の尾崎の詩に戦争詩を書くことになる契機が既に内在していたのか、「詩という仕事によっていささかでも国に尽くしたいと思」[15]う心情と時代の要請とが合致したからなのか、様々な検討と批判的な考察が必要だが、大きな課題なのでここでは深くは触れず、いま一つ詩を引くにとどめる。

芋なり。
薩摩芋なり。
（略）
大君の墾《はり》の広野《ひろの》に芋は作りて、
これをしも節米の、
混食の料《しろ》とするちょうかたじけなさよ。
（「此の糧」部分『此の糧』）

詩集『此の糧』の冒頭に配されたこの詩は、一九四一年（昭和十六年）十二月二十四日の文学者愛国大会の席上で尾崎自身によって朗読された詩である。その会場にいた三好達治は「ただ耳で聴いただけでさういふ場合の例になく非常に感心し珍らしく感動を覚えた」と述べ、その詩的技法にも高い評価を与えた。[16]また、河盛好蔵も三好同様の見解を示し、その時の感動の正体を「必死になって戦争を闘っている国民大衆のその健気さに感動した作者自身の美しい感動」が伝わったからであるとし、「戦争讃美の詩などでは決してない」と結論付けた。[17]河盛は、尾崎の詩にいくつか見られる一連の勤労詩として系譜付けたのだが、仮に「此の糧」の一篇に勤労詩としての側面があったとしても、「大君の墾《はり》の広野《ひろの》」に作る薩摩芋の詩をあえて勤労詩に分類しようとするのは曲解にすぎるだろう。ましてや先に引用した「大詔奉戴」などを、戦争詩ではないと言い逃れることはできない。詩集『此の糧』は、そこに現れる紋切り型の口調といい、個別の自己を棚上げにした「我等」という呼称といい、戦いを鼓吹する文言といい、戦争詩そのものと言わなければならない。こういう戦中の戦争詩の時期を、第三期と位置付けることができるだろう。

しかし、『此の糧』や『同胞と共にあり』（二見書房、一九四四年）に残した諸篇によって、尾崎に戦争詩人のレッテルを貼って葬り去ろうとするのは、一面的すぎると思う。なぜなら、尾崎の詩業はその後も長く続くし、戦後の詩については、それはまたそれぞれのテクストに沿った評価がおこなわれるべきだからである。

2　再生への道……富士見時代

私は元来人間の幸福と平和とに捧げるべき自分の芸術を、それとは全く反対の戦争というものに奉仕させたおのれの愚かさ、思慮の浅さを深く恥じた。（略）そしてもしも許されたなら今後は世の中から遠ざかり、過去を捨て、人を避けて、全く無名の人間として生き直すこと、それがただ一つの願いだった。

（「告白」の自註、『自註富士見高原詩集』）

尾崎の戦後は富士見高原から始まる。戦争詩や軍歌を量産した戦時下の自らのおこないを責め、社会から隔絶し慎みの生活を送ろうとしたのである。そのとき、社会や友人らとの断絶と引き換えに尾崎が近づき頼りにしようとしたのが、信州・富士見高原の自然だった。

ああ八ガ岳。今私はおんみの深い麓にわけいり、この悔悟と敗残の身をおんみの暗く涼しい森、おんみの清冽な泉に托する。

散文「到着」（『高原暦日』あしかび書房、一九四八年）の一節である。富士見での生活は、元来自然好きで三十代半ばから登山に傾倒するようになった尾崎に、絶好の自然観察の機会と山に親しむ環境を与えたのである。加えて世俗と人事からの隔たりは、「悔悟と敗残の身」である尾崎に精神的な安定をもたらすことになる。足かけ七年にわたる豊かな自然環境のなかでの内省の日々が、詩法とその詩趣にも変化を与え、詩人尾崎を復活させた。富士見隠棲は戦争責任に対する自己処罰の意味があったが、図らずも詩の領域で『花咲ける孤独』（三笠書房、一九五五年）という一つの達成につながったのである。この富士見時代の再生に至る時期を第四期と位置付けたい。

つめたい池にうつる十一月の雲と青ぞら。
たえず降る緋色のもみじが水をつづる。
遠く山野を枯らす信濃の北かぜ、
もう消えることのない連山の雪のかがやき。

枯葉色のつぐみの群がしきりに渡る。
牧柵にとまって動かない最後の赤とんぼ。
ゲオルク・トラークルの「死者の歌」が
私の青い作業衣の膝で日光にそりかえる。

（「晩秋」『花咲ける孤独』）

この詩では戦前の詩にあった過剰な説明はなく、体言止めを多用し、抑制された恬淡な表現を心がけている。またこの詩集全体を見渡しても、ほとんどの詩が短いものであり、戦前の詩法とは明らかに変化していることが実感できる。そして、五十代の後半にあたるこの期の作品は、老境にさしかかりつつある者の心情が現れ始めたことも一つの特徴になっている。この富士見時代は、戦時下の自らの過誤を反省する期間だったし、同時に自らの半生そのものを振り返り、残生に思いを致すときともなったのである。こうして第四期の詩は、戦前の自然詩人としての面を引き継ぎながらも、人生についての思いを歌う詩が多くなっていく。

いつか私に正午は過ぎて、
今　太陽はつづく世代の頭上にある。
地に落ちる私の影がすでに長い。
なんと南中の時の短かいことか。

（略）

多くの葉が私に燃え、
多くの焔が私をうずめる。
こうして日も傾いてなお暮れなずむ秋の野に
孤独の絢爛を私は遠く織っている。

（「夕日の中の樹」部分『花咲ける孤独』）

この詩は自身を「夕日の中の樹」になぞらえ、人生の晩年を迎えつつある心境を歌っている。ここで注目すべき個所は「孤独の絢爛」という表現だが、鳥見迅彦はこれについて「この詩人にとって「孤独」は必ずしも悲嘆ではないということであり、むしろはなやかな夕焼けを遠望するようなよろこびやたのしさを意味している[18]」と評している。戦争詩を書いたことによって多くの友人が離反したこと、山村での孤独な生活、老いを迎えつつある自分、それらに発する寂しさはみんな自身が引き受けなければならないもので、それには「孤独」をも「絢爛」と捉える強靭な精神を必要とする。

尾崎は詩人としての出発にあたって、「人間及び詩人としての私の存在理由は、私自身がより強くより正しく生きることによって歌い、より明らかにより美しく歌うことによって生きるという、この単純で熱烈な要求を実行する事のほかには無い[19]」と宣言したが、これが尾崎の文学者としての基点であり、人間としての原点だった。自己の存在理由をこのように定める姿勢はあまりにも謹厳すぎ、柔軟性を欠く発想とも思えるが、この厳格な実直さと生きることに対する自信が、戦前・戦中・戦後を通しての尾崎の自我の根源だったのである。

「夕日の中」に立ち半生を総括する尾崎には、戦中の過誤を認めながらも、なおかつ総体としては自らの生を肯定したいという思いがあったのだろう。しかし、自己の内部では「戦争詩」を含む創作とその生を清算しえたとしても、それは自己のなかで完結した論理と心情においてでしかない。生きる基準を自己のなかに求め、自己完結する尾崎は、「孤独の絢爛」を従容として受け入れざるをえないのである。

疲れているのでもなく　非情でもなく、
内部には咲きさかる夢の花々を群らせながら、
過ぎゆく時を過ぎさせて
遠く柔らかに門をとじている花その、

私だ。

（「告白」部分『花咲ける孤独』）

これが『花咲ける孤独』の冒頭に置かれた詩篇だが、尾崎は自分なりの回路を通した内省と隠棲を経て戦中の自己に区切りをつけ、こうして遅れた戦後を生き始めた。しかし、それはあくまでも、個人の内部で決着がついたというにすぎない。尾崎には、自らの詩によって戦時下の民衆が愛国的心情を増幅させたという、他者に対する責任の意識が欠落していたと言わなければならないだろう。山室静は『花咲ける孤独』に対して、「そこには高村光太郎の『典型』のような自虐も、深い傷心も見られない。戦争詩の時期を飛び越えて、ほとんどそのままに『旅と滞在』の詩風を受けているのは不思議なほどだ[20]」と不満を表明している。非常に辛辣な批評であり、山室にとって、戦争詩を書いたことに対する反省は富士見での隠棲だけでは足りず、そこでの反省と総括を受けて、その思いをその後の詩のなかで表現することでなければならなかったのだろう。戦前の詩に戻ることではなく、戦中の負の体験を踏まえたさらなる詩境を期待したのである。

しかし、尾崎は単に戦前の詩に戻ったのではなく、山室も「失意の孤独とその中で迎えた老年が、とかく過剰がちだった脂気と野心を洗い落し」たと評価し、その詩風を「清らかで静かな気品あるものにした」と認めたように[21]、単に『旅と滞在』へと逆戻りしただけではない。戦中の過誤とその反省からおこなった富士見隠棲は、詩的技法と詩の品格における進展を導いたのである。登山や自然を愛好する尾崎の生活と一体となったところに成立する「自然詩人」としての作風は、尾崎の最も根源的な部分であり、この第四期にあたる詩についてはもっと注目すべきだろうと考える。

3 「アルプ」の時代

さて、そういう「自然詩人」としての尾崎だからこそ、その後、参加していくことになる雑誌がある。串田孫一が中心となって刊行された山岳雑誌「アルプ」である。本節では「アルプ」や串田との関わりを通して、晩年の尾崎の詩業について見てみたい。

串田孫一によれば、尾崎との初めての出会いは「昭和五年か六年」、秩父に向かう際、偶然同じ汽車に乗り合わせた尾崎を河田楨から紹介されたときであるという[22]。その後、尾崎と串田の交流は半世紀近くにもわたり、登山や自然観察、あるいは文学を軸としてなされていく。第3章で述べたように、一九五一年（昭和二十六年）四月に串田は同人詩誌「アルビレオ」を創刊するが、その創刊の冒頭を飾ったのは、尾崎が富士見から寄せた「地衣と星」だった。そして、五八年三月に創刊された「アルプ」の名付け親となったのも尾崎だった。その後、尾崎と串田の交流は「アルプ」の場を通してより一層盛んになり、ここが晩年の尾崎の主要な発表の場になっていく。この「アルプ」以降を第五期と位置付けることができるだろう。

この期の尾崎の仕事としては、串田や畦地梅太郎などとともに編集に当たった『山のＡＢＣ』（創文社、一九五九―六九年）三部作[23]も忘れられない。これは登山に関連する様々な事項をアルファベット順に説明・記述するという企画だが、ここには「登山」を単なる肉体的行為として終わらせるのではなく、「登山」を美しく楽しい芸術的な書籍として結晶化しようとする尾崎や串田の志が詰まっている。尾崎が志向する登山とはどのようなものだったのかという答えがここにはあり、尾崎の登山人生の一つの帰結だった。このように、この期の尾崎には串田との交流のなかで登山文化に関わる仕事が加わったが、山岳雑誌「アルプ」には、意外にも尾崎の登山に関する詩文は多くはなく、書かれたとしても回想としてのそれである。体力的な問題から既に現役の登山者ではなくなっていたからだが、それは自然観察でも同様で、「アルプ」に載る文からはフィールドからも年々隔たりがちになっていくさまがうかがえる。登山や自然に関する詩文に代わって増えてきたのが、尾崎が生涯にわたって自身の人間形成の一つの契機として接した、音楽に関する内容の散文である。

音楽関連の随筆は別として、この時代の尾崎の詩文が何か散漫な印象を受けるのは、具体的な登山行為や自然観察を経ていないことに起因する。『山の絵本』のみずみずしい輝きはそこにはもう存在せず、「アルプ」からは、号を重ねるごとに「老い」が伝わるようになっていった。にもかかわらず、尾崎は「アルプ」での詩文による表現活動をやめようとはしなかった。高原の風や花々の色彩が体感として伝わるような詩文は影を潜めたが、それに代わって、「アルプ」からは尾崎の「詩」に傾ける情熱がひしひしと伝わるようになる。我々が感服し、畏敬しなければならないのはそういう尾崎についてだろう。

自分が植えれば必ず花が咲き実が成るというそんな不遜な考えでは詩は出来ない。
楽々と書けるのはすでに心の老いの兆《きざ》し、
真に詩に苦しむのは魂と体の若さの証拠だ。
(「詩を書く」部分㉔)

これが「アルプ」に載った最後の詩である。最後の最後まで「詩」にこだわり、創作の苦悩から逃げようとしなかったこの姿は、かつて「生きること」と「歌うこと」を同義語《シノニム》とし、そこに詩人としての矜持《プライド》をおいた、青年時代の尾崎の姿と何一つ変わるものではなかった。

おわりに

尾崎の長い詩業が持つその幅広い内容に比べると、今日、その文学は限定的に読まれ、一面的にしか理解されていないのではないだろうか。本章を書くに至った動機は、そういう事態を前にしていま一度、尾崎の詩業の全体を概観することで、彼を再考する契機としたかったからである。

文学史的な観点から見ると、尾崎は不遇な詩人だったように思う。尾崎は萩原朔太郎や高村光太郎がなした口語自由詩をより一層咀嚼し、それを自家薬籠中のものとした詩人で、そういう点でもっと評価されていい。しかし、尾崎が外国思潮の影響から脱し自然詩人として独自の道を示し始めていく頃は、モダニズム詩やプロレタリア詩の隆盛の時期で、尾崎のような旧派の詩人は陳腐な存在と見なされざるをえない状況だった。その後、「四季」（四季社）が詩壇の中心となる時代を経て、尾崎が詩壇のなかで大きな位置を占めることになるのは、皮肉にも「戦争詩」を量産した時代だった。したがって、尾崎が文学史のなかで前景化するのは、この戦時期の仕事についてである。そのため、今日尾崎が振り返られる際には、「芋なり。／薩摩芋なり。」の『此の糧』の詩人として、「第二次特別攻撃隊！／半夜その写真をつくづく眺め、／印度洋渺茫の水のひろがりを想像しながら、／ひたすらに自分たちの為すことの／いまだ足らないのを恥じるばかりです。」（「第二次特別攻撃隊」、前掲『同胞と共にあり』所収）などと銃後の心得を説いた詩人として、否定的に評価されてしまうのである。

尾崎個人を断罪するためではなく、次代への伝言として、戦時下の詩業とその後の行為をつぶさに検証する作業は無論必要である。(25) しかし問題なのは、その他の膨大な詩篇を脇にやり、「戦争詩」だけを捉えて批判の対象にすることであり、あるいはその反動として、「戦争詩」にはあえて触れず、「自然詩人」としての側面だけを捉えて詩人像を形成しようとすることである。これだけ長い詩歴のある詩人なので、一面的な評価ではなく、その業績を腑分けして、評価すべき点、批判すべき点を個別に考察する必要があると思う。尾崎の詩をいま一度幅広く読み返すならば、そのわかりやすい口語自由詩のなかに熟達の表現を見いだしたり、「孤独の絢爛」に共感する詩篇に出会ったり、多くの尾崎像を発見することができるはずである。先入観にとらわれた一面的な評価から脱し、それぞれのテクストを鑑賞し、吟味することを通して、尾崎の詩を再考する必要があるのではなかろうか。

注

(1) 詩碑では、題名は「美ヶ原」で、表記は漢字とカタカナになっている。

(2) 一方では、熱烈な愛好者が人物像を中心に置いてその文学について論じたり、「尾崎喜八資料」(尾崎喜八研究会)が刊行されたりするなど、細部にわたる研究も多くなされている。また、山や高原を好む人たちからは、それらを対象とする詩文が愛好されてもいる。しかし、そういった状況は尾崎にゆかりがある研究者や一部の熱心な読者に限られ、広がりを欠くのが実情だろう。

(3) 尾崎は前掲『花咲ける孤独』で、自伝的な年譜を書いている。本章での年譜的事項はこの「略年譜」による。

(4) 山室静の鑑賞文による。『日本の詩歌17』(中公文庫)、中央公論社、一九七五年、三〇二ページ

(5) 大塚常樹は尾崎の詩「新しい風」(前掲『高層雲の下』所収)を大正生命主義の脈絡から捉えている。和田博文編『近現代詩を学ぶ人のために』世界思想社、一九九八年、九一―九二ページ

(6) 前掲『日本の詩歌17』三二二ページ

(7) 尾崎喜八「後記」『空と樹木』(「尾崎喜八詩文集」第一巻)、創文社、一九五九年、三〇四ページ

(8) 尾崎栄子「父と転居」「歴程」第百八十七号、一九七四年、六ページ
(9) 同論文七ページ
(10) 前掲『日本の詩歌17』三三七ページ
(11) 同書三三九ページ
(12) 尾崎喜八「後記」『旅と滞在』(「尾崎喜八詩文集」第二巻)、創文社、一九五九年、二八九ページ
(13) 前掲『日本の詩歌17』三三九ページ
(14) 前掲『旅と滞在』二八九ページ
(15) 尾崎喜八『自註富士見高原詩集』青娥書房、一九六九年、二ページ
(16) 三好達治「この糧《(ママ)》」『屋上の鶏』文体社、一九四三年、六七―七一ページ
(17) 河盛好蔵「詩人の肖像　尾崎喜八」、前掲『日本の詩歌17』所収、四〇一ページ
(18) 鳥見迅彦「尾崎喜八」、伊藤信吉ほか編『人道主義の周辺』(「現代詩鑑賞講座」第六巻)所収、角川書店、一九六九年、二六七ページ
(19) 尾崎喜八「序」、前掲『空と樹木』三〇四ページ
(20) 前掲『日本の詩歌17』三七〇ページ
(21) 同書三七一ページ
(22) 串田孫一「解説」『山の絵本』(岩波文庫)、岩波書店、一九九三年、三三九、三四五ページ
(23)『山のABC』(串田孫一ほか編、創文社、一九五九年)、『山のABC2』(串田孫一ほか編、創文社、一九六二年)、『山のABC3』(串田孫一ほか編、創文社、一九六九年)の三作。
(24)「アルプ」第百七十九号、一九七三年、五八ページ
(25) 戦争詩の内実と経緯を顧慮することなく書いたか否かだけが問題にされたり、あるいはそれによっ

てすべての仕事が否定されてしまうような論調がときに見受けられるが、戦争詩はそういうオルターナティブな問題ではないだろう。また、戦争詩を書いたことですべての詩業が否定されるのでも、人格が問題となるのでもない。山口耀久は、「不思議なことに尾崎さんを好きな人に、反戦的な思想をもった人が多いのです」と語り、社会主義者だった鳥見迅彦、「玉砕」を否定し「腐儒瓦全」を標榜した串田孫一、憲法「九条の会」の会員である自分自身を引き合いに出している（「山口耀久さん『北八ツ彷徨』を語る」「緑爽会」第百三号、日本山岳会緑爽会、二〇一一年、三ページ）。このことは、尾崎の戦争詩を考察する際の何らかのヒントを秘めているように思われる。

＊尾崎喜八の引用については、特記されたもの、および前掲『自註富士見高原詩集』からの引用以外は、『尾崎喜八詩文集』（全十巻、創文社、一九五九―七五年）に拠った。

第9章　鳥見迅彦の〈山の詩〉

はじめに

一九五六年（昭和三十一年）に『けものみち』（昭森社、一九五五年）によって第六回H氏賞を受賞した鳥見迅彦は、いわば〈山の詩人〉と言っていいだろう。刊行した詩集『けものみち』『なだれみち』『かくれみち』は、いずれも山を素材にした詩が大半を占め、長年にわたって継続的に〈山の詩〉を書き続けてきたことを示している。しかし、山に関するこれらの詩篇は、単に山岳の自然美や登山行為の苦楽を歌うという、表層的な〈山の詩〉ではない。またその内容は、登山行為そのものの孤独を表現したもの、登山を通しての仲間との交歓を歌ったもの、山や登山という場を借りながら人間やその社会を批評したものなど多様で、その詩風を一筋縄で捉えることはできない。確かに鳥見の詩篇の多くは〈山〉という場から発せられているが、それらを単に〈山の詩〉としてだけ扱い、鳥見に〈山の詩人〉のレッテルだけを貼ってよしとすることはできないのである。なぜなら、鳥見の〈山の詩〉には、戦前・戦中・戦後の様々な日本社会の現実相と、鳥見自身の社会との関わりが色濃く反映されていて、〈山〉や〈登山行為〉の背後には様々な象徴的・寓意的意味が潜在しているからである。大洞正典が「私の心に引っかかっているのは、鳥見さんを〝山の詩人〟と限定していいのだろうか[1]」と疑問を呈する理由もここにあるだろう。

鳥見の詩の特色は、そういう社会的現実に対する批評精神と登山行為とを融合させ、独自の新たな〈山の詩〉を作り出したところにあると言えるだろう。また、鳥見は「アルプ」誌上に多くの詩篇を発表し、「アルプ教室」において講演などもおこない、その中核を担う存在として活動した。時代性・現実性とは疎遠にみられがちな「アルプ」にあって、鳥見は異質な存在のようにも見られるが、鳥見と「アルプ」の関係は〈山〉を鍵にして密接につながっていた。本章では「歴程」や「アルプ」との関わりに触れながら、鳥見の詩篇のいくつかを具体的に見てみたい。そして、その詩的世界の独創性を探るとともに、時系列的に見た〈山の詩〉の内容の変遷について考えてみたい。

1　詩集『けものみち』と詩誌「歴程」

その内側に重石《おもし》がつるしてある。
ギイーッときしんで、扉はひとりでに閉まる。
夕闇の沁みこんだ一枚の落葉を肩にのせて、その男は入ってきたのだ。

誰もいない。

その男の顔をごらん。
灰色の鼻、黒い唇、額は緑と赤のだんだら。
どすんと尻餅をついて、
大きくみひらいた眼は紫。
　（略）
この男がどこから逃れてきたのか、たしかなことはわからない。
大きな玩具箱のなかからか？
ひからびたパンの端からか？
とまつた時計の下からか？
それとも牛乳くさい接吻のあいだからか？

きのう最終列車にさむざむと乗りこみ
目をつぶつたまま運ばれて
夜明けに小さな停車場に着いた。それから
自分を初冬の錆びた針でつきさしたのだ。この男は。

けれどもいまはもう安心。
扉は閉つているね？

戸口でさわいでいるのは、あれは後をしつこくつけてきた風。
重石は黒い滑車からまつすぐにさがつている。
だれの爪もここまではとどくまい。

さあ、ランタンに灯を入れよう。
土間のいろりに薪を燃そう。そして
煙と炎を相手に教義問答をしよう。

ほんとに大丈夫だね？
誰もここまでは追いかけてこられないね？
（「山小屋」部分）

これは第一詩集『けものみち』に収められた詩篇で、何ものかに追い詰められ、「山小屋」に逃げ込んだ男を描いている。はたして、この「山小屋」での、何ものかに追われ追い詰められているさまには、日本社会のどんな状況が反映されているのだろうか。そしてまた、そこには鳥見のどんな経験

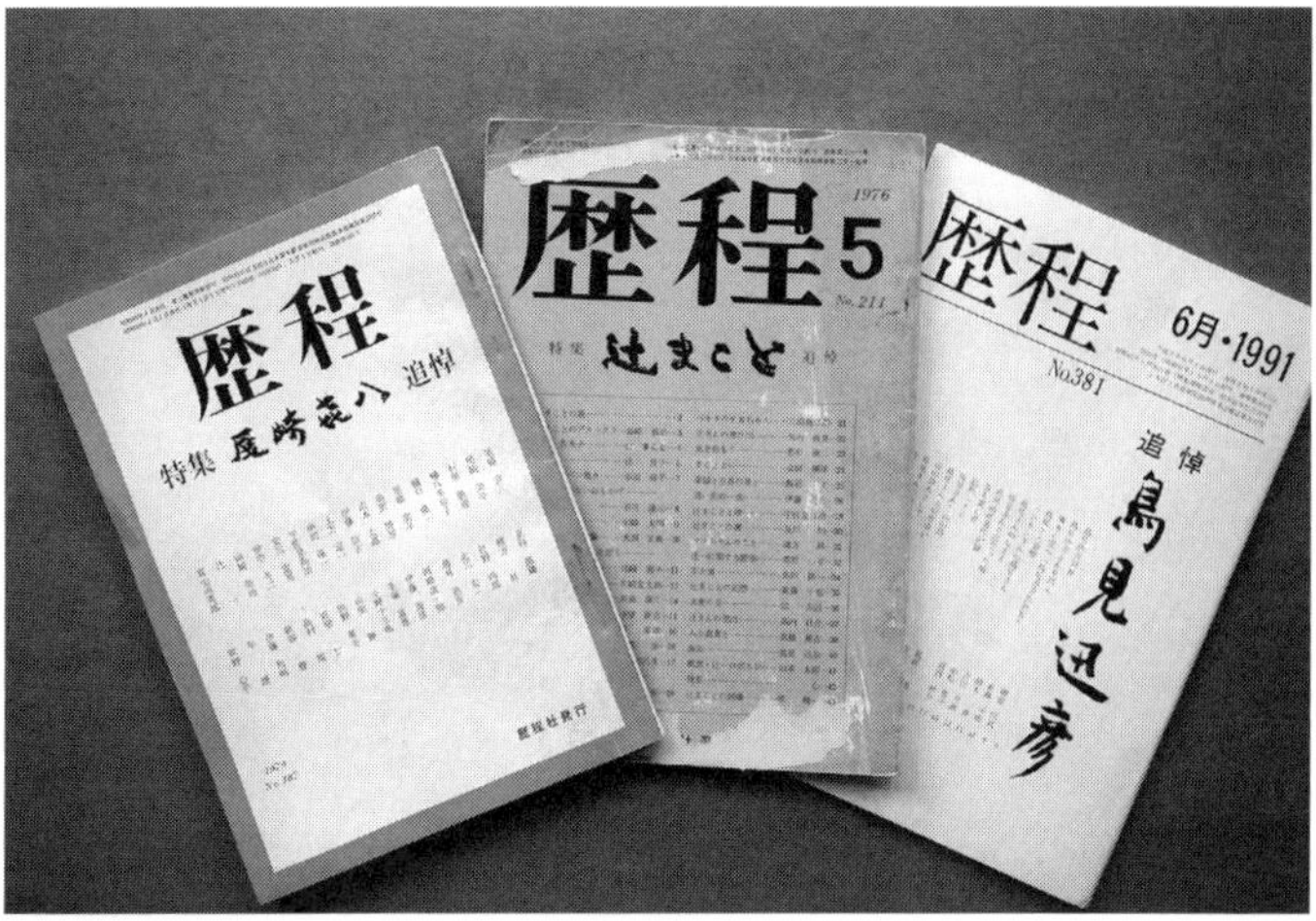

「歴程」（第3部に出てくる詩人たちの追悼号）

が影響しているのだろうか。このことを考える場合、『けものみち』の諸篇が書かれた昭和二十年代という時代を念頭に置く必要があるだろう。池崇一が「鳥見迅彦の被害者意識は、満州事変から太平洋戦争にかけての、あの特高警察と弾圧の、沈黙と灰色の季節に育くまれた(2)」と述べたとおり、「山小屋」の詩の背後には戦後の日本社会があり、また、その奥には鳥見の青春期である戦前・戦中も絡み合っていると見るべきである。

　鳥見の前半生が、社会主義運動との関わりのなかにあったことは記憶されていいことだろう。『けものみち』を解説した文のなかで、「悪魔のプログラムにしたがって、ぼくはある軍需工場に徴用された。そして毎日をひどくおびえて過ごした。一つの不吉な予感があって、たえずぼくをさいなむのだった。ある日、その予感が事実となった。見知らぬ黒い自動車が、ひっそりと、ぼくを迎えにきたのである。警察だった(3)」と回想されたように、鳥見は大学時代に一度検挙されたのに続き、戦時下には、軍需工場内で反戦運動をした嫌疑で検挙されたという経験を持つ。そして、「あの狂暴な戦争とファシズムとがぼくのうえにのしかかることがなかったならば、ぼくは詩などという不幸な事に手を出しはしなかったろう」とも述べたように、詩の創作に関わるようになった原点には、「戦争とファシズム」の暴挙に対する抗いが存在したのである。こういう観点を通して先の「山小屋」を読み直して見ると、「追われる」という恐怖は強迫観念としてではなく、現実のものとしてリアルに迫ってくる。

さて、そもそも鳥見は「歴程」の同人であり、「歴程」には戦後復活した第四号（通巻第三十号、一九四八年）から詩を載せ始めている。そして、昭和二十年代後半から三十年代前半にかけては、極めて密接に「歴程」と関わり、編集実務も担当している。鳥見は戦後の「歴程」のメンバーのなかで、中心的な役割を担った人物だと見なしていいだろう。(4)

その「歴程」とは個性豊かな詩人の集まりで、そこに集まる詩人たちを一つの枠にはめ込むのは難しく、その主義・主張をまとめるのは困難な集団だというのが、一般的な見方と思われる。草野心平の求心力をもとに緩やかに集まった集団だと捉えるのが妥当で、取り立ててマニフェストをつくるような集合体ではない。

しかし、そういう雰囲気の集団として「歴程」を捉えようとすると、鳥見の次のような態度はかなり先鋭的に映るはずである。

今後とも、ますます詩作品を雑誌の中軸とする。局所的、回顧趣味的、身辺雑事的、要するに魂の中枢からの発言でない種類の散文は、これを拒否する。

「歴程」第七十六号（一九五九年）の編集後記に該当する「告知板」という個所に、「鳥見・宗」の連名で記されたものである。会田綱雄が編集当番の任を辞し、新しく当番として鳥見を迎えたときのものので、もう一人の当番は宗左近のようである。このきりりとした宣言は、「歴程」に「魂の中枢」から発せられる抑制がきいた「詩」を強く求めている。また、「告知板」の別の個所には、「今号までの雑誌が沈滞しているとも、弛緩しているとも、思つているわけではない」と断りながら、「発表すればそのまま古典となるような作品をますます数多くお寄せ下さるとともに」云々とある。これらの文言からは、明らかにそれまでの「歴程」にあきたらないものを感じていたということが伝わり、新しく編集当番となった鳥見が、新たなる「歴程」への変貌を期していたことがわかる。〈戦後詩〉を牽引した「荒地」と「列島」を、各人の個性に依拠した「荒地」と、集団的運動体としての実践活動を目指した「列島」といったように、その性質を分けて捉える場合、鳥見が目指した「歴程」とは、それら二つの性質を止揚するようなところにあったのではないだろうか。つまり、鳥見は個性豊かな各個人個人に「魂の中枢からの発言」という統一精神を求め、各人が個人に依拠しながらも共通の詩精神を持つ集合体として、「歴程」を位置付けようとしたのではないだろうか。

さて、「山小屋」と同じように何ものかに束縛され、そこからの解放を求めたものに、次のような詩がある。

この手錠をはずしてくれたまえ
はずしてくれたまえ
この手錠を私にはめたのはそこにいる黒い服の男だが
その男のうしろで
あなたは目をほそめ
きいろい菊の花の小枝で顔をかくし

ああねじきれるものならねじきりたい
ねじきつて机の上へぽんとおいてさつさとここからでてゆきたい
左手くびを右手でさぐり右手くびを左手でさすり
そうして山の尾根みちを風にふかれてあるきたい

けれども黒い男はあやつり人形のように私にちかづき
きやあきやあさけんで私を打つたりした
(「手錠と菊の花」部分)

この詩は『けものみち』の冒頭に置かれたもので、いわば鳥見の詩の原点と言えるものだが、ここには「魂の中軸からの発言でない種類の散文」を拒否した鳥見が求めた詩境があると言っていい。

「手錠や拷問は、反人間的であるという点で、むしろ強烈な人間ドラマである」(5)と鳥見は述べたが、これには捕らわれを契機として自身のアイデンティティーを探った、自分自身の体験が関係している。先に記したように、「戦争とファシズム」が詩を書き始めるきっかけになった鳥見にとって、人間存在とは、手錠をはめられもがき、そこからの解放を叫ぶところから始まるのである。『けものみち』にはこういう拘束された生の状況が頻繁に描かれる。

しかし、鳥見はいつまでも自身を被抑圧の側にだけ置いておくわけではない。

そんなにむごい殺されかたで
野うさぎよ！　おまえは
殺された
山中の豆畑のけちくさい縄張りを自由なおまえが越えたからか？
アメリカ製のあの残忍な跳ね罠《ジャンプ・トラップ》がおまえにとびついたとき
おまえは自分がわるかつたと思つたか？
片足を罠にくいつかれたままどんなにそのいやしい仕掛とたたかつたか？
罠は離れはしなかつた
長い耳を降服の旗のように垂れて
おまえはけれどもその朝まで生きていた
銃を持つたにんげんがやつてきて

おまえを助け出すかわりにおまえの顔や胸をいきなりひどく
それからあとのことはおまえの知らないことだ
おまえは血だらけで木につるされて毛皮をはがれ
肉はこまかくきざまれて鍋に入つた
わたしがいまもくるしむのは
野うさぎよ！
おまえの殺されかたをだまつて見ていたことだ
あのアメリカ製の罠やあの鉈に抗議もせずにいたことだ
おまえのその肉をわたしもじつは食つたことだ
しかもうまいうまいなどとおまえの敵たちに追従わらいをしながら
おまえを食つてしまつたそのことだ
（「野うさぎ」）

これは「歴程」第三十五号（一九五一年）に載った詩だが、この罠にはまった「野うさぎ」とは自分自身の仮託でもあり、その点で、手錠をはめられもがくことしかできない人間のさまが描写された、「手錠と菊の花」と同様の状況を示したものと言える。この詩の場合はアメリカ（連合国軍）による占領政策に対する批判も透けて見えるので、その批判対象は重層的に捉える必要があるだろうが、基本的にはここでも「戦争やファシズム」など、何らかのものによって弾圧され抑圧される者の姿が描かれていると捉えていいだろう。

そうやって人間の存在は脅かされ、人間は拘束されるのだが、しかし、そういう場にあっても、人間は常に被抑圧者の側にだけいるわけではない。「野うさぎ」を見殺しにし、抗議もせずに肉を食ったのも自分自身なのである。人間は、ときには都合よく体制の傘の下に入り、そのおこぼれを享受し、他者を抑圧する側にもまわるのである。鳥見の姿勢が信頼できるのは、自らのそういう側面を認め、自分自身をもサディスティックに糾弾するからだろう。

第一詩集『けものみち』は、「戦争やファシズム」などがもたらす非人間性を暴くだけでなく、強く自らの倫理性を問い直し、厳しい自己認識をおこなうところに、その大きな特質を見ることができる。

2　詩集『なだれみち』と「アルプ」

第二詩集『なだれみち』にも、先に見た「山小屋」と同じように、山小屋（山荘）をテーマにした次のような詩がある。

いまストーブに白樺の薪を二、三本ほうりこんだところ。
よく燃えてきて、両方の膝小僧が熱い。

鉄板のうえでは鶏の片ももがじゅうじゅうと悲鳴をあげ
ピンクからブラウンへと容赦のない運命に焼かれている。
ウィスキー・グラスには飲みかけの半分。

もうじき山から仲間たちが帰ってくる。
霧氷にとりかこまれたこの古く親しい山荘へ
雪やけのめがね猿の一団が喚声をあげてとびこんでくるのだ。
感激先生、自慢屋、ほらふき、ひとまね上手。
生きることのたのしさに心すずろな若者たち。

きのう足を挫いてびっこになった一匹は
きょう留守居のひとりぼっち。

黒いつまみのある真鍮色の丸帽子をかぶって
夕暮ちかい午後を唄っているのは、それは
粉雪にまみれて帰ってくる猿たちをあたためるために
待遠しく沸いて蓋を鳴らしている大薬缶。

（「山荘で」）

第一詩集『けものみち』と第二詩集『なだれみち』の間には、十四年の隔たりがある。『けものみち』に収録されたものは、昭和二十年代に書かれた詩篇だが、『なだれみち』のそれは高度経済成長のただなかで書かれ、出版されたもので、詩篇が書かれた時期や出版時期の背景はおのずと異なる。また、『けものみち』に収録された詩篇が書かれたのは、鳥見が「歴程」で中心的な役割を担った時期と重なり、『なだれみち』のそれは、山の芸術誌「アルプ」への参加の時期と重なることにも着目しなければならない。

引用した「山荘で」は「アルプ」創刊号に載り、のちに『なだれみち』に収録されたものだが、ここに描かれた山を通してのおおらかな友人たちとの交流は、「アルプ」に集う山仲間たちの雰囲気をよく表している。そして、この詩に表された雰囲気とは、「アルプ」という山岳雑誌が希求したものだったように思われる。端的に言えば、「山荘で」のなかに「アルプ」のマニフェスト的な要素を読み取ることができるのである。

「アルプ」の活動とは、単に雑誌を刊行することだけを意味せず、「アルプの集い」などを通して人的な交流を図ることもその活動の一環だったが、この「山荘で」という詩は、そういう交流の場としての「アルプ」の性質をよく反映している。一日の登山を終えた後の仲間たちとの楽しい集いを心待ちにする心情がよく出ていて、登山行為が持つ厳しさと楽しさという二つの要素のうちの、後者の空気がよく伝わってくる。「アルプ」という雑誌の活動は、登山や文芸・音楽などを介して人と人との交わりの場を演出し、そういう気の合った仲間たちが集う場を作り出すことにもあったのである。

しかし、「アルプ」という雑誌がそういう仲間意識とでも言える心情を基底にして成立し、この「山荘で」という詩にもそういう雰囲気が流れていたとしても、もともと登山という行為は、孤独で厳粛なものである。鳥見が書く〈山の詩〉が、いつも暖かな山荘の火を歌うものではないことは自明である。次の詩には、厳しい冬の山が描かれる。

午前三時。
雪崩《なだれ》という巨人が、まだ、
固く凍ったベッドで眠っているうちに
ぼくらは忍び足で出発する。

大きな声をだすな。
巨人が目をさますぞ。
くしゃみなどするな。

天がひろげる予言的な星座の絵図。
くらく息をころしてうずくまるV字の谷。

一本のザイルでむすばれて、ぼくらは

一ぴきの尺とり虫となり、
まぼろしの朝のひかりへと
巨人の横っ腹を踏んでですすむ。
（「眠る巨人」）

雪崩の猛威に対して、その危険を少しでも軽減しようと物理的な対応策を講じる登山者たち。しかしその一方で、精神的な恐怖は一向に軽減されるわけではない。「天がひろげる予言的な星座の絵図」とは、はたしてどんな予言を暗示する絵図なのか。声さえも潜ませなければならない夜半の出発。恐怖と緊張に縛られたその歩みは、大自然のなかにあって「尺とり虫」のような遅々たるものでしかない。冬の谷を行く登山とは、このように極小の人間による極限の行為なのである。

そしてまた、この詩に描かれた世界は、単に山での雪崩の危険という表層を歌っただけではなく、戦後社会を取り巻く「巨人」とその恐怖のなかで「忍び足」で生きる市民を表現したものとして、社会批評の詩として読む必要がある。第二詩集『なだれみち』が刊行された際、笹原常与は鳥見自身がこの詩集の「あとがき」に記した言葉を引用しながら、『なだれみち』の底流をなしているものは、『けものみち』の詩世界にも通じる「その運命的・悲劇的な」性格である。つまり私の言う自虐性を媒介項としてなされる倫理性への志向である[6]」との見解を示した。『なだれみち』は、「自己凝視と自己懐疑」を通して「人間批評、文明批評、社会批評等の諸批評」をおこなった『けものみち』の詩的世界を、基本的には継承しているというのである。そして、笹原は『なだれみち』の詩を内容から三つに区分し、「うしろむきの礫」「登攀者」の総題としてまとめられた作品群が、最も『けものみち』の世界を引き継いでいるとした。いまここに引いた「眠る巨人」の詩篇も「登攀者」の一篇であり、まさに『けものみち』の世界を引き継ぐものと見なしていい。

いま仮にこれらの詩群を第一類型と呼ぶとすると、その一方で、鳥見の〈山の詩〉には次のようなものもある。

クララときたら
両手で双眼鏡のまねなぞして
遠くのほうを見ている。
「よく見えるのよ」という。
ぼくも
クララのまねをして
手の双眼鏡で
見てみたら
朝日をうけて桃色にかがやく北アルプスが
いっそうはっきりと
よく見えた。
くびをまわすと

鳥見迅彦『なだれみち』創文社、1969年、『かくれみち』文京書房、1983年

移動撮影のような景色だ。
ついでに
クララの胸のふくらみのあたりを
手の双眼鏡で
よく見てやろう。
（「手の双眼鏡」）

「アルプ」第百二十号で発表され、のちに『なだれみち』に収録されたこの詩は、笹原が『なだれみち』を三区分した際に第二の群としたもので、「クララ」の総題としてまとめられた一群の詩の一篇である。笹原はこれらの詩を「愛とエロチシズムにかかわりを持つ傾向のもの」として捉えた。作者である鳥見も「わたくしが書きました山の詩は、かならずしも暗いものばかりではありません」「「クララ」ものには、クララという天真爛漫なおんなのこが出てまいります[7]」と自身で分析したように、鳥見の詩には一方でこういう明の

世界もある。これらの詩篇を第二類型と呼ぶことにする。

そして、第一類型・第二類型の明暗二種の中間項として、笹原が『なだれみち』で第三の詩群として挙げた、登山そのものを直接の主題とする作品群がある。いま仮にこれらを第三類型と呼ぶことにする。この第三類型は第一類型の詩群と異なり、寓意性による社会批判という側面よりも、登山行為そのものが持つダイナミズムとストイックな営みに焦点を当てた詩群と定義できるだろう。『なだれみち』の詩をこのように三つの類型に分けるのは極めて妥当な見解と思われるが、これはまた、単に『なだれみち』だけでなく、鳥見の詩業全体に通じることではないだろうか。

やや大雑把な捉え方になるが、第一詩集『けものみち』はほぼ第一類型で占められていたのに対し、第二詩集『なだれみち』では、それを引き継ぎながらも新たに第二類型と第三類型の詩篇が加わり、そして、第三詩集『かくれみち』では第一類型的な詩篇が減じ、第三類型の詩が増えていくと言えよう。

3 〈山の詩〉の変化

鳥見の詩業を三つの類型に分け、その変遷を見る際、問題になるのは、そうした変化が何に由来し、どういう意味を持つかということと、それぞれの類型間の関連である。

第一詩集『けものみち』と第二詩集『なだれみち』の間には、二つの隔たりを指摘することができる。まず第一は、十四年間の時間の隔たりであり、その間における戦後状況の変化である。一九五五年（昭和三十年）刊行の『けものみち』に収録された詩篇は、まだ戦後を引きずる時代状況のなかで書き継がれたものであるが、(8)『なだれみち』の刊行は戦争から既に四半世紀を経たときで、時代はことさらに平和や民主主義を唱える必要もないほど、それらは自明のものとなり、経済状態は戦後復興どころか高度経済成長を迎える状況にあった。この時代状況の相違は二つの詩集の内容に大きく反映しているはずである。

そしていま一つの隔たりは、この二つの詩集に収録された詩篇の初出誌の相違である。中原中也は、戦前の詩壇で大きな位置を占めた「歴程」と「四季」にともに参加した詩人だが、渡邊浩史はそのことに関連して、中原はそれぞれの発表媒体によって詩の内容を変えていたと論じている。(9)中原の件はさておき、発表媒体と作品の内容の相関関係があるということは、一般論としても大いにありうることである。鳥見においても、「歴程」と「アルプ」という二種の発表媒体の性質の差が、その詩の内容に影響したことは十分に考えられる。

第一詩集には主に「歴程」掲載の詩が収められたが、第二詩集『なだれみち』は、「アルプ」や「岳人」(10)（東京新聞出版局）などの山岳雑誌に掲載された詩を中心に編まれている。このことは必然的に詩集の性質を規定する。詩誌や文芸誌ではなく、山岳雑誌に掲載される詩は、その媒体や読者層から見て、文学の領域よりも登山の領域で勝負するものとならざるをえない。したがって、『なだれみち』に収録される山の詩は、寓意に基づく批評性を秘めた詩ではなく、純粋な登山行為そのものをテーマとするものが必然的に多くなる。鳥見の〈山の詩〉は交遊関係や関係する詩誌の変化のなかで、少しずつ変化を見せ始めるのである。

また、先に見た第一類型の詩篇が時代を経るにつれて減少していったのも、鳥見のなかで戦前・戦後の体験が持つ意味が次第に薄れていったこと、また、時代状況が持つ緊張感自体が希薄になっていったことが大きく関係しているはずで、ある面では必然の成り行きとも言えるだろう。「アルプ」創刊以降は、山仲間たちとの交流が深まるなかで詩の創作がなされたわけで、「歴程」に発表していた頃に比し、必然的に「登山」行為そのものを素材とする、第三類型に相当する純粋な〈山の詩〉が増えていく。総じて鳥見の〈山の詩〉は、時代を経るにしたがい、象徴性を帯びた〈山の詩〉から〈山の詩〉そのものへと純化されていったのである。

そして、そういう第三類型の詩の増加と同時に、第二類型の「クララ」ものの比重も増えていく。『なだれみち』出版の際には還暦近くなっていた年齢も、詩に対する寛容として作用し、ユーモアを含む詩篇を生産することにつながっていったと思われる。厳しく自己凝視し自らを痛みつけるまでに自己責任を課したストイックな姿勢から自身を解放するものとして、「クララ」ものが存在するのである。第一類型と第二類型の詩篇は全く異質で対極的な内容だが、実は表裏の関係にあり、この第二類型の詩があることによって鳥見自身の精神のバランスは保たれる。

このように鳥見の〈山の詩〉はいくつかの相貌を示し、少しずつ内容に変化があったが、共通するのは自らの登山経験に根ざした的確な心理と自然の描写であり、そこに鳥見の真骨頂がある。

おわりに

今日、鳥見迅彦の詩が読まれることはほとんどなく、わずかにアンソロジーでその〈山の詩〉が紹介される程度になってしまっている。しかし、山の景観の美を歌ったり山の姿や登山行為に対する感動を歌ったりする従来の山の詩から脱したその詩をいま読むと、読者は新鮮な読後感を得るだろう。なぜなら、鳥見は新たな山の詩を開拓したわけだが、その後、それに続いてそうした山の詩が書かれたことはなく、また先祖返りしたような山の詩に戻ってしまっているのが今日の状況だからである。山や険しい山道を素材として、そこに自らの人生を重ねるという独自の山の詩を創出した鳥見の功績は記憶すべきだろう。

また、鳥見の詩を〈戦後詩〉として捉えた場合も、そこに一つの位置を見いだすことができる。今日戦後詩を語る際、「荒地」ばかりが論じられ、ときにその対として「列島」が並置されることはあっても、その他の詩誌について語られることはほとんどない。鳥見が属した「歴程」は戦前の詩史では大きな位置を占めるものの、〈戦後詩〉のなかでそれがクローズアップされることは少ない。いわば、鳥見の詩は「荒地」中心の戦後詩のなかに埋没してしまっていたのである。しかし、その「荒地」の中核にあった鮎川信夫が、「『けものみち』の特異さは、表現技術の面よりも、主題とか内容の面で際立っている」と述べ、「けわしいみちに迷いこ」む姿の奥に「現代社会に対する作者の疎外の感覚」を描いたものと評価したこと[11]は重要である。
『けものみち』にはじまる鳥見の三冊の詩集は、山の詩としても現代詩としても一つの独自の世界を築き上げているのである。

注

（1）大洞正典「山の詩人として」「歴程」第三百八十一号、一九九一年、二八ページ
（2）池崇一「詩人論」「詩学」第十二巻第十号、詩学社、一九五七年、六六ページ
（3）鳥見迅彦「小伝」『現代日本名詩集大成』第十巻所収、東京創元社、一九六〇年、二ページ。以下の鳥見の引用もこれによる。
（4）鳥見死去の際には、「歴程」第三百八十一号で追悼号が出されている。
（5）前掲「小伝」二ページ
（6）笹原常与「鳥見迅彦詩集『なだれみち』など」「詩学」第二十四巻第七号、一九六九年、四六―四八ページ。以下の笹原の引用・要約もこれによる。
（7）鳥見迅彦「わたくしの山の詩」「アルプ」第百七十号、一九七二年、一一五ページ
（8）前掲『けものみち』の「あとがき」によれば、もともとこの詩集は「五年以上も前」に出版が予定されていたが、印刷屋や出版社の夜逃げなどで出版が頓挫したということである。その後の詩を加え、改編のうえ、昭森社から発行されたのが一九五五年（昭和三十年）だが、詩集の中核をなす大半の詩はもっと以前に書かれていたことになる。昭森社からの詩集は、高村光太郎が題簽を書き、草野心平の序詩、原精一の素描、土門拳の著者肖像写真を含むといった体裁だが、もともとのものには土方定

一の跋文があり、原精一ではなく辻まことの挿絵数点があったということである。
（9）渡邊浩史「「歴程」「四季」における中原詩の特質をめぐって」『中原中也――メディアの要請に応える詩』れんが書房新社、二〇一二年、一三九―一六九ページ
（10）「岳人」誌上で一九六〇年（昭和三十五年）の一月号から十二月号まで十二回にわたって、「山のSONNET」と題して詩を連載している。また、不定期での掲載もある。
（11）鮎川信夫「解説」、前掲『現代日本名詩集大成』所収、二九一ページ
＊『けものみち』所収の詩の引用は前掲『現代日本名詩集大成』に拠り（昭森社版の原詩集『けものみち』にはやや誤植が見られる）、『なだれみち』のそれは前掲『なだれみち』に拠った。また、初出誌が確認できた詩についてはその情報を記載したが、それが明記されていない詩は、未確認（あるいは未発表）のものである。なお、初出時と詩集とでは一部異同のある詩もある。

第10章　辻まことの〈風刺的画文〉

はじめに

画業と文筆で独自の業績をなした辻まことについては、今日広く知れ渡り多くの読者を得ているが、死去した一九七五年（昭和五十年）当時にさかのぼると、一部のファンや登山愛好者以外でその名を知る者は限られていて、辻は一般的な知名度を有していたわけではない。

宮沢賢治が受容されるようになるには、草野心平らによる喧伝や地元盛岡の「岩手日報」のプロモートなどを必要としたが[1]、辻が多くの読者を得るようになるのにも同様のプロセスを要した。矢内原伊作や宇佐見英治ら友人たちによるアンソロジーの編集や関連書籍の出版などの啓蒙活動[2]が果たした役割は大きい。そうした経緯で徐々に辻の著作と活動は知られていったが、日本文学の研究領域でその著作が対象となることは稀だった。論文としては、安川定男「辻潤と辻まこと」（「日本近代文学」第二十九集、日本近代文学会、一九八二年）があるが、辻まことに関してはその概略の紹介にとどまっ

辻まこと『虫類図譜』（芳賀書店、1964年）の函と表紙

ている。このことからも、一九八〇年代当初、辻は日本文学関係者の間でさえ、広く読まれていたわけではないことがわかる。「辻まことの世界」と題された特集が「山と渓谷」（一九八七年十二月号）誌上で組まれたり、西木正明の小説『夢幻の山旅』（中央公論社、一九九四年）や『辻まこと全集』（全五巻・補巻一、みすず書房、一九九九―二〇〇五年）が刊行されたりしたのを契機として、やっと広くその名が知られるようになっていったというのが実情である。しかし今日でも、それぞれの読者はそれぞれの関心に応じて辻の仕事の部分部分を享受するにとどまっているように感じる。辻がなした仕事は多岐にわたるが、読者はその仕事の全貌を知る機会がないままに、それぞれが辻まこと像を矮小化して捉えてしまっているのではないだろうか。辻がなした仕事の全体を見渡すと、より魅力的な辻まこと像が形成できるはずである。

さて、辻の広範な業績を概観してみると、その人生を前半と後半とに分け、おおむね二系統の仕事をなしたと考えることができる。戦中の中国での生活を経て、帰国後に携わった生業としての風刺画制作から創作表現として昇華された『虫類図譜』（芳賀書店、一九六四年）に至るまでを、その前半の仕事と位置付けることができるだろう。すなわち、風刺画家・カルトゥーニストとして活躍した時代である。

そして、「アルプ」との関わりを得て、〈山〉という場を主題とする散文や絵を発表していくようになる昭和三十年代以降が、その後半生の仕事ということになる。これは文筆と絵画という二つのジャンルを融合し、〈山の画文〉という独自の領域を開いたものである。

本章は、最初の著作である『虫類図譜』とそこに至る道筋を通して、その前半生の仕事である〈風刺的画文〉について考察しようとするものである。アウトドアブームを追い風にして、辻の後半生の仕事である〈山の画文〉は比較的よく読まれるようになり、その独自の登山スタイルに対する共感も広まったが、シニカルな文明批評家として活躍した前半生の仕事については、さほど読者は多くないように感じる。その風刺的・寓意的な作風がやや難解に感じられるきらいがあるのかもしれないが、辻の批評は特定の時代背景や日本的風土を超え、社会や人間存在の普遍的な実相を深く洞察するものであり、それらの作品はもっと読まれてもいいように思う。また、それらが読まれたとしても、洒脱な文章表現や作者の稀有な個性に紛れ、根底に存在する思想性を理解しようという態度にはあまりつながらなかった感もある。いわば、辻はディレッタントとして看過されてきたわけだが、感性的な鑑賞や作者の人間的魅力に依存した読みを超えて、いま一度、その作品を吟味・検証し直すならば、その創作が持つ思想性や文芸・美術としての質が浮き彫りになるはずである。

1　辻まことの始原とその立脚点

父・辻潤に伴ってのパリ遊学を終えた辻は一九三三年（昭和八年）、二十歳のとき、広告宣伝会社オリオン社に入社し、挿画や表紙絵制作を生業とし始める。四二年には天津に渡り、「東亜日報」の記者として天津風景のスケッチなどを描いたというが[3]、それも職業画家としての活動の一環だった。しかし、やがて辻は創作作品としての絵画を描く悦びに遭遇する。その当時を知る西常雄は、辻が「一晩中カリカチュールを画いて遊んだ夜」について、「彼が画をかきはじめたそもそものきっかけは天津の私の室からだったと後年語ったことがある[4]」と記している。戦後、「平民新聞」などで風刺画を書くようになり、それはやがて『虫類図譜』へとつながっていくのだが、そういう風刺的画文の出発となるものが戦時中の天津での遊びにあったのである。

画家としての始原は天津にあったわけだが、問題とすべきは、それらの「カリカチュール」を描かせるに至った動機だろう。矢内原伊作は、早くから「辻まこと――人と思想」（辻まこと著、矢内原伊作編『辻まことの世界』所収）で、辻にとって天津での体験がいかに重い意味を持つものだったのかを鋭く論じている。

ここではその指摘を踏まえながら、いま一度、辻が天津で見たもの、体験したことを振り返り、その体験と創作とがどのように関わるかについて検討してみたい。辻が天津で見たものとは、スープを「呑込む意志も力もない」「襤褸をまとった難民の子」であり[5]、まだかすかに吐息をもらしている男が屍体として扱われているさまであり[6]、「山賊になり果て」た日本兵の姿であった[7]。すなわち辻は、日本国家と日本人が「中国で行っている言語道断な掠奪と搾取[8]」の実態を見てしまったのである。こういう状況を批判したり同情の眼差しを注いだりするのは案外たやすいが、自分自身が「掠奪と搾取」の側に立つ存在であることを自覚するには勇気がいる。しかし、辻は自らを相対化し、「乱暴で愚劣で残酷な軍人によって、偽りの口実のもとに準備された陰謀の片棒をかついでいる影のように実体のない日本国民の切れっぱしだ[9]」と強く認識している。そして、その苦しい胸の内について「低劣で残酷な軍政の暴力組織を考え、その幾重にも重層された柵を脱出することのできない不甲斐ない自分に再び戻ると、やり場のない怒りが、躰中の血を熱くするばかりだった[10]」と吐露している。金子光晴は「おっとせい」(『鮫』人民社、一九三七年)で、醜悪なおっとせいの姿を嫌悪しながらも、自身もそのおっとせいの一員であることを自覚せざるをえない「おっとせいのきらひなおっとせい」を描き、そこに自らを擬したが、辻もまた、自身も日本人の側に属していることをよく自覚し、そこから離れてはいないのである。

日本の軍隊が中国民衆におこなっている搾取・陵辱を正面切って批判することはできないし、日本軍の圧政を見て見ぬふりもできないという、二律背反する自己の状況のなかにあって、辻がかろうじてなしえたものが、友人の部屋で風刺画を描くという行為だったのである。日本軍国主義を真正面から批判するかわりに、密かにその風刺画を描き続けることで辻は自らの精神の均衡を保ったのだろう。

　こうした天津での体験を始原として辻はカリカチュールの手法と出会い、帰国後の仕事にもつなげていく。辻は、一九四七年（昭和二十二年）に日本アナキスト連盟の機関紙「平民新聞」に挿絵や風刺的画文を描き始めるが、それは生業としての制作でありながらも、独創的な作品として捉えるべき内容のものに変質していった。

「探し出せたかぎりで最初の作[11]」だという「イデオロギー」（「平民新聞」一九四七年十月十七日付）と題された風刺画には、骸骨のようにしなび果てた植物の絵に次のような警句が添えられている。

ひびのはいった食器に植えかえられた、しなびた夜みせの草花のような気がすることがあります

　これらは、やがて辻が自家薬籠中のものとする画文一体の表現方法によるもので、本来、文章と絵画表現を対として鑑賞すべきだが、絵画表現についての考察は後に回し、まずは文章を通してその風刺性と思想的立脚点について探ってみたい。

　この作品からは、どのようなイデオロギ

「イデオロギー」「平民新聞」1947年10月17日付
（出典：辻まこと『辻まこと全集』第3巻、みすず書房、2001年）

ーによるかを問題とするのではなく、イデオロギーそのものを辛辣に批判するところから戦後を歩み出そうとする辻の姿が浮かび上がる。ここでもまた、戦時下で「反戦」的な詩を書きためながらも、一方でまた、戦後の民主主義にすべての国民が喝采を博すさまに違和を表明する、金子光晴との類似性を見ることができる。[12]

辻においてこれは常套のスタンスであり、いくつかの作品に共通して見られる発想である。

日本帝国万歳主義の鎖を断ち切っていただいて、デモクラシイなるオリに解放された――ああわれら

(「我等の生涯の最悪の年6」「平民新聞」一九四八年七月十二日付)

「戦後民主主義」を受容しようとする市民とは一線を画し、民主主義に沸く戦後の社会状況と戦中の社会状況とを同断として、ともに違和を表明しようとする態度は、「イデオロギー」の項目で「イズム」自体を否定しようとした態度と同じである。このような姿勢は辻を辻らしくあらしめた最も大きな要素だが、問題は、なぜ辻がそういう時代思潮や党派性なるものから距離を置こうとするのかという点である。それに関しては、次の警句がその理由と辻の根源的な立脚点を示している。

資本主義・社会主義・共産主義等々、どんな国家であろうと至るところに支配権を握っているのは命令伝達の机に坐って上下左右に書類を回している寄生階級である。かれらの理想主義は本

来個別な存在を一中心思想に関係づけることだ。

（「関係づける階級」「思索」一九四九年十二月号、思索社）

ここからわかることは、辻が拒絶しようとするものは、「本来個別な存在」であるべきはずの「個」が一つの中心のもとに束ねられるという状況そのものである。「個」を制約し抑圧するものを一切拒み、あらゆることから自由であろうとするためには、自らの行為は自らの責任と主体においてなされなければならず、時代思潮に乗ったり、他者や組織からの命令や指示に従うものであってはならない。

いわば辻は単独者としての自己を生きようとしたわけだが、このような志向は、父・辻潤が『自我経』（冬夏社、一九二一年）として訳した、マックス・シュティルナーの『唯一者とその所有』と同一の系譜にあると考えるべきだろう。シュティルナーの『唯一者とその所有』は大正後期に時代の書となるものだが、その初期の紹介として煙山専太郎編著『近世無政府主義』（〈早稲田叢書〉、東京専門学校出版部、一九〇二年）や久津見蕨村『無政府主義』（〈平民叢書〉、平民書房、一九〇六年）があるものの、全訳を成し遂げたのは辻潤の『自我経』が最初である。[13] 辻潤がこの一書の結尾を「万物は己にとつて無だ、と云ひ得る」と訳し終えたとおり、シュティルナーは「人生において個人の意志を圧倒し破壊するあらゆるものに反対して極端な叫び声をあげた」[14] 人物だった。『自我経』で示された思想と辻まことが希求する生き方とはまさに共通するもので、辻潤がシュティルナーの思想に共鳴して訳をなしたであろうことを考えると、そこに辻親子をつなぐ経路が見えてくる。また、金子光晴が辻潤訳の『自我経』から大きな影響を受けていることを思うと、先に一、二指摘したような、辻まことと金子光晴の類縁性も当然の結果ということになる。

辻は父・辻潤に関して、「その人間としての誠実や美に対する懸命な追求を低く評価することは、ボクにはできなかった」と評価しながら、一方で「親爺として見る場合、息子にとっても他の家族にとっても、彼は無責任で無能な人物であり、哀れな弱虫であった」と複雑な心境を吐露している。[15]「オヤジの辻潤の墓地とは絶対一緒にせぬこと」というのが辻の不変の意志だったとされるが、[16]肉親としての父への憎しみは別として、人間としての誠実さや「個別な存在」としての自己を生ききったことへの畏れも感じていたと思われる。折原脩三が「気質や天稟において、多くを父親から受けつい だ[17]」と指摘したとおり、皮肉にも、辻まことは単独者である「己」を生きる道を歩もうとする点で、父・辻潤と同一の系譜にあったのである。

しかし辻は、一貫して単独者としての自己を生きるという姿勢があったにせよ、確固たる主義としてその生き方を標榜したわけではない。辻の批判が特定の主義主張に対するものではなく、教条的な一つの思想・主義・システムにからめとられる状況に対してだったことを考えれば、辻は、自分自身の生き方をこのようであらねばならないと限定して捉える発想自体に違和を感じていたと考えるべきである。先に例示したいくつかの警句も神妙なところがあるわけではなく、頑迷な批判とはやや趣を異にし、どこか軽やかな遊び心が底流に存在している。

例えば、「デモクラシイ」に沸く戦後状況を揶揄したものであっても、「オリに解放された」といった皮肉な言い回しや「日本帝国万歳主義」などという造語には、辻独自の表現が現れている。「日本帝国万歳主義」という耳慣れない造語は「帝国主義」そのものとは異なるはずで、もっと別な含意があると思われる。戦後状況への批判に先立って辻がその前提としたのは、ありふれた一般的な帝国主義批判ではなく、日本国家に対して「万歳」を喝采するような愛国主義を包含した、日本的な帝国主義への批判だったはずである。そしてまた、ここには日本的な帝国主義からの解放を自らの力で成し遂げることができず、連合国から与えられたものとして解放を甘受している、日本人全体に対する批判もある。短い文のなかでなされたのは、帝国主義や愛国主義、民主主義、日本人などに対する実に多重的な批判だったと考えるべきだが、辻はそれを生真面目な態度でおこなうのではなく、洒脱で軽妙な表現でおこなう。ここに辻の真骨頂がある。

こういう表現作法から感じ取れるのは、辻は自らが批判する社会状況からの脱却を願ったり、変革を志したりするのではなく、それらの状況を批判的な眼で捉え、独自の表現で風刺すること自体に意味を見いだしていたのではないかということである。辻は、自らが「個別な存在」としての自己を生きることに強くこだわったが、それは個人の領分を確保するという行動として現れるだけで、他者のそれに対しても関心を払うというものではない。父・辻潤は運動体を組織したり実践運動に関与したりすることがなかったが、辻の態度もこれと同様の行動基準で、ここにも父・辻潤と共通する資質を見ることができる。

2　カルトゥーニストとしての辻まこと

さて、ここまで文章表現による風刺とその立脚点について見てきたが、次に文章と並ぶもう一つの表現形態である絵画について見てみよう。そもそも辻の風刺表現は、前述したように天津でのある一夜に描いた風刺画から始まったように、絵画表現が先にあっての表現形態だったと言える。それは、対象に対して言論による直接的な批判ができない状況にあって、次善の策として選択された手法である。しかし、既に見てきたとおり、辻は抑制されたこの表現方法を好み、帰国後も絵画表現を主体としてそこに短い散文を付す方法を多用した。

一方で、辻は海外の絵画に学ぶことでもこの方法と技術を深めようとした。辻は海外の美術状況にも目を配り、一九五一年（昭和二十六年）九月に美術雑誌「アトリエ」（アトリエ社）に「サウル・スタインベルグ」を書いたのを皮切りに、その後もウィリアム・スティーグ、ロバート・オズボーン、ジュールス・ファイファなどのアメリカの「カルトゥーニスト」を紹介した。辻は、漫画とは異なり、より深く社会を洞察し現象を批判する「カルトゥーン」という方法にいち早く関心を持ち、その方法を自らの仕事にも生かそうとしたのである。辻は「これらエスプリの鬼才たちを日本の漫画家という概念でよんでいいかどうかはなはだ疑問におもっている」[18]と述べ、「洞察力と直観的表現」[19]によって現代社会の本質を射抜くこれらの画法と、当時の「日本の漫画」とを区別した。辻は「そこに登場してくる人物の表情が、きわめて複雑になってきている点で以前のマンガとは大きなへだたりができつつある」[20]と述べたが、辻には、当時の日本の漫画に現れた人物の表情は表層の感情をステレオタイプにデフォルメするばかりで、いくつもの感情が錯綜する複雑な心境を描ききれていないとの思いがあったのだろう。「作家は画家である前に深層心理学に通じていなくてはならない」[21]という考え方は重要で、ここからは、辻が従来の漫画ではなく、西欧のカルトゥーンが目指すような、複雑な心理描写を踏まえた風刺画を構築しようとしていたことがわかる。

辻はその「深層心理学に通じてい」る事例として、「ベン・シャーンのスクールボーイという赤い顔をしてマユをひそめ机に向っている少年の肖像画」[22]を挙げた。そして辻は、その教室の一画の椅子に一人うつむきかげんに座り、一点を寂しげに見つめている少年の肖像画[23]に対し、「一生懸命で、臆病で、反抗的で、孤独で、ガンコで弱々しく……要するに学校教育でゆがめられつつある人間像が技術を超えて表現されている」と感想を記し、「シャーンのプロテストは完璧に成功している」[24]と評した。人間の複雑な表情を観察し、その複雑な心理の機微を余すことなく伝えるような表情を絵画で表現できたとき、はじめて批判の対象となる社会現象の真相に迫れると、辻は考えていたのである。従来の漫画は表層の一面的な表情を捉えるだけなので、現象の表面的な部分を批判するだけにとどまっていたが、ベン・シャーンのそれは、対象が持つ深奥の心理まで見透かすので、批判の対象となる事項への批判力も必然的に強まるのである。

ベン・シャーンは、二〇一一年（平成二十三年）暮れから翌年にかけて各地で開催された展覧会によって日本でも再評価が高まったが、辻は既に一九五四年（昭和二十九年）に書いた「『現代世界美術全集』完結篇」のなかでその独創性に言及し、その後も何度かベン・シャーンについての論考を書いている。前述の展覧会における図録『ベン・シャーン　クロスメディア・アーティスト――写真、絵画、グラフィック・アート』（美術出版社、二〇一二年）には「主要参考文献」がまとめられていて、それによれば、辻は東野芳明や瀬木慎一などとともに、いち早くベン・シャーンに着目していたことがわかる。美術批評家としても、辻の着眼の先見性は評価されていいのではないだろうか。そしてまた、ベン・シャーンの発見は、辻が社会批評の方法論として、もともと言語表現よりもむしろ絵画表現の方に関心を持っていたことを傍証してもいる。

今日、辻の天津時代の作品や密かに描いた風刺画を見ることは不可能だが、西常雄は「東亜日報」の紙面に載る画に関して、「ブルブルブルブルと絶えまなくふるえる細い鉛筆の線で組立てられている独特なものだった」[25]と回想している。和田誠は一九五〇年代終わりから六〇年代の初め頃、自身も含めてベン・シャーンの「ブルブルふるえたような線」を真似した人が多かったと証言しているが[26]、真似する以前に、辻の線描はもともとベン・シャーンのそれに近かったのである。あるいはそのことも、辻がベン・シャーンに共感を抱いた一因だったのかもしれない。

3　集大成としての『虫類図譜』

画家としての辻まことは、こうして美術評論家としての知見をもとに、自らも風刺画制作に進んでいったが、一方でまた、辻が文筆の人であることも間違いない。絵と文の二つの領域を跨ぐ辻の活動にあって、『虫類図譜』は一つの達成である。これは詩誌「歴程」の第四十二号（一九五四年）から第八十二号（一九六五年）にかけて間歇的に発表された作品に書き足しを加えたもので、辻の初めての出版物となった。以下にその作品世界のいくつかを見てみる。

双方原種は同じ。エジプトの一地方代官モーゼの治下にあったユダヤ地区の不潔な精神風土から発生した虫で、現在の文明の病的側面を形成する大きなファクターとなった虫だ。

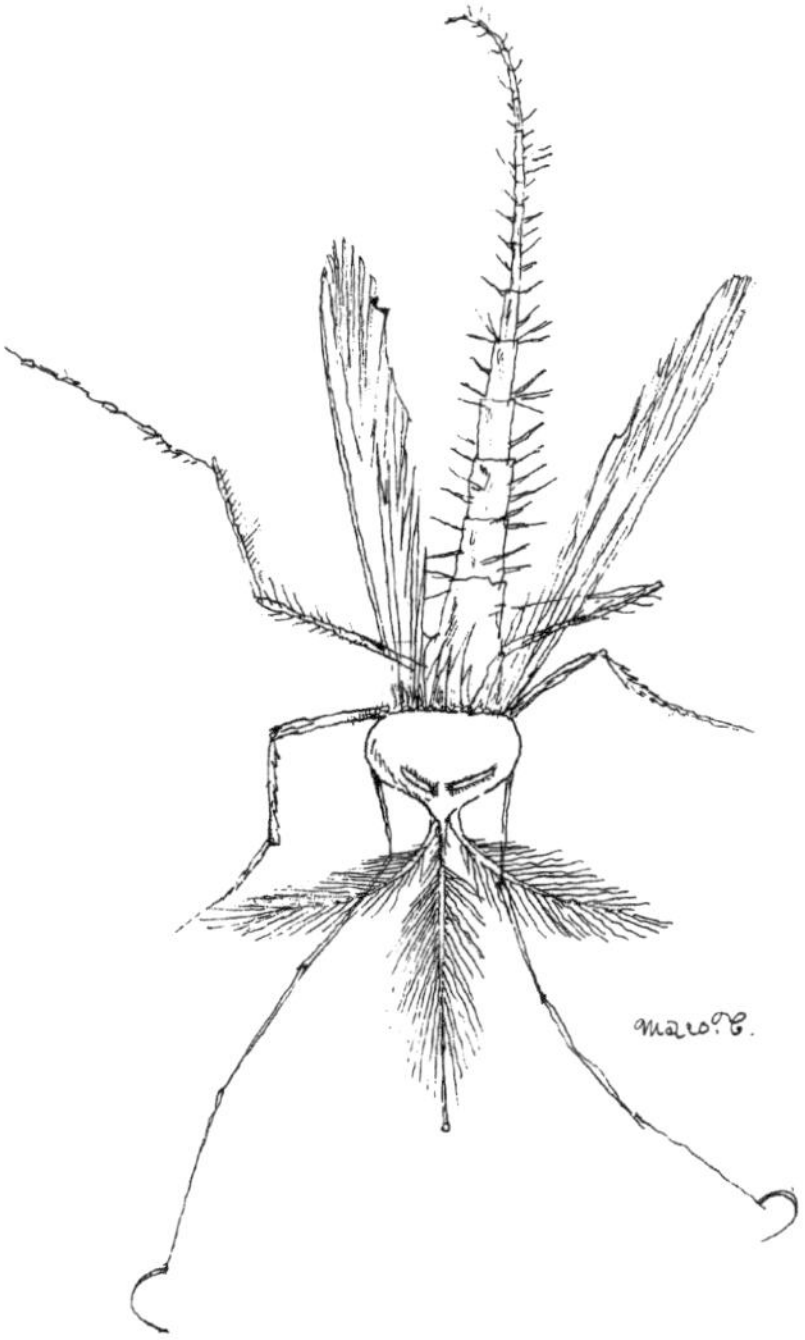

「資本主義・共産主義」
（出典：前掲『虫類図譜』）

人間の生が行為の過程にあるという生命の現実感はこの虫の毒におかされるとほとんど喪なわれてしまう。筋肉障害を受けたものは、行為を労働と感じ、神経障害を受けたものは停止した椅子から立てず、利潤のスクリーンに写る幻想の目的を眼で追うようになる。

筋肉障害と神経障害という症状の相違はあるものの、「人間の生が行為の過程にあるという生命の現実感」を冒すという点では資本主義も共産主義も同じであり、これらはともに個人の生を縛るものと認識される。こういう見方は前述した「平民新聞」に載った作品から一貫していて、目新しいものではないが、カルトゥーンの観点から見ると、絵画表現における巧みさは一段と増している。

そこに描かれたのは、人間の皮膚にとりついて血肉を吸い取る蚊をモチーフとした異様な風体の昆虫である。長く伸ばした前脚の先には何ものかをつまみ込むための大きな鉤状の爪がついている。獲物を探すためのものだろうか、ガやカミキリムシなどが持つ櫛状の触角が左右に広がり、その真ん中に三本目の触角と見紛う毒を注入する管がある。そして逆三角形の顔からは、つり上がり陰険そうな二つの眼がこちらをにらみつけている。人間はこの眼ににらまれ、毒を注入される対象にすぎないのである。

次は「良識」という作品である。

良識は中ぐらいの気温を愛する虫なり。
得の至れる場所に住んでいる。
アチラを立てればコチラを倒さなければならないことが、この虫には判らない。
コチラを立てればアチラをやっつけることが、この虫の心配である。

そこで両方を立てて、自分は安楽ベッドに倒れるのである。

これに付された画は、運動会のムカデ競争を思わせる十人の人間らしき生き物が連なって、一匹の「イモムシ」を形成しているというものである。それぞれの眼がイモムシの一つひとつの腹節にある眼球紋に相当する意匠になっている。先頭に立つ男はメガネをかけ、ややインテリっぽい人物にも見えるが、かといってリーダーというわけではなさそうである。なぜなら、イモムシ全体の行き先は先頭の者が決めるのではなく、各人それぞれのばらばらな動きのベクトルとして動きを決定するしかないからである。前なのか斜めなのか右か左か、十人の人間の集合体のような形状からなるイモムシは行く方向を定めきれず、結局は「安楽ベッド」に倒れ込むしかない。「良識」とは主体的な洞察と意志からなるのではなく、想定される様々な判断のなかの平均値でしかない。辻は「良識」という言葉が持つ通常の意味を剝奪し、個体性から発するわけではない「良識」を痛烈に揶揄したのである。

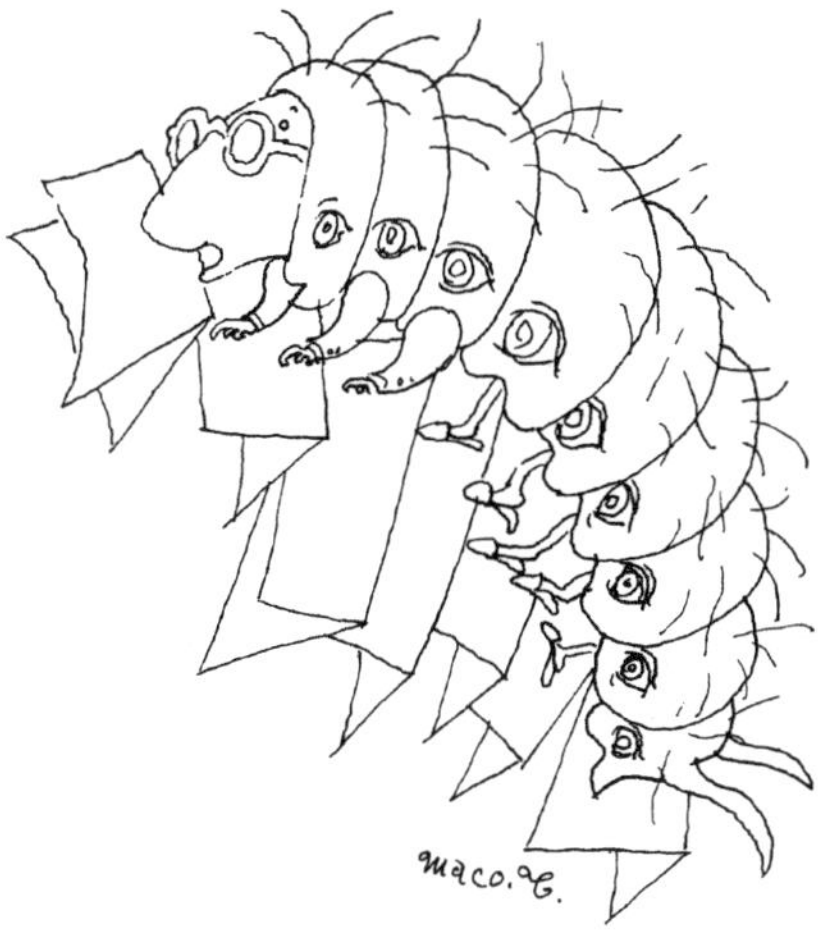

「良識」
（出典：前掲『虫類図譜』）

辻同様、「良識」を批判的に捉えたものに安部公房の「良識派」[27]がある。元来自由だったはずのニワトリが、人間の提案を一応受け入れてみようという「良識派」の発言に従い、自分たちから人間が作ったオリに入ってしまうという寓話である。安部にとっても、「良識」とは括弧付きで捉えざるをえないもので、ここでは、「良識派」とは緻密な分析や洞察による判断を言うのではなく、事を荒立てることなく場を収めようとする事なかれ主義と認識されている。ともにほぼ同時代に書かれたもので、両者には共通する思想と状況認識があったことがわかる。また、比喩表現という手法も類似していて、両者の風刺精神には共通する点が多いが、辻のそれは、散文以上に絵画表現が大きな比重を占めている点で特筆されるものになっている。

次の「前衛派」は極め付きの一作だろう。

前衛派は前衛ではない。後衛である。
元来前衛は派などという衣装をまとってはいけないのだ。いつだって素っぱだかで孤独なものだ。
前衛派は前衛の死体から皮をはがして身にまとい、それをユニフォームにする。

ナンテ粋ナンデショ！

「前衛」である者が複数いるとすれば、それは既に先駆的な存在ではなく、まさに辻が批判するとおり後衛へと後退してしまう。極めて論理的な説明だが、実はなかなかそのことに気づかず、つい「前衛派」という言葉を使用してしまうのが通例だった。辻はその誤謬を見事に衝いたのだが、正面切って大上段から批判したりはしない。ここで着目すべきは、「ナンテ粋ナンデショ！」と突き放したような揶揄でまとめた点である。辻の批評の方法は批判対象を徹底的に打ちのめすものではなく、どこかおどけたところが存在し、風刺の方法自体を楽しむことができるようになっている。添えられた画は、前衛の死体からはがした皮のユニフォームをまとった「前衛派」虫の姿だが、それは「ナンテ粋ナンデショ！」という言葉とは裏腹に、実はだらしなくみっともない姿として描かれている。辻の批評は幾重にも反転を重ねて成立していくのである。

さて、ここで一つ忘れてならないのは、辻は自らを批評する側にだけ置いて自身を安住させている

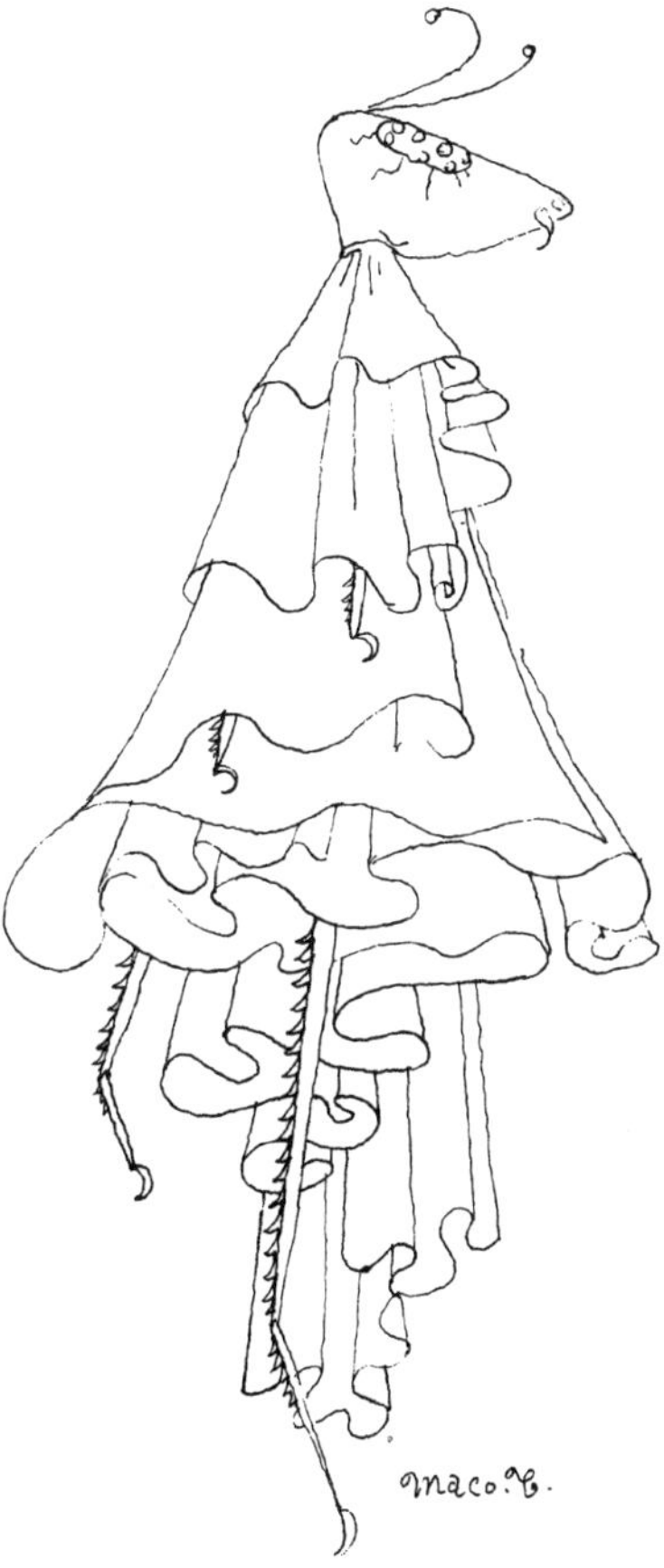

「前衛派」
（出典：前掲『虫類図譜』）

わけではないということである。つまり、批判されているのは時流や社会規範に浸かりきった、辻をも含む我々大衆そのものなのである。辻は自らを大衆の一員として対象化できる知性を備えていたはずだし、どこまでいっても「おっとせい」から逃れられないことを自覚していたはずである。

おわりに

辻が「平民新聞」「思索」などに風刺的画文を載せていたのは、敗戦で価値観が反転し、日本人がみな新たな時代に胸を躍らせていた頃である。そういうなかにあって、辻は民主主義やヒューマニズムや文化国家となった日本を俎上に載せるが、それは新たな時代の新たな価値観を相対化することで、常に時代と社会を揶揄し、風刺的な視点からそれらを捉えようとし続けたためである。どのような社会体制や政治状況であれ、硬直した思考そのものが最も問題であると、辻は考えていたのである。

また、『虫類図譜』が「歴程」に連載され単行本として出版されるに至る時期は、五五年体制が成立し、固定化されていく時期と重なる。それは政治的な保守と革新といった対立軸だけでなく、種々の状況で二項対立的な発想が基準となった時代だったが、辻はそういう硬直したパラダイムを脱し、常に自らの視点を通した分析を経て対象を把握しようとした。しかし、『虫類図譜』で「絶対」という虫を「ナムアミダブツと自分の尻尾を食っているうちに形式は同じでも円はしだいに小形となり寂滅する虫」と定義付けたように、辻は自らの意見を絶対視しているわけではない。辻は対象を批判する際に、感情的で一方的な攻撃手法を取らず、常に冷めた言説と揶揄・諧謔でもって対応したが、それはその批判の眼がときに自らにも向けられるからであり、自らがおこなう批判がまた、他者からの批判の対象ともなることを自覚していたからである。

辻の批評精神のありようは、直接的に社会変革に結び付くことはない。しかし、事象の本質を射貫き、凝縮された風刺的画文を創作するという行為は、社会や時代状況を分析し、それを相対化して見直すということである。人間と社会の普遍的な実相を洞察した辻の風刺的画文は、今日にあっても、社会変革への契機となりうる可能性を秘めているのである。

注

（1）米村みゆき「盛岡発・偉人のプロデュース――宮沢賢治を創った男たち」『宮沢賢治を創った男たち』青弓社、二〇〇三年、一五四―一五五ページ

（2）辻まこと著、矢内原伊作編『辻まことの世界』（みすず書房、一九七七年）、辻まこと著、矢内原伊作編『続・辻まことの世界』（みすず書房、一九七八年）、宇佐見英治『辻まことの思い出』（湯川書房、一九七八年、みすず書房、二〇〇一年）など。

（3）西常雄「辻まこととの出逢いとわかれ」「アルプ」第二百十八号、一九七六年、六二ページ

（4）同論文六二ページ

（5）辻まこと「告天子――一九四三年中華民国河北省天津特別市」『辻まこと全集』第二巻、みすず書房、二〇〇〇年、三九八―三九九ページ

（6）辻まこと「写生帖」同書三二七ページ

（7）辻まこと「山賊の話」同書六六ページ。この日本兵は二等兵たる辻自身の姿でもあった。
（8）前掲「告天子」三九九ページ
（9）前掲「写生帖」三三〇―三三一ページ
（10）前掲「告天子」三九九ページ
（11）池内紀「辻まことをめぐって（三）」『辻まこと全集』第三巻所収、みすず書房、二〇〇一年、五三三ページ
（12）金子のそれは、教条的で観念的な硬直した思想としての「民主主義」に対する違和であるとともに、国民が「一億一心」となって一定方向になびいてしまうさまについての違和でもある。
（13）マックス・シュティルナーの受容については、拙稿「金子光晴の「連合」への夢――疎開中の詩とマックス・シュティルナーを手がかりに」（「国語と国文学」第八十一巻第六号、東京大学国語国文学会、二〇〇四年、のちに拙著『金子光晴――〈戦争〉と〈生〉の詩学』所収、笠間書院、二〇〇九年）を参照されたい。なお、辻潤による表記はマックス・スチルネルである。
（14）ジョージ・ウドコック『アナキズムⅠ　思想篇〈復刻版〉』白井厚訳、紀伊國屋書店、二〇〇二年、一四六ページ
（15）辻まこと「父親辻潤について」、前掲『辻まこと全集』第一巻、二四七―二四八ページ
（16）折原脩三『辻まこと・父親辻潤』（平凡社ライブラリー）、平凡社、二〇〇一年、一九六ページ
（17）同書二九ページ
（18）辻まこと「カルトゥーニストの仕事」、前掲『辻まこと全集』第一巻、三三八ページ
（19）辻まこと「サウル・スタインベルグ」同書三三ページ
（20）前掲「カルトゥーニストの仕事」三四一ページ

（21）同論文三四一ページ
（22）同論文三四一ページ
（23）この絵は、座右宝刊行会編『現代世界美術全集』第十巻（河出書房、一九五四年）に掲載されている。
（24）辻まこと「『現代世界美術全集』完結篇」、前掲『辻まこと全集』第一巻、五一ページ
（25）前掲「辻まこととの出逢いとわかれ」六二ページ。西は「東亜新報」と記している。
（26）和田誠「特別インタヴュー　和田誠さん、ベン・シャーンの魅力を教えてください」「芸術新潮」二〇一二年一月号、新潮社、四七ページ
（27）安部公房「良識派」「秋田魁新報」一九五八年十月二十八日付、のちに安部公房『砂漠の思想』（講談社、一九六五年）所収

＊辻まことの引用は、前掲『辻まこと全集』に拠った。

第11章　辻まことの〈山の画文〉

はじめに

前章では辻まことの業績を二分し、その前半生の仕事である〈風刺的画文〉について考えた。引き続いて本章では、後半生の仕事である〈山の画文〉と辻の〈山〉に対する姿勢について考えてみたい。まず、辻の山との関わりを時系列を追って概観し、どのような経緯のなかで〈表現者〉となっていったのか、その表現の中核がどのようにして〈山の画文〉へと移っていったのか——それらの問題を「歴程」と「アルプ」の二つのメディアとの関連のなかで考えてみたい。そしてその後、辻にとって〈山〉や〈登山〉はどのような意味を持つものだったのか、「アルプ」を中心にして書／描いた〈山の画文〉の特色はどのようなものだったのか——そういった問題を「アルプ」というメディアが持つ特色や、昭和三、四十年代の社会状況を絡めながら考えることにする。

1　辻まことと山との関わり――三つの時代

辻が登山を好んでいることは間違いないが、その登山経歴と照らし合わせると、一般的に言う「登山家」の概念とは異なるだろう。少なくとも、八千メートル級の高峰や難関ルートからの登攀を目指すような登山家ではないし、名のある山岳会に所属して活動していたわけでもない。「ヒマラヤじゃなくウラヤマ」(1)という言葉は、辻の登山の本質がどこにあるかをよく示すもので、その登山がより高く、より厳しくといったものではないことを如実に伝えている。

しかし、辻は登山実績で斯界に名を残すような登山家ではなかったとしても、その後半生の仕事は紛れもなく山と関わるなかで成立したものである。したがって、文筆と画業を考える際、どのように山と関わったかという問題を抜きにその創作活動を評価することはできない。

辻まことは何を契機として、どのように〈山〉と関わりを深めていったのだろうか。のちに書いた画文や年譜からたどると、山での活動は少年期の登山、戦前の登山、戦後の登山と三つの時期に区分することができそうだ。

画文でその最も早い山行と言える行動が描かれたのは、「多摩川探検隊」(「アルプ」第百号)である。ここでは小学校五年生の夏休みの行動として、多摩川の源を探ろうとする五人の少年たちの冒険行が、少年時代への郷愁を込めて生き生きと描かれている。「谷間の一地点には深い穴があいていて、渾々と水があふれているであろうという探検隊の仮説は、遂に証明され」ずに、少年たちは陣馬山・影信山の三角点を発見し、三日間の探検を終える。この探検行が少年辻まことに与えたものは、決定的だったと言わなければならないだろう。なぜなら、この話が「第二次探検隊は、組織できなかった。しかし隊長は、アノもっと先に連なっていた山の誘惑に耐えることもできなかった」と結ばれたように、少年辻はこの探検行を契機として、「アノもっと先」を探ろうとする地理的探求心を芽生えさせ、「山の誘惑」へとはまり込んでいくことになったからである。

小学生時代の体験を素材にしたのが「多摩川探検隊」であるとすると、中学時代の登山について書いたものに「山の景観」（日本山岳写真集団編『わが心の山――エーデルワイス写真集』所収、角川書店、一九六八年）がある。「中学生のときに登った甲斐駒ヶ岳」登山について、のちに回想したものである。シニカルな批判を信条とする辻だが、この随筆では、そのときに感じた山頂での感動を次のように素直に述懐している。

> 私の視野、私の目玉は、それまでこんな拡がりを容れたことはなかった。私は無限とか永遠といった言葉が見えるものだとは想像できなかったとそのときおもったものだ。

初めて三千メートル級の高山に登ったという高揚感は、少年期の辻に「無限とか永遠といった言葉が見える」とまで思わせる感動を与えた。見ることがかなわない彼方の空間と未知なる自身の将来とを知りえたような錯覚を味わった山旅が、少年の山への関心を決定付けたことをよく示すもので、この素直な証言が持つ意味は大きい。初めての山行がその人の山に対する印象を決めてしまうのはよくあることだが、辻にとって、好天に恵まれた初登山の素晴しさは、その生涯における山との深い関わりを決定付けるものになったのである。

辻の登山史を三段階に区分する場合、右のような多摩川探検や甲斐駒ヶ岳登山は、本格的に登山に深入りしていく前段階の、探検や登山への目覚めの時期にあたるもので、第一期と捉えることができるだろう。

そして第二期にあたるのが、富士山麓西湖湖畔の「ツブラ小屋」を拠点にして、より深く山に接していくことになる青年時代である。年譜によれば、一九三六年（昭和十一年）、二十三歳の項に「この頃から山歩きを始める。西湖畔津原の友人の山小屋にしばしば行き、一人で長期間滞在したこともあった[2]」とある。ツブラ小屋を拠点としてその近隣の山に親しんでいったさまは、のちに書かれる画文にも頻繁に描かれ、その頃の体験がのちの行動を導く原体験となったであろうことをうかがわせる。

この時期に西湖に山小屋を持つことになる経緯について、三井直麿は「この小屋はオリオン社の同僚渡辺・江口両君の共同所有物であったが、その頃不幸にして二君とも結核で他界した。そのあとを辻君が譲り受けたようだった[3]」と記している。一九三三年（昭和八年）、二十歳のときに辻は広告宣伝会社オリオン社に入社するが、ツブラ小屋はいわばサラリーマン生活の憂さ晴らしの場として、会社仲間を中心とする友人たちに活用されていたのである。竹久不二彦が「週末といわず、真冬をとわず、暇のある奴が出かけた山小屋だが、小屋の主人公が誰であったか忘れて思い出せない[4]」と記すとおり、誰の所有というよりも共同で管理し、みんなに開放された場だったようである。しかし、竹久は「ただどのグループの山行きにも、辻まことがいて、（略）富士周辺の小旅行はいつも彼に案内されていった」とも回想している。グループのほかの者たちにとって、ツブラ小屋は日常からの解放の場にすぎなかったのだろうが、一人辻だけはその場にとどまることなく、より深く山へとのめり込んでいくことになったのである。三井は「その頃から彼は山に興味を一入感じたようで、その後は奥日光や奥鬼怒を一人旅し一週間近くも帰京しないことなど屡々あった」と回想する。辻だけが富士山近辺の山にとどまらず、山行の場を広げていったのは、地理的な未知への憧れに目覚めた、第一期の体験が大きく影響しているからだろう。

さて、オリオン社に関連して、大澤正道は「秋山清が東京深川の木場にあった木材通信社で戦時下を凌いだこと、その木材通信社には川柳の鶴彬らがいたことはわたしも知っていた。だから木材通信社は戸田達雄のオリオン社と並んで戦時下のアナ系の避難所と受け止めていた。オリオン社には辻まこと、竹久不二彦、島崎蓊助ら二世や矢橋丈吉が働いていた[5]」と回想している。この記述からもわかるように、オリオン社は単なる広告企画の会社ではなく、ある種の思想的色合いを有した会社であり、辻の入社は父・辻潤の人脈に絡むものだったことがわかる。しかし、辻潤がこの就職を仲立ちしたわけではない。その前年、辻潤は例の「天狗騒動」を起こしていて、子どものことまで考える余裕はなかったのである。昨二〇一三年に刊行された駒村吉重『山靴の画文ヤ辻まことのこと』（山川出版社）では、オリオン社の片柳忠男の文を引きながら、そのあたりの経緯を詳しく描いている。片柳によれば「潤さんはいきなり二階の屋根から飛びおりたというのである。まさに天狗になったつもりであったかも知れない。（略）これが、まこと君を引き取って、ささやかな私の図案社で働いてもらう動機となった」(6)ということで、どうやら、辻一家のごたごたに手を差し伸べる形で、辻のオリオン社入社は決まったようである。

このオリオン社入社という偶然は、竹久夢二の次男である不二彦や島崎藤村の三男である蓊助などとの人的交流と登山の再開という、二つの機会を辻にもたらし、辻の人間形成と人生航路に大きく関与することになる、一つの転機だったと言えるだろう。

この時期の辻の登山がどのようなものだったかというと、十二ヶ岳などの御坂山塊を気ままに歩いたり、小動物の狩りに夢中になったりするというもので、山頂に登ることを目的とするようなものではなかったようだ。言うなれば、垂直面の移動よりも水平面の移動に比重を置いた登山で、山中を自由に歩き回るという形態だった。したがって、山という地形を活動の場としながらも、通常の登山概念とはやや異なっていて、厳密には「登山」とは別の呼び方をすべき内容だったと言っていい。

一九三七年（昭和十二年）には、オリオン社で得た友・竹久不二彦とともに、金鉱を探しに東北・上信越の山々をさまようことになるが、これも山での行為とはいえ、山頂を目指す登山形態とは異なる。金鉱探しにしても、どれほどの切迫感をもって事にあたっていたのかと首をかしげざるをえない。一獲千金の夢よりも、むしろ山という場を奔放に歩き回ること自体を楽しむものだったと言えるのではないだろうか。時代が日中戦争のさなかだったことを思うと、両人の酔狂な行動の反時代性が浮き彫りになる。時代状況や社会、あるいは家族をも含む人間関係――そういったもろもろの桎梏から隔たり、自らの意に従って行動するという自由さは、両人の父親である辻潤や竹久夢二の自由奔放な人生行路とも軌を一にする。そうした意味で、狩りや金鉱探しで山に入る辻の行動は、登山の範疇としてではなく、自由な生き方の一つの出現形態と捉えるべきなのかもしれない。

　しかし、そのように生の発露の一現象と捉えたところで、それらの行動の場が「山」だったという理由は説明できない。辻は、狩りや金鉱探しという行為自体に浪漫を感じ引かれたわけだが、一方でそれらは、山岳という場でおこなわれるものゆえの感興でもあっただろう。はたして、辻は山という場のどのような部分に引かれ、山という存在をどのように考えていたのだろうか。狩りや金鉱探しを通して山との関わりを深めていった辻だが、それは次に、何かをなすために山に入るという段階から、山自体を味わうために山に入るという段階へと移行していく。

　しかし、辻の山との関わりは、戦況に伴い、一旦中断を余儀なくされてしまう。そして、山との関わりの復活は、報道班員としての従軍や陸軍での兵役生活を経て、遅れて帰国する一九四七年（昭和二十二年）以降まで待たなければならなかった。辻の戦時下は、報道班としての従軍から入隊、そして抑留まで経験するという、極めて濃密な体験が重なった時期だった。そういう戦中の時代を経て、敗戦後に登山を再開するときの心境を、辻は「串田さんのこと」（「山と高原」第三百三十七号）で吐露している。「外地から帰った」三十三歳くらいの「私」が日本で見たものは、老人と少年ばかりだったという。そして彼らを死に損なった年代、あるいは死をまぬがれた年代と捉え、自分を一度死んでしまった年代だと捉える。


　傷ついたものはもとの生に立ち戻る努力をするだろうが、死んじまったものは、新しい生命を発見して、やり直さなければならない。赤ン坊のように眼ざめ、初めてのように世界を見付けなければならない。

私は半ば無意識に自然に向った。「われ山に向いて眼をあぐ」という聖書の言葉が深い意味をもって意識され、中断していた山登りをはじめた。

辻にとって、登山の再開は単に趣味の世界に戻ることを意味するのではなく、自己の再生という極めて重い意味を担わされていたのである。ペットだったトミが「めざめ」るためには山中での一夜を必要とした[7]ように、辻が「赤ン坊のように眼ざめ」生をやり直す際にも、世界を既知と見る考えを排除し、一切の先入観を拭い去ったところから始めるしかなかった。そして辻にとって、そういう再生のためには自然、とりわけ山という場が必要だったのである。

「岳人」1971年5月号、東京新聞出版局
表紙絵・辻まこと

こうして、一九四九年（昭和二十四年）以降、辻は奥鬼怒、会津、志賀高原などの山域を中心に山に広く親しむようになる。少年期の登山を第一期、ツブラ小屋時代を第二期とするならば、敗戦後の自己再生のための登山は第三期に位置付けることができ、それは最も多様で充実した山行がおこなわれた時期だった。こうして、この期の山は〈行為〉の場だけでなく、〈自己再生〉の場ともなったが、それとともにいま一つ

指摘しておきたいのは、山と登山が〈表現〉されるものになったという点である。

2 「歴程」への参加——〈表現者〉辻まことの誕生

今日、我々が辻を「山の人」として記憶するのは、その登山の実績からではない。それは三冊の〈山の画文〉の著者としてであり、味わい深い「岳人」の表紙絵の作者としてである。[8] したがって、辻の山を考える際には、登山行動と同時に創作作品としての〈山の画文〉に目を向けないわけにはいかない。しかし、辻は初めから山の領域を素材にして絵や文を書いていたわけではない。山や登山の表現者としての辻が形成されていくのは、昭和三十年代以降であり、それ以前には「山」は辻の表現と結び付いたものではなかったし、辻はもともと、創作活動としての主体的な〈表現〉を志していたわけでもなかった。

前章で見たように、辻は戦後、中国から帰還したのち、「平民新聞」「歴程」などにカットや挿絵、風刺画文などを書き始め、文筆と画のジャンルで書／描くという行為を始めたが、それらはいわば生活手段としての生業だったものである。確かに、「平民新聞」などに載るカリカチュアや〈風刺的画文〉には既に強靭な思想が現れていると言うべきだが、それらは思想を表明するための行為というよりも、生活の糧としての「絵描き」としての仕事のなかに、おのずと根源的な思想が現れたものだったと思われる。

しかし、辻はやがて「職人的」な絵描きから脱し、積極的な思想の表現者に変貌していく。そのように変化していく一つの転機として、「歴程」第四十二号に始まる「虫類図譜」の連載がある。この連載は、のちに初めての著書『虫類図譜』にまとめられたように、表現者としての辻を誕生させる契機になった意義ある仕事だった。そこに示された痛烈な文明批評と思想は無論のこと、中国での従軍時代からの表現方法であるカリカチュアを完成させたものとしても、この作品は高く評価しなければならないだろう。しかし、ここで指摘しておきたいのは、そういう納得のいく仕事ができたのは、草野心平との偶然の再会と「歴程」というメディアの存在があったからだということである。[9]ここで、やや迂遠になるが「歴程」について若干触れておきたい。

多くの詩誌のなかにあって、「歴程」ほどその詩観や流派の理念が茫漠としていて、捉えどころのない詩集団はないだろう。その点について、一九六九年（昭和四十四年）の時点で、飛高隆夫は「一つの文学観を信奉せずに三十余年の歴史を築き得たところに、「歴程」の特質がある」[10]と述べている。辻が「歴程」に拠ったのも、このような特定の文学流儀に束縛されない、ある種の自由な空気を好んだからにちがいない。詩史的に見るならば、「歴程」は昭和十年代、「四季」とともに詩壇を牽引していった大きな潮流だったが、戦後（ことに「虫類図譜」が載り始めた一九五四年一月の通巻第四十二号以降）は、草野心平が中心だった頃のそれとは趣を異にし、そこに拠る詩人たちの構成も大きく変化している。しかし、時代が変わりメンバーも異なるものの、「歴程」独特の空気と匂いが健在であることは、新たな構成員の一人である山本太郎の次のような解説がよく示している。

『歴程』はその長い歴史を通じ一度だって、詩作の方法論的共鳴によって結集したことはないし、イズム中心の文学運動の形態をとったこともありません。ある詩人は、『歴程』はグループではなく、ソサエティーだ、と言いましたが、私はそれを、『歴程』の無性格さを皮肉る言葉とは受け取りません。無性格ではなく多角的なのです。三十年前の同人も、八十数人にふえた現在の同人も、互いに影響されることはあっても決して似てはいません。いや影響というものもないかもしれない。なぜなら『歴程』の詩人たちは同時代の文学様式というものにあまり気を奪われる習慣をもっていないからです。(11)

いま、昭和三十年代の「歴程」を振り返ってみると、その中核を担ったのは、串田孫一や鳥見迅彦、山本太郎、辻まことといった面々であることに気づく。「歴程」は辻に、先輩詩人たちの動向に気兼ねすることも、また「同時代の文学様式」に影響されることもない、自由な表現の場を提供したのである。さらに言えば、辻が「歴程」を舞台にして作り上げた「虫類図譜」は、「同時代の文学様式」(12)から逸脱しているどころか、詩という文学様式さえ超えている。「歴程」は詩を書くことがない辻さえも受け入れ、辻はそういう自由で大らかな集団のなかで、仲間たちと切磋琢磨し合いながら表現活動に励む機会を得た。この「歴程」への参加こそが、辻を職業としての物書き／絵描きから、文芸／絵画の主体的な表現者へと変質させる契機になったのである。「歴程」というメディアとの出会いは、辻にとって極めて幸運だったと言わなければならないだろう。

しかしこの段階では、辻はまだ〈山〉を書／描くことと出会っていない。〈山の画文〉を創作するようになるためには、いま一つのメディアとの邂逅が必要だった。

3 「アルプ」への参加——山を書く／山を描く

〈山の画文〉を創作し始めたことに関して、辻本人は講演で次のように述べている。

わたしははじめから山の画文にアイデアがあってやってみようというつもりがあったわけでなくて、「アルプ」の第何号かがはじめてだと、さっき三宅修さんがおっしゃったんですけれども、たしかにあれがはじめてああした画文というもののきっかけだったようです。

勿論その以前にも絵入りのコラムを新聞にのせたり、絵入りのルポルタージュとして雑誌に寄稿したことはありましたが、山のものはあれがはじめてです。（略）なんとなく山の画文集といった本ができるようになったのは「アルプ」という雑誌があったからで、この「アルプ」が発刊されてなかったらわたしの山の画文なんてものはできなかったと思います。[13]

一九五八年（昭和三十三年）三月に創刊された「アルプ」は、串田孫一を中心に編集された山の文芸誌で、八三年二月の第三百号に至るまで、四半世紀にわたって刊行され続けた。一部に『歴程』の出店[14]」と揶揄されることがあるように、確かに「歴程」と「アルプ」の間には人脈的なつながりが

「ツブラ小屋のはなし」
（出典：「アルプ」第５号、創文社、1958年）

大きく、先に見たような、昭和三十年代の新生「歴程」を担う中心人物だった串田孫一や鳥見迅彦、山本太郎といった面々は、辻同様、「アルプ」でも活躍した人たちである。辻の「アルプ」への参加はそういう流れのなかで必然的に起こったことで、主に串田との関係があったからだと思われる。

串田は草野心平からの誘いを受けて「歴程」と関わり始め、一九四八年（昭和二十三年）五月の復刊第四号にカットを描いたのをはじめ、五〇年十一月の第七号から精力的に詩作品を発表している。先に見たように、辻は五四年十二月の「歴程」第四十二号から「虫類図譜」の連載を始めるが、その時期はまさに串田が「歴程」を舞台に旺盛に詩作していた時期と重なる。

さて、辻は「「アルプ」が発刊されてなかったらわたしの山の画文なんてものはできなかったと思」うと謙遜しているが、それ以前にも、スキーや山の湖などを素材に軽妙なカットを添えた文章を書いているので、〈山の画文〉に至る道筋は既に引かれていたと言える。確かに、のちに山の文芸誌として評価されていくことになる「アルプ」というメディアとの邂逅は、辻にとって一つのターニングポイントだったが、一方「アルプ」の側からすれば、辻の画文の掲載があったからこそ、長きにわたって雑誌の存続が可能になったと見ることもできる。そう言えるほど、「アルプ」と辻の〈山の画文〉は密な関係を作り上げ、やがてはこの雑誌の色合いを規定するまでになったのである。第五号（一九五八年）に載った「ツブラ小屋のはなし」を皮切りに、死後に「辻まこと特集号」と銘打たれ刊行された第二百十八号に至るまで、不定期ではあるが、ほぼ二十年にわたって画文やカットを掲載し続けた辻は、串田とともに「アルプ」の顔と呼ぶべき存在で、その貢献は極めて大きなものがあった。

4　「山の男」への畏敬

一口に〈山の画文〉と言っても、実は登山だけがテーマになったわけではなく、車中での出来事や狩猟、スキーツアーなど多様であり、ここから、辻は山を単に「登山」の対象としてだけ捉えていたわけではないことがわかる。「アルプ」掲載の〈山の画文〉を通して、辻と山との関わりを具体的に見てみよう。

「ある山の男の記憶」(「アルプ」第十一号、一九五九年。『山からの絵本』〔創文社、一九六六年〕収録時は「ある山の男」に改題)は、ある「山の宿」の主人が「雪の中からひろってきた」、「山子」あがりの「キンサク」と名付けられた番頭の話である。「まるっきり読み書きのできない」「山の男」ではあるが、キンサクこそが「私」にとっては「得難い教師」だった。「猟師の歩き方」や「雨の夜熊笹の中

「ある山の男の記憶」
(出典:「アルプ」第11号、創文社、1959年)

で手さぐりで安眠できる小屋を編むこと」「夜の鉄砲打ちで必ず起る狙いの誤りとその修正法」などの知恵をキンサクは持っているからである。この画文には具体的な山名も書かれており、「私」は辻そのものと捉えていいだろう。キンサクは、辻が日常的に属する世界とは対極の側の人間として位置付けられ、都会や書物、インテリなどとは対極の属性が付与された世界の人間として、象徴的な意味合いを担わされて登場する。フランス帰りのインテリに属する辻は、「一人の人間が自然のなかで生き抜くために、どんなちいさな経験をも注意深く観察し、整理してしかも忘れずにいる」キンサクに出会い、敬嘆し、山で生きる方法を学んだのである。

辻が好感を持って描く人物が、実績を有する登山家や「山男」ではなく、キンサクという「山の男」だったことは、辻にとって「山」の意味がどういうものだったかを象徴的に示している。そこには、登山する「山男」に対してではなく、山に生きる「山の男」に対する敬意があり、山を日常の場として生活すること自体への畏敬と憧憬があったというべきだろう。

山口耀久は「辻さんの鉄砲趣味だけは好きになれなかった[15]」と述べているが、確かに狩猟を殺生という側面から捉えると、そういう感想は万人が持つものだろう。しかし、辻本人は狩猟を全く異なる観点から考えている。以下は「ムササビ射ちの夜」(「アルプ」第百十八号、一九六七年)の一節で、ムササビ射ちの夜、倒木に腰を下ろしての考察である。

自然の中に孤独な自分を置いてみて、さて私はなにをためすつもりなのだろう。はっきりした考えで山へきたわけではないが、なにかすこしばかり自分で人間を実験してみるつもりがあったように思うのだ。

えらそうな口調のくだらない理論。超脱的で平凡な思想。気焔が強くて足元のおぼつかない陶酔。無邪気であさはかな芸術。人間社会で甘やかされて育った私の中の人間らしきこうした一切の文明を、もう私はあまり信用していないのだとおもう。

辻にとって狩猟とは、文明を信用していない人間が「自分で人間を実験してみる」行為にほかならない。

ムササビを殺してその肉をたべる。ウドを掘って、クレッソンをむしってサラダにする。それはマーケットでゼニと交換に手にいれる肉や野菜ではない。もっとゴマ化しのきかない罪を背負いこむことだ。自分の中のカールマとカールマの中の自分。

この「ゴマ化しのきかない罪」を自らに課すために、辻は狩りに出るのかもしれない。辻にとっての山とは、都市や文明や甘やかされた人間社会からあえて自らを遮断し、自身の自然性を回復させる儀式の場だったのではないだろうか。先に見たキンサクこそは、「ゴマ化しのきかない罪」から逃れることなく、自身を常に自然のなかに置き、気高く生きた「山の男」(自然人)だったと言えるだろう。

「谷間で失った肖像」(「アルプ」第九十一号、一九六五年)にも、キンサクのような自然人に対する憧憬が垣間見える。私鉄に乗り合わせたドジョウ獲りの男を好奇に満ちた目で見る乗客とは裏腹に、「どこかに共感をもつ心持ち」で眺めている「私」。「私」は「その孤独で正直な渡世に生きる人の単純真摯な心を、失った宝をみるようにおもう」。そして場面は、かつて精悍に山を駆け巡っていた猟師Kが、時代の変遷のなかで「ドロンとした眼付きのブヨブヨに肥った、いかにも動作のにぶい男」に堕したという思いへと移る。そして、また場面は車中に戻り、「私はあの美しい谷間で失ったKの肖像を電車の中で拾ったようにおもったのだ」と結ばれる。

　これは、一九六五年（昭和四十年）という、まさに高度経済成長のさなかの社会背景を反映したものである。文中に記されたように、「木刳細工」「鉱山」「木炭」など山村の経済を支えた産業は衰退し、「ダムができ」「集落は水底に沈み」「人造湖のほとりまでバスが通」う時代が到来した。美しい谷間とともに自然人たるKの矜持も薄れ、山村も山の人も文明のなかに消えていく。辻が戦前期よりも深く山に関わるようになる昭和三十年代から四十年代とは、それまでかろうじて残存していた山村社会の基盤

「谷間で失った肖像」
（出典：「アルプ」第91号、創文社、1965年）

や山の民俗・文化が喪失する過程だったと言っていい。それは、山を生業の場とする炭焼きや木地師、木樵り、猟師、担送（荷担ぎ）などの「山の男」たちが行き場を失うことでもあった。辻の〈山の画文〉が書かれたのがこういう時代だったということは、もう少し意識されていい。

車中で好奇の目で見られたドジョウ獲りの男は、挿画では、右手で竹と棒を握り背筋をしゃんと伸ばし、威風堂々に描かれていて、畏敬の眼差しで捉えられていることがわかる。キンサクやKやこのドジョウ獲りの男、あるいは画文にたびたび登場する手白沢ヒュッテの宮下老人——こういった人物こそが辻にとっての山の師であり、山とはそのような自然人に教えられる場だったのである。

5　昭和三、四十年代という時代のなかの「アルプ」

戦後の辻は単独で山に登ることが多くなったが、決してそれは孤独を好み、人を避けたからではない。なぜなら、たとえ一人で山に入ったとしても、先に見たように、山中では積極的に人との出会いを求め、人と接しているからである。高村光太郎の「山にゆきて何をしてくる山にゆきてみしみし歩き水飲んでくる」（『現代短歌集』所収、改造社、一九二九年）にならえば、辻のそれは「山にゆきて山の男に会ってくる」とでもいうものになるだろう。

誤解を恐れずに言えば、辻の登山は「山の男」と出会うというところに目的があり、登攀という要素には極めて乏しい。そして〈山の画文〉で登攀について書／描くことをせず、しばしば「山の男」

たちをテーマとして扱ったのは、その主要な発表メディアが、山岳雑誌でありながら文芸的な側面も有する「アルプ」だったことにも関係する。このことに関して、池内紀は「「アルプ」は山の雑誌だったが、山をめぐって鋭い観察と深い省察がつづられるとき、おのずと山の雑誌からはみ出した。山人や山の生きものたちが語られるとき、それは文明批評をおびてくる」[16]と述べている。確かにこのことは、辻だけの問題ではなく、「アルプ」という雑誌が持つ性質のなかで捉えるべき問題でもあるだろう。

例えば、今井雄二「炭焼馬太郎の悲劇」(「アルプ」第七十一号)では、一人の炭焼きの男に、戦後次々に降りかかる不幸が描かれる。確かに、妻や息子を失い、娘が恋仲の男とどこかへ行ってしまうというその不幸は、「宿命の無情」として受け入れるしかないことである。しかしこの不幸の背景には、炭焼きをやめ、息子とともに堤防工事で働くようになったこと、河川工事で静かな山村の秩序が崩れたことなどがある。台風という自然災害が大勢の工事人夫を必要としたわけだが、炭焼きという生業を離れざるをえない時代状況、インフラ整備のための土木業界の隆盛という社会状況、すなわち、昭和三十年代後半の時代がこの一篇からは透けて見えるのである。

また、椋鳩十「赤石山麓の毛皮仲買人のことなど」[17](「アルプ」第二百二十九号、一九七七年)では、獣やその毛皮の仲買を生業とする、信州伊那谷の遠山郷「星野屋」[18]の主人が描かれる。主人が「穴から出た熊は、まず一番に、フキノトウを食うのな」と話すさまは、まるで辻が描いたキンサクの様子と二重写しである。話は、昭和四十年代に久しぶりで遠山郷を訪れたときのエピソードで結ばれる。

「あんたが、親父のところに、ようこられた頃とは、遠山も、すっかり、かわっちまったになな。今じゃあ、町方からやって来る鉄砲うちの方が、動物の数より多いくらいな。今じゃあ、猟期になっても、イノシシを手に入れるのが困難だというありさまな。」

二代目は、ブタ肉を、小さくきざみながらなげくのであった。

こうして、辻の〈山の画文〉を「アルプ」全体の脈絡のなかに置くと、それが時代・社会へのアンチテーゼとなり、池内が言うような文明批評ともなっていることがわかる。前章で見た〈風刺的画文〉と〈山の画文〉との間には一見、隔絶があるようにも見えるが、鋭い文明批評となっているという点でそれらは通底しているのである。

辻は「――なぜ山へ登るか――足があるからだ（略）自由がどっちの方向にあるかを思想より先に足は知っていて行動で示すのだ[19]」と抽象的なことを述べる。いつものように韜晦に富んだ箴言だが、要は、山が「自由」であるがゆえに辻は山に向かうのである。文明・都市から離れ山に入り、その自由のなかで「トミのめざめ」のようなものを獲得するために山に登るのだろう。犬のトミは野生の本能を山の夜気に触れることでよみがえらせた[20]が、人である辻を再生させるには、そのめざめの誘因となる、何らかの具体的な行為が必要となる。そういった辻を再生に導くものが、山での経験と知恵を蓄積し自然のなかで生き抜いてきた「山の男」たちや、それぞれの山村の民俗・文化のなかで自律した生活を送り続けてきた人々――そういった人間や生活体系に接することだった。そして、そうすることが、文明・都市のなかで日常を生きている辻が自由を回復する手だてだったのである。

辻まこと『山からの絵本』（創文社、1966年）の 函と表紙

辻が精力的に山に向かった昭和三、四十年代は、日本社会全体が近代文明と新機軸の生活システムに巻き込まれていく過程だった。とりわけ山と山村はその激流に翻弄されていくわけで、「アルプ」に載る散文や画文が、そういう潮流に対する違和のなかで書かれたのは必然だっただろう。辻は、「山の男」たちの自負や山村生活を残り火と感じるがゆえに、余計にそれらのなかに身を投じたのだろう。辻はいかにも辻らしい皮肉っぽさで、「君はバンパクへいったか。そこでは拡がったり集まったり走ったり上下前後左右から聴こえる音楽があるそうだ。死んだ音を電気仕掛で集めたり踊らせたりする現代音楽という賑やかな音の葬式だ。（略）だからバンパクへはいかない」[21]と言った。辻が聞こうとしたのは、沢の水音であり、谷をわたる風音であり、深夜のムササビの滑空のかすかな羽音で

あった。「山にいて聴くのは、物音ではなく、物声だ。落石も雪崩も、葉ずれも、枝の折れるのもみな声だ。かれらはみんな生きている」[22]

辻が「バンパク」としか呼びえなかった大阪万国博覧会が開催されたのと同年、一九七〇年（昭和四十五年）には新穂高ロープウエーが完成する。このころから日本の山と山村は、加速度的に辻が思い描いたような場ではなくなっていく。辻は七五年十二月に死去するが、もし仮にもっと生きたとしても、早晩山から離れることになったのかもしれない。二冊目の〈山の画文集〉である『山の声――画文集』（東京新聞出版局、一九七一年）の「あとがき」には、既に次のように記されている。

山の中の木樵小屋や礦夫宿に泊って、ただ漠然と居心地よく淹留できた時代は過ぎ去りつつある。薪を燃す囲炉裏はストーブに替り、そのストーブも油を使うようになっては、炉辺談話もピンポン玉のようなテレビ型のやりとりになるのは当然だろう。

「アルプ」は四半世紀の使命を終え、一九八三年（昭和五十八年）二月に第三百号をもって終刊となる。執筆陣がやや固定化し、新たな書き手を創出できなかったこともあるだろうが、自然のなかで生き抜いてきた「山の男」たちや山村文化を失った以上、そうなるのは必然であった。こうして、辻まことと「アルプ」の時代は終焉を迎えた。

おわりに

辻の〈山の画文〉の仕事は、『山からの絵本』『山の声』『山で一泊』の三冊の画文集として集成されたが、発表当時、残念ながらその受容は一部の登山者に限定されていたと言わなければならない。しかし、辻の死後、友人である矢内原伊作や宇佐美英治らによるアンソロジーや解説・思い出を通して、その個性的で味わい深い独自の境地は広く知れ渡っていった。そしていままた、琴海倫『辻まことマジック』（未知谷、二〇一〇年）や未知谷から刊行された一連のアンソロジー[23]によって、読者層は拡大しつつあるようだ。さらには文中に触れたように、昨二〇一三年には駒村吉重『山靴の画文ヤ辻まことのこと』も出版された。今日、このように辻が振り返られる機会が増えてきたのは、読者が辻の書物のなかに、現在の社会情勢や登山界の状況に対するアンチテーゼを読み取っていることを意味するのではないだろうか。いわば、〈よみがえる辻まこと〉といったような現象が起こりつつあるわけで、歓迎すべき現象である。なぜならそれは、我々が自然とどのように関わるか、近代文明のなかでどう生きるのかを再考する手だてともなりうるだろうし、また、一部の愛好家たちによって、ある種の先入観のなかで読まれてきたきらいがある従来の辻まこと像から解放され、その業績を相対化する機会を得たということでもあるからである。

注

（1）『山で一泊——辻まこと画文集』（創文社、一九七五年）の「あとがき」に、「こんどまた山の本をだすそうだがヒマラヤトレッキングにでもいったのか？　といった男がいる。なにヒマラヤじゃなくウラヤマだよと応えた。ウラヤマの一泊には空海の智慧があることを、私はトミに教えられた」という一節がある。なお、トミとは「無芸大食の甘ったれペット」で、山小屋の夫婦にもらわれることになった犬の名である。トミは、山中での一夜を体験することで「いままでとは違って引締った様子」へと変貌を遂げる。その後、弘法大使の話に転じ、空海も「トミのめざめのようなものをよく知っていた」として、ウラヤマでの一泊がいかに人間や動物を覚醒させるかを説いた。

（2）清宮崇之「辻まこと略年譜」、江古田文学会編「江古田文学」第四十六号、江古田文学会、二〇〇一年、八七ページ

（3）三井直麿「辻まこと君との思い出」「アルプ」第二百十八号、四四ページ。以降の三井の引用もこれによる。

（4）竹久不二彦「銀座・西湖」、同誌三九ページ。以降の竹久の引用もこれによる。

（5）大澤正道「木材通信社とアッツさくら」「トスキナア」創刊号、トスキナアの会、二〇〇五年、二六ページ

（6）片柳忠男「潤さんと水酒」、松尾邦之助編『ニヒリスト——辻潤の思想と生涯』所収、オリオン出版社、一九六七年、二七七ページ

（7）注（1）を参照。

（8）山岳雑誌「岳人」の表紙絵、および「表紙の言葉」を第二百八十三号（一九七一年）から始め、それは死去によって連載（中断を含む）が終了する第三百四十四号（一九七六年）まで続いた。

(9) 辻まこと「尾形亀之助――特に「障子のある家」について」(前掲『辻まこと全集』第二巻、一五八ページ)で、辻は「戦後の混乱のまだ静まらなかったある日」、銀座のバー「ルパン」で偶然に草野心平に再会したと書いている。そこには、草野が尾形亀之助の作品を出版したいと思い、「障子のある家」を探すのが困難だと辻に言うと、なんと辻はその場で、「いまもってますよ」と返答したというエピソードも記されている。常に「障子のある家」を持ち歩いていたという、辻の尾形への心酔ぶりを示す話だが、この「ルパン」での再会をきっかけに、草野や「歴程」と関わるようになったものと思われる。

(10) 飛高隆夫「歴程」「国文学――解釈と鑑賞」一九六九年八月号、至文堂、一〇〇ページ

(11) 山本太郎「宮沢賢治と『歴程』の詩人たち」、日本近代文学館編『日本の近代詩』所収、読売新聞社、一九六七年、二九二―二九三ページ

(12) 辻には、詩情豊かな散文詩的な要素を持つ文章も多いが、一般的な「詩」という概念でくくれるようなものはない。唯一「詩」と呼びうるのは、死後、遺稿として辻まことの特集号である「アルプ」第二百十八号に載った、「さらば佐原村《サハラソン》」で始まる未定詩稿一篇である。これは末尾に「昭和四十七年七月三十日　午後六時三十分　武蔵野日赤病院にて」と添えられ、肝硬変の手術にあたる際に書かれたものである。いわば遺書的な要素を持つもので、辻の心の中に存する佐原村(架空の村)への別れの情を、渾身の愛惜を持って歌ったものである。

(13) 辻まこと「山の画文――山登りの思想」、前掲『辻まこと全集』第二巻、三〇九ページ

(14) 大森久雄「歴史の中へ」(「アルプ」第三百号、二二九ページ)に「『歴程』の出店と言う人もいた」とある。

(15) 山口耀久「辻まこと小論――都会人的原始人」「アルプ」第二百十八号、一五六ページ

(16) 池内紀「「アルプ」のこと」、池内紀編『ちいさな桃源郷』所収、幻戯書房、二〇〇三年、二六三ページ
(17) 長野県伊那郡南信濃村を経て、現在は長野県飯田市南信濃・上村地区。
(18) 「星野屋」は現在も山肉専門店として四代目が営業している。
(19) 辻まこと「諸君！　足を尊敬し給え」、前掲『辻まこと全集』第二巻、一四三ページ
(20) 注（1）を参照。
(21) 前掲「諸君！　足を尊敬し給え」一五一ページ
(22) 同書一五二ページ
(23) 第10章の注（2）を参照。
(24) 辻まこと著、琴海倫編・解説『遊ぼうよ——辻まことアンソロジー』（未知谷、二〇一一年）、辻まこと著、柴野邦彦編・解説『山中暦日——辻まことアンソロジー』（未知谷、二〇一二年）など。

＊辻まことの引用は、前掲『辻まこと全集』に拠った。

終章　「アルプ」以後とこれから

この頃、「山ガール」の流行や富士山の世界文化遺産登録なども影響してか、登山が話題となる機会が多い。一九八〇年代終わり頃から盛んになった中高年の登山もいまや定着し、中高年は「山ガール」とともに山を賑わせている。それにしたがい、登山やアウトドアを対象とする書籍や雑誌もたくさん発行されている。しかし、今日のそういう登山をめぐるメディアの状況は、本書で見てきたような山岳文学が書かれ鑑賞された、活字を中心とする時代のそれとは大きくかけ離れている。本書で述べた一九三〇年代や昭和三十・四十年代という時代には、山岳文学とは何かが真摯に問われ、文学としての質を有する紀行・随想などが求められたが、今日の登山の流行にあっては、〈山を書く〉という営為が問題とされることはまずない。

今日、ブームに乗って刊行されている新興の登山雑誌のページを占めるのは、アウトドア用品メーカーのカタログかと見紛うウェアや道具類の記事であり、ビジュアルを主体にした山行の記録である。そこには文章の表現で読ませる紀行文や随想はない。その種の雑誌にはその需要がないからである。流行とは関わりのないところで登山をおこなっている人々たちからも、紀行文などの文芸や山岳評論を求める声はなく、従来からある山岳雑誌でもそれらの扱いは大きくない。今日の二大山岳雑誌と言ってもいい「山と渓谷」（一九三〇年創刊）、「岳人」（一九四七年創刊）は、それぞれの伝統に沿った味のある企画がときに見られるが、最近は新興の雑誌同様、道具やルートなど具体的で利便性のある情報記事が主流を占め、それをカラフルな誌面で紹介するのが常である。伝統ある「岳人」の出版業務を、本年（二〇一四年）の九月号からアウトドア用品メーカーのモンベルのグループ企業が引き継いだことも、登山者の意識の変化を反映した象徴的な出来事と言わなければならない。「山ガール」御用達の「山スカート」の流行に一役買ったモンベルが、今度は山岳雑誌のメディアにも進出したこの一件は、それほど小さな出来事ではなく、登山に対する考え方の変化にも関わっていく問題かもしれない。また、「山と渓谷」は電子版の発行もあり、今後、山岳雑誌からは一層活字が後退し、読むものから見るものへと変わっていくことを予感させる。

そういうなかで、「山の本」（白山書房、一九九二年創刊）だけは、紀行文主体の独自の編集方針を選択していて、かろうじて〈山を書く〉という孤塁を守っている。現在世に出ている山岳・アウトドア系の諸雑誌に比べると、Ａ５判と判型も小さく、派手さがなく落ち着いた本という印象である。創刊当初、写真は白黒で控えめな扱いだったが、最近はカラー化され、時代に合わせて造本も見栄えがいいものへと変化してきた。しかし、それでもまだ他誌との違いは歴然で、読むことを最優先した「活字」重視の誌面作りがなされている。これは、業界で先行する二大誌の昨今の編集に対するアンチテーゼと受け取るべきだろう。こういうやや時代錯誤とも思われる編集内容の雑誌が、季刊ではあるが二十年以上続き、今日も固定的な読者を持っているということは、ニッチを埋めるものとして一定の需要があることを示している。

この雑誌はどのような経緯から創刊に至ったのだろうか。創刊号（一九九二年）に編集兼発行人・簑浦登美雄による「誕生物語」が載っている。それによれば、当時の蓑浦は「この数年、山歩きをテーマにした紀行や随想を読んでオモシロイと感じた記憶がなく」、仕事がグラフ雑誌の編集で活字に飢えていたこともあって、活字主体の雑誌を出そうと考えたということである。沢野ひとしも「「アルプ」が休刊後、山の読物がなくなって寂しいと常々思っていた」ので、その企画に賛同し、表紙を書くことになったようだ。そして、企画会議の折のことを「風呂で思いついた他人のフンドシ的超アッパーカットと、じわじわきいてくるボディブローを五発自信をもってお披露目した」と「昭和軽薄体」で書いたのは、おそらく判型や誌面構成についてのプランを椎名誠らの「本の雑誌」（本の雑誌社）から得たことを言っているのだろう。

この誕生の経緯で記憶しておきたいのは、沢野の思いにもあるように、後ろに「アルプ」の存在が見え隠れしていることである。無論、「アルプ」創刊号に載る「ここよりもなお高い山へと進み、山から下って来たものが、荷を下ろして憩わずにはいられないこの豊穣な草原は、山が文学として、また芸術として、燃焼し結晶し歌となる場所でもあると思う」[1]という格調高い宣言と「他人のフンドシ的超アッパーカット」との隔たりは大きい。しかし、質的・内容的な違いはあれ、山について書いた読み物の雑誌を志すという一点では、「山の本」は「アルプ」と同じ場に立つものである。

また、読者の捉え方も「アルプ」が念頭にあるようで、第三号（一九九三年）に載る「「山の本」二号を読んで」には、次のような意見が寄せられている。「岡田喜秋氏の文章とその描く風土に憧れる私は「山の本」が「山旅の本」に近づくことを期待したい」「筆者にバラエティーがほしい。同人誌的なライター揃えから脱してほしい。くれぐれもアルプ的にならず、香気ある実践的山の雑誌にしてください」。前者の意見は、岡田喜秋が「アルプ」創刊号（一九五八年）からの常連執筆者で、この雑誌の特徴ある紀行文の書き手であることを考えると、「アルプ」の後継的な山の雑誌を期待しているとみていい。それに対して後者は「アルプ」を批判的に捉え、その欠点を他山の石として乗り越えていくことを期待している。しかし、これも十分「アルプ」を意識しての感想であり、いずれにせよ、「アルプ」という先例があってこの雑誌が創刊されたことを、おのずと示している。

こうして、〈山を書く〉平成版の雑誌として「山の本」は出発した。創刊号はA5判、百四十四ページ、編集は石井光造・島本達夫・遠藤甲太、表紙デザインは太田和彦、イラストレーションは沢野ひとし。「特集紀行＝とっておきの次の山」として、沢野ひとしの「春浅き高水三山」、魚津岳友会創立会員で剱岳開拓に実績を持つ佐伯邦夫の「近くて遠い鍬崎山」など四篇が載り、他のコーナーでは、「怪しい探検隊」の林政明や、太田和彦・遠藤甲太などが書いている。「特集紀行」では簡単ではあるが、参考タイム、問い合わせ先、アドバイスなども載せ、登山ガイドとしての実用的役割を持たせて「アルプ」との性質の違いを出している。第二号（一九九二年）で早くも読者に投稿を呼びかけているのは、先の読者の意見にもあった、「同人誌的なライター揃え」が「アルプ」衰退の一つの要因でもあったことを編集側も感じていたからだろう。もとより、「アルプ」にも山の文学の既存の書き手以外に新たな書き手を育て上げていこうとする姿勢があり、一般の投稿者のなかから今井雄二や大滝重直、宇都宮貞子などの書き手が育っている。しかし、やはり質を保ちながら執筆者の層を厚くするというテーマは至難だったようである。「アルプ」の編集に当たった山口耀久は「アルプ」について、一九七〇年（昭和四十五年）あたりまでを「読者と共感する熱気のようなもの」が存在した青年期・壮年期だったとし、それが若手の世代に引き継がれない以上、衰退に向かうのは当然だという認識を示した。(2)「アルプ」は、新たな執筆者を作り出せなかったことが後退の一つの要因になったわけである。「山の本」の編集側も、「アルプ」の執筆者には広がりが欠けたという思いがあったはずで、早くも創刊当初から次の書き手の養成を考えていたのである。しかし、その投稿の呼びかけが、文章を書き慣れていない層にも発信されているというのが「アルプ」との相違である。

「アルプ」に載る文章は、高踏的でペダンチックなものに感じる人たちがいたことは確かだろう。それを受け入れることができる人たちは「アルプ」を支持し、一つの読者層を形成したが、同時にそれは「アルプ層」(3)という階層として読者が固定されることでもあった。「アルプ」の執筆者自身が「やや閉鎖的な雑誌」(4)と自覚するのはそこだろう。和田敦彦は、明治期の初期の近代登山は「自らの行為を近代登山として言葉で記し、意味づけることで」「他の人びとと自らを切り離す階層的なまなざしに支えられている」と述べ、小島烏水の言説のなかに「登山そのものではなく、まさしく言葉での書き方こそ重視し、それによって序列化しようとする欲望をも見て取」った。(5)道案内人や猟師など山に登る者がいるにもかかわらず、彼らは登山家とは見なされず、その行為は登山にはならないのである。書くことによって登山となり、より巧みな文章によって表現できることが登山の質にも関わってくるのである。無論、昭和三十年代から五十年代にかけて発行された「アルプ」には、「登山家」としてでなく山に登る人たちへの差別的な眼差しがあるわけではない。しかし、「アルプ層」の人たちとは、

「言葉で記し、意味づけること」ができる側の人たちであり、なおかつその書き方で「序列化」の上位を志している人たちであると言える。〈山を書く〉ということの優位性によって「近代登山」を成立させた、その先達たちが持っていた特権的な意識のかけらが残っていたと見ることもできるだろう。「アルプ」は新たな書き手を求める際にも、文章としての質を求めた。

それに対して、「山の本」の原稿募集は、そういう「アルプ層」的な特定の読者層に対するものではなく、より開かれた登山者大衆、書くことに未熟な人にも向けられていた。「山の本」第二号の原稿募集のページでは、わざわざ「自分の感性、文字で表現」すること、「ポイントは、テーマを一つに絞りこ」むこと、「「美しい」「感動した」「楽しい」「嬉しい」などといった感情表現をできるだけ避けけ」ることなど、文章表現上の初歩的なことまで注意を与えている。「アルプ」終刊から「山の本」創刊までの約十年間で、登山はなお一層大衆化し、それによって登山する層が広がり、その結果、山岳雑誌の読者もそこへの投稿者も特定の人たちではなくなった。いわば、誰もが登山者であり、望むならば誰もが書く側に立つことができるようになったのである。活字を主体とする「山の本」が創刊から二十年以上継続できているのは、そこに載る山の文章に「アルプ」が必要とした文学性を求めず、誰もが書き手になりうるという状況を作り出したからだろう。

では「山の本」は、登山大衆にどのような山の文章を求めているのだろうか。編集長である簑浦登美雄は「山岳雑誌のこれから」（「岳人」第八百号、二〇一四年、一五五ページ）で、具体的な情報の提供ではインターネットにかなわないとして、次のように述べた。

「忘れてならないのは、何故そこに登ろうとしたのか、登り（歩き）ながら考えたことなどの目に見えない心のありようが、一番大事だという点だ。このような精神的な内容は、電子媒体よりも紙媒体のほうが頭に入りやすいという脳の働きの特徴がある」。この「精神的な内容」を大事にしようとする簑浦の姿勢は、その点では「アルプ」のスタンスと同じで、「形而下」としての登山から「形而上」的ななにものかを引き出し、[6]それを文章で表現することを希求しているのだろう。しかし、簑浦が求めるのは結果としての文学作品ではなく、「何故そこに登ろうとしたのか」と自問することであり、その問いの答えを出すために、書きながら考えようとする行為自体である。簑浦は「文字で綴らない限り、考えの整理はできず、思索は深まらない」とも述べ、「目に見えない心のありよう」の正体を見つけるために書くことを奨励するのである。したがって、簑浦にとって山の文章を書くのは手段であり、思考した内容を文章で表現し、作品として高めることを求める「アルプ」とは相違がある。「アルプ」と「山の本」は、ともに山に登るという行為を〈山を書く〉という行為へとつなげようとしたわけだが、その書くことについての意義は両者では異なっていた。無論、「山の本」にあっても、書かれたものが文学として通用するに越したことはないが、それは二の次のことと捉えられているのではないだろうか。

「アルプ」「山の本」に共通する課題が執筆者の確保である。蓑浦は先の文で、「「山の本」（季刊）はこのような心象風景を主テーマにした読本だが、新たな書き手の発掘が難題である。現代社会では原稿を書く機会は稀で、せいぜい事務的なリポートか電子メールになっている」とも述べ、今日、〈山を書く〉人材の発掘が困難になりつつあることを嘆いている。書き手が固定化し新たな人材を得ることができないという状況は、「アルプ」がそれを克服できずに終焉を迎えてしまったのと同様の問題を抱えているわけで、雑誌を継続させる際の普遍的な課題でもあるのかもしれない。

しかし、執筆者不足を嘆きながらも「山の本」は今日まで八十九号を数え、もう少しで「アルプ」が続いた二十五年に迫っている。これは多くの読者の賛同を得たからであり、〈山を書く〉ことによる思索の深化や文章表現の喜びを多くの登山者が知ったからでもある。これは「アルプ」後継の一つの役割を果たしているものとして評価できるだろうが、一つ問題も見えてきた。書き手と読者の高齢化である。「山の本」第八十八号（二〇一四年）で見ると、「筆者紹介」に載る三十一人のなかで、還暦に満たない年齢の者はわずか六人である。「アルプ」に執筆したりその読者だった者が、年月を経て、「山の本」の執筆者や読者へと移行していったという現象が見えてくる。三宅修・手塚宗求・大森久雄などは「アルプ」の執筆者だったし、池内紀や沢野ひとしは「アルプ」の読者だった。その読者がいまは「山の本」を書く側に回っている。そして、「山の本」創刊からもまた二十余年が経過し、創刊当時からの執筆者・読者も齢を重ねた。無論、「山の本」固有の読者を新たに加え、対象を広げたものと思われるが、やはりこの雑誌を支えているのは中高年だと言わざるをえない。「山と渓谷」にはいまもわずかなスペースで「読者紀行」が残っているが、ここもやはり年齢が高い読者からの投稿が多いという印象がある。登山人口における中高年登山者の比率が高いということもあろうが、紀行をはじめ、〈山を書く〉ということ、自らに問うということ——そういうことから若年層が遠ざかっているということだろう。「山の本」も山岳紀行文の領域も、若い世代から新たな読者と執筆者を作り出さないかぎり、その前途は明るくないだろう。

いま、山は我々の近くにあり、登山は大仰な行為ではなく、既に普通のものになっている。今後、登山者の層は従来よりもっと広がっていくことだろう。交通が発達し、装備が充実し、情報が満ちあふれ、メディアが煽るからである。そして、山はますます特別の場ではなくなり、登山はますます普通のおこないになっていく。やがては、山や登山に対する問い自体が消え失せ、〈山を書く〉ことの動機も失ってしまう。かつて、加藤文太郎や大島亮吉、松濤明は緊張のなかで山と対峙し、その記憶と思いを書き残し、昭和三十年代から五十年代には、芳野満彦や小西政継、植村直己らがその登攀と冒険の記録をそれぞれの文章で表現した。しかしこれからは、そういう特別な場として、特別な行為として〈山を書く〉機会はほとんどなくなるだろう。

残されたのは、「山の本」が目指す「目に見えない心のありよう」、一人ひとりの心象を描くという道である。しかし、これは案外難しい。それを山に登ることとの関わりのなかで表現できないかぎり、〈山を書く〉ことにはならないからである。山という存在や登山という行為を通過しない心象であるならば、日々の出来事に対する感想を書くことと違いはなくなり、山という場を持ってくる必然性はなくなるからである。そして、良くも悪しくも「アルプ」の頃までは残っていた〈山を書く〉ことの特権性が消えたいま、それに代わる動機をどのように見いだすかという問題も出てくるだろう。

さて、これからの〈山を書く〉という行為はどのように展開されていくのだろうか。次代へとバトンがつながらないまま衰退していくのか、山を舞台にしたフィクションが書かれるのか、〈書く〉こととは別な表現に取って代わるのか……。まずは温故知新、本書でたどってきたような「昔」を振り返ってみるのも無駄にはならないだろう。

注

（1）串田孫一「編集室から」「アルプ」創刊号、六八ページ

（2）前掲『「アルプ」の時代』三一一―三一二ページ

（3）山口耀久「編集室から」「アルプ」第四十五号、一九六一年、一一六ページ

（4）岡本寛志「アルプと共に」「アルプ」第百二十号、一一五ページ

（5）和田敦彦「読むことと登ることの間で――読書と山岳表象の近代」「環」第十四号、藤原書店、二〇〇三年、一三三―一三四ページ

（6）大森久雄は、戦前の雑誌「山」（一九三四―三六年）の創刊号の編集後記にある「この雑誌は或は形而下的な「登山」からは少しく離れるかもしれません。併しそれは「山」をもっと遠くから、視覚を拡げて、多面的に識りたい希ひからなのです」などの文を引いて、「アルプ」創刊号にこの編集後記を重ねた。そして、「アルプ」の性質を「「形而下的な登山」ではないところに自分たちの山の世界を見出そうとしている」と捉えた。また「山の雑誌は戦後も数多いが、判型も頁数も、内容、体裁、雰囲気も、この『山』にもっとも近いのは『アルプ』以外になかった」とも述べ、「アルプ」と「山」との類似性について言及した（「アルプ」第三百号、二三一ページ）。無論、時代の違いもあり、ここに「山の本」を並べるには無理があるが、「形而下的な登山」ではない部分を発見しようとしている点では、「山」―「アルプ」―「山の本」という系譜として捉えることもできそうである。

串田孫一が関わった雑誌年表

一九一五年（大正四年）	十一月十二日、父・串田萬蔵、母・婦美の長男として、東京市芝区西久保明舟町に生まれる。	
一九二八年（昭和三年）十三歳	四月、私立暁星中学校入学。	
一九二九年（昭和四年）十四歳		同人雑誌「**流星**」を謄写版刷で出す。第二号で廃刊。回覧雑誌「**葛**」を出す。
一九三一年（昭和六年）十六歳		山の紀行文集を一人で書き「**山岳**」と名付けて製本する。
一九三二年（昭和七年）十七歳	四月、暁星中学校四年修了時に、東京高等学校文科丙類に入学。	
一九三五年（昭和十年）二十歳	三月、東京高等学校卒業。東京帝国大学法学部を受験するが不合格。	同人雑誌「**道しるべ**」を出す。

一九三六年（昭和十一年）二十一歳	四月、東京帝国大学文学部哲学科に入学。	
一九三七年（昭和十二年）二十二歳	山の雑誌「山」「山と渓谷」「山小屋」などへ執筆。	**「哲学評論」**の同人に加わる。
一九三九年（昭和十四年）二十四歳	三月、東京帝国大学文学部哲学科を卒業、大学院に入る。	「獣帯叢書」と名付けた叢書を考え、『白羊宮』を出すが、一冊で終わる。**「哲学雑誌」**を編輯。
一九四〇年（昭和十五年）二十五歳	二月、千葉県柏の高射砲聯隊へ入営したが、即日帰郷。四月、上智大学予科講師となる。	前年続けられなくなった「獣帯叢書」に代わる文芸雑誌「冬夏《とうげ》」を十字屋書店から発行。福永武彦・矢内原伊作・戸板康二・渡邊秀などが同人として参加。ときに串田の師である渡辺一夫も寄稿。第十六号まで続けたが、雑誌統合により発行不可能となる。
一九四一年（昭和十六年）二十六歳	四月、佐佐木美枝子と結婚。	
一九四八年（昭和二十三年）三十三歳		草野心平と神田で偶然会い、詩誌「歴程」の同人となる。

一九五〇年（昭和二十五年）三十五歳	東京外国語大学で講義をはじめ、一九六五年に及ぶ。	
一九五一年（昭和二十六年）三十六歳		「文学51」に参加、第四号まで続く。 ＊自筆年譜には「『文学51』に加わったが執筆はしない」とあるが、実際には第二号（一九五一年六月）に「アリボロン自伝」が載る。なお、この号には本書で言及した鮎川信夫の「橋上の人」も載る。 四月、詩誌「アルビレオ」刊行（―第四十二号、一九六五年三月）
一九五三年（昭和二十八年）三十八歳	十一月、第一詩集『羊飼の時計』（創文社）	
一九五五年（昭和三十年）四十歳	一月、『若き日の山』（河出書房） 一月、第二詩集『旅人の悦び』（書肆ユリイカ）	
一九五六年（昭和三十一年）	七月、『博物誌』（創文社）	

四十一歳	十二月、『博物誌1957』（創文社）	
一九五七年（昭和三十二年） 四十二歳	四月、『山のパンセ』（実業之日本社） 十二月、『博物誌Ⅲ』（知性社）	八月、「まいんべるく」刊行（―第九号、一九六四年七月）
一九五八年（昭和三十三年） 四十三歳		三月、山の文芸誌「アルプ」創刊（―第三百号、一九八三年二月） ＊自筆年譜に「特殊な山の芸術誌」とある。
一九五九年（昭和三十四年） 四十四歳	十二月、『山のABC』（共編、創文社）	
一九七六年（昭和五十一年） 六十一歳		九月、天野貞祐から引き継ぎ、総合雑誌「心」の編集・発行人となる。
一九八一年（昭和五十六年） 六十六歳		八月、五年間編集・発行人となっていた「心」を終刊。
一九八三年（昭和五十八年） 六十八歳		二月、「アルプ」第三百号で終刊。

二〇〇五年（平成十七年）八十九歳	七月八日、自宅で老衰のため死去。

＊作成にあたっては、『雲・山・太陽』（〔講談社文芸文庫〕、講談社、二〇〇〇年）、『光と翳の領域』（〔講談社文庫〕、講談社、一九七三年）に載る自筆年譜、山口耀久／三宅修／大谷一良編『アルプ――特集串田孫一』（山と渓谷社、二〇〇七年）に載る杉本賢治作成による年譜を参照した。串田孫一が関わった雑誌に関する事項をまとめたものなので、それ以外は、本書の内容に関係する基本的な事項にとどめた。

初出一覧

各章ともに初出時のタイトルを記した。また多くの章で加筆・修正を施した。

第1章　「山に登る串田孫一／山を書く串田孫一」「宇宙詩人」第十九号、宇宙詩人社、二〇一三年、三〇—四〇ページ

第2章　「串田孫一の詩業——「歴程」での活動を中心として」「あいち国文」第四号、愛知県立大学日本文化学部国語国文学科内あいち国文の会、二〇一〇年、四一—五〇ページ

第3章　「串田孫一と同人誌「アルビレオ」」「あいち国文」第五号、愛知県立大学日本文化学部国語国文学科内あいち国文の会、二〇一一年、一一九—一三〇ページ

第4章　「串田孫一『博物誌』の世界」「宇宙詩人」第十六号、宇宙詩人社、二〇一二年、一一二—一二四ページ

第5章　「一九三〇年代の〈山岳文学論争〉を巡って」「名古屋大学国語国文学」第百四号、名古屋大学国語国文学会、二〇一一年、五九—七二ページ

第6章　「串田孫一と山岳雑誌『まいんべるく』」「日本山岳文化学会論集」第九号、日本山岳文化学会、二〇一一年、四五—五四ページ

第7章　「昭和30年代の『アルプ』が果たしたもの」「日本山岳文化学会論集」第八号、日本山岳文化学会、二〇一〇年、一三—二二ページ

第8章　「孤独の詩人——尾崎喜八の詩趣の変遷とその戦後」「宇宙詩人」第十五号、宇宙詩人社、二〇一一

年、三八―四八ページ
第9章　「鳥見迅彦の〈山の詩〉――「歴程」「アルプ」との関わりの中で」「宇宙詩人」第十二号、宇宙詩人社、二〇一〇年、一二―二〇ページ
第10章　「辻まことの〈風刺的画文〉――『平民新聞』から『虫類図譜』まで」「解釈」第五十八巻第七・八号、解釈学会、二〇一二年、三七―四五ページ
第11章　「辻まことの〈山の画文〉」「宇宙詩人」第十八号、宇宙詩人社、二〇一三年、六〇―七〇ページ
終　章　書き下ろし

あとがき

串田孫一の本と出会ったのは中学か高校の初めの頃で、父の書棚から引っ張り出した『博物誌』が最初だった。虫好きの少年だったので、何かチョウチョやカブトムシのことでも書いてあるのかと思ったのかもしれない。一つの項目がちょうど見開き二ページで、寝る前にいくつかを読むのに好適だった。その頃、気に入っていた項目が「にむらさき」で、「これは蝶の名前として、現在でも可なり堂々と通用しているが、この蝶を撲滅しようとつとめている人は、僕の周囲にも何人かはいる」という物騒な一文で始まる。なぜ、撲滅しなければならないのかは直接読んで確かめていただきたいが、こういう書き方の「博物誌」もあったのかとうれしくなった。それぞれの項目の左上に配された、余分な線を極力そぎ落としたシンプルな絵も、品があって少しかわいらしくて好きだった。

高校に入って山登りを始めると、本棚には山の本が並ぶようになり、そのなかに『北八ツ彷徨』(山口耀久、〔アルプ選書〕、創文社、一九六〇年)や『山の足音』(畦地梅太郎、〔アルプ選書〕、創文社、一九六〇年)があった。いま考えると、これは「アルプ」の活動の一環として刊行された「アルプ選書」の本だったことがわかるが、そのころの私はそんなこととは関係なく、知らず知らずのうちに「アルプ」の感性に引っ張られていた。串田孫一といい、これらの本の選定といい、高校生としてはいかにも渋すぎるが、もともと「アルプ」との相性がよかったのだろう。学生時代、好きだった本屋は京都・寺町二条の三月書房と四条河原町を少し東に入った海南堂だったが、海南堂で本を買うと、畦地梅太郎の版画を印刷したしゃれた栞をつけてくれた。儲けたような感じがしてうれしかったが、その海南堂もいまはない。だが、「アルプ」が読まれ、「山の本」を中心に扱う書店が成り立つ時代が確かにあったのである。

本書を刊行するにあたっては、いくぶんかのためらいがあった。串田孫一の業績や「アルプ」に関することを、私のような「素人」が書いていいのだろうかという思いがあったからだ。串田孫一と直接交わりがありその仕事と人柄を知る人、「アルプ」の内側にいてその実情をよく知る人――、そういう人たちが語ったり書いたりしたものを前にして、気後れを感じたのである。山口耀久氏や大谷一良氏、田中清光氏、大森久雄氏らをはじめとする多くの方々には、既に的を射た優れた論考があり、屋上屋を架すことになってしまうのではないかと危惧したわけである。ことに、『「アルプ」の時代』が昨二〇一三年に刊行され、「アルプ」の執筆者であり編集にも深く携わった当事者の証言を前にして、いまさら私の出る幕でもないだろうと思ったのである。

しかし、そういうためらいがあったにもかかわらず、やはりこの本を出そうと思ったのは、「内側」からではなく、「素人」が「外側」から見るからこそ、見えてくるものがあるのではないかと考えたからである。執筆者であり当事者だった方々とは、少しは違った角度からの見方ができたのではないかと考えている。また、いままで「アルプ」周辺の文化とは無縁だった人たちに、関心を寄せてもらう契機を少しでも増やしたかったからでもある。したがって、本書では「アルプ」の「登山」に関する領域だけでなく、串田孫一の「博物誌」、様々な詩人の「詩作品」、辻まことの「画文」や「カリカチュア」などを多角的に扱った。それぞれが関心のある領域から始め、その関心の幅を広げていっていただけたらと思う。

串田孫一や辻まこと、あるいは「アルプ」については、今日、一部に極めて熱心な愛読者層が存在し、それぞれ古書業界での人気も高い。いわば、そういったファンとでも呼ぶことができる人たちが多くいることも確かである。しかし、そういった人たちのほとんどは年齢層が高く、固定的で、若い人たちや新しい読者層への広がりを欠くのが実情である。幸い、辻まことについては、そのユニークな存在感と味わい深い山の画文によって、最近少しずつ関心を持つ人が増えつつあるようで、昨二〇一三年には、『山靴の画文ヤ辻まことのこと』も出版された。串田孫一や「アルプ」についても、ぜひ多くの人に親しんでもらいたい。まだ読む機会がなかった人には、本書を読書案内としても使っていただければと思う。

本書は、先に名を挙げた山口耀久氏や大谷一良氏、田中清光氏、大森久雄氏をはじめ、精緻な書誌事項の調査とそこから得た見解・知見で研究を先行した大森一彦氏、本文中や注で触れた多くの方々の先行論文や著作からの教えを得て書き終えた。敬意とともに感謝の意を表したい。大森一彦氏には、初出の際、大森氏の独創であることに触れないままの記述があったことに対して、いま一度お詫び申し上げたい。また、北のアルプ美術館の山崎猛氏、日野春アルプ美術館の鈴木伸介氏には貴重な資料を見せていただき、楽しい時間を与えてくださったことに感謝を申し上げる。「アルプ」の名を冠した美術館が二つもあることは、「アルプ」がなした仕事の大きさを物語っているが、こういう熱い思いを持つ方々のおかげで、「アルプ」がなしたことが記憶されていくのである。
最後になったが、原稿執筆に際し細部にわたる助言をいただき、編集の労にあたっていただいた青弓社の矢野恵二氏に感謝を申し上げたい。

二〇一四年七月

中村 誠

[著者略歴]
中村 誠（なかむら まこと）
1954年、愛知県生まれ
立命館大学文学部哲学科卒業、名古屋大学大学院文学研究科博士後期課程修了、
博士（文学）
元愛知県立高等学校教諭
著書に『金子光晴――〈戦争〉と〈生〉の詩学』（笠間書院）

山《やま》の文芸誌《ぶんげいし》「アルプ」と串田孫一《くしだまごいち》

発行………2014年11月26日　第1刷
定価………3000円＋税
著者………中村 誠
発行者……矢野恵二
発行所……株式会社青弓社
〒101-0061 東京都千代田区三崎町3-3-4
電話 03-3265-8548(代)
http://www.seikyusha.co.jp
印刷所……三松堂
製本所……三松堂

ISBN978-4-7872-9225-4 C0095